O Pergaminho Inca

O Segredo de Tasorenka

R. Kovac

O Pergaminho

Inca

O Segredo de Tasorenka

MADRAS®

© 2018, Madras Editora Ltda.

Editor:
Wagner Veneziani Costa

Produção e Capa:
Equipe Técnica Madras

Revisão:
Jaci Albuquerque de Paula
Ana Paula Lucisano
Neuza Rosa

Dados Internacionais de Catalogação na Publicação (CIP)
(Câmara Brasileira do Livro, SP, Brasil)

Kovac, R.
 O Pergaminho Inca, O segredo de Tasorenka/R. Kovac. – São Paulo: Madras, 2018.
 ISBN 978-85-370-1117-1

 1. Romance brasileiro I. Título.

 18-12197   CDD-869.3

 Índices para catálogo sistemático:
 1. Romances: Literatura brasileira 869.3

É proibida a reprodução total ou parcial desta obra, de qualquer forma ou por qualquer meio eletrônico, mecânico, inclusive por meio de processos xerográficos, incluindo ainda o uso da internet, sem a permissão expressa da MADRAS Editora, na pessoa de seu editor (Lei nº 9.610, de 19/2/1998).

Todos os direitos desta edição reservados pela

MADRAS EDITORA LTDA.
Rua Paulo Gonçalves, 88 – Santana
CEP: 02403-020 – São Paulo/SP
Caixa Postal: 12183 – CEP: 02013-970
Tel.: (11) 2281-5555 – Fax: (11) 2959-3090
www.madras.com.br

O Pergaminho Inca

Cláudio e sua esposa, Laura, são prósperos empresários. No entanto, eles não trabalham juntos, pois cada qual segue um ramo diferente de atividades. Ele com 44 anos de idade, e a esposa 40. Além de ela ter uma indústria especializada em produzir componentes cibernéticos, ele é proprietário de um laboratório de arqueologia, onde faz pesquisas e trabalha com artigos antigos, quadros raros, antiguidades valiosas, etc.

Cláudio não tem muita afinidade para lidar com informática e robótica, pois o seu gosto está mais relacionado ao mundo no qual os segredos antigos o fazem viajar mentalmente no tempo. Para ajudá-lo no trabalho, ele contratou uma antiga amiga do casal, desempregada, procurando seu primeiro emprego.

O pedido para trabalhar com ele foi feito pela esposa, considerando que o marido precisava de ajudante para ficar no laboratório nas horas em que ele tem serviços externos.

Os três se conhecem há algum tempo, desde quando Ana Júlia estava com 14 anos de idade, apresentada por um parente de Laura.

Ela seria assistente, com as funções de pesquisar na internet, em bibliotecas, e trabalhar nos serviços externos quando houvesse necessidade, junto com ele.

Uma jovem muito bonita, com 30 anos de idade.

E no decorrer dessa amizade, ela sempre demonstrou muito interesse pelo trabalho de Cláudio, fazendo perguntas e querendo ver algumas pesquisas que ele fez.

Os dois precisavam trabalhar na propaganda da empresa para encontrar pessoas interessadas em contratá-lo.

O clima entre eles é carinhoso desde o início da amizade, de muito apreço e respeito. Cláudio fala sobre os empreendimentos da empresa, mostra no computador alguns dos seus trabalhos anteriores e descreve cada detalhe, para que Ana Júlia conheça como funciona tudo ali dentro. Isso inclui os destinos para onde ele já foi e o que ele já conquistou para os clientes. Mostra alguns projetos em andamento, conta sobre o seu sonho da última semana, trocando informações detalhadas sobre cada um deles.

Estamos no mês de setembro, numa segunda-feira, quando Laura chega à sua casa, cansada, depois de um dia estafante em que precisou decidir sobre importantes metas da empresa. Antes de qualquer coisa, ela vai direto para o chuveiro tomar uma relaxante ducha e, após refrescar o corpo, segue para a cozinha com a finalidade de saborear um delicioso petisco feito pela sua cozinheira Zulmira.

No laboratório, Cláudio e Ana Júlia deixam suas atividades por volta das 18 horas, mesmo porque nesse dia não houve nenhum trabalho novo. Ela se despede e vai para a sua casa feliz da vida, enquanto Cláudio chega junto com a esposa na cozinha, se cumprimentam, beijam os lábios um do outro em um caloroso abraço corpo a corpo. Conversam sobre os acontecimentos desse dia e, após a refeição noturna, seguem para uma noite promissora.

Depois da movimentada noite calorosa com um excitante enlace amoroso, Laura adormece tranquilamente, aconchegando-se entre cobertor, lençol e travesseiro, cobrindo e apoiando seu corpo. Está totalmente cansada por um dia de expectativas e ilusões. A semana anterior havia sido muito reveladora com surpreendentes descobertas profissionais, além de temores vencidos e possibilidades de mudanças empresariais, tudo parecia estar no caminho certo.

O curso da última semana estava surtindo efeito e prometia algo mais promissor quanto ao futuro da empresa.

Cláudio, por sua vez, não participa muito dos empreendimentos empresariais do casal, deixando a cargo de Laura a atividade de administrar, pois prefere ficar no laboratório, cujo tipo de trabalho era o seu preferido: viver as aventuras e as particularidades sobre o mundo arqueológico, espiritual e místico.

Sua satisfação aumenta quando é contratado para encontrar algum artefato raro, principalmente trabalhando para milionários excêntricos cuja preferência é colecionar antiguidades.

Naquele momento, ele estava sem nenhuma vontade de dormir, por esse motivo se levanta e vai até o jardim de inverno da sua mansão observar a maravilhosa noite. Num dos cantos há uma estátua de dois dragões com um mago, numa posição de batalha entre os dois, com o dragão menor apoiado sobre uma rocha. Ele fica olhando para aquela estátua feita de resina, um trabalho maravilhoso de algum artesão desconhecido.

Após algum tempo observando cada detalhe da estátua, rememorando a última experiência no Peru, em Machu Picchu, ele volta seu olhar para o lado de fora do jardim de inverno.

O céu enluarado podia ser visto em toda a sua plenitude através da cúpula de vidro, iluminando o conjunto residencial, formando um maravilhoso contraste entre luz e sombra. Ele sente a suavidade do clima noturno na ligeira mudança de temperatura durante o transcorrer da madrugada, e as suas penetrantes infiltrações gélidas na carne.

A felicidade cambaleia oscilando entre os momentos de insatisfação, e se modifica aleatoriamente por entre devaneios e aforismos, deixando-o irritado por não ter sido contratado para realizar nenhum serviço nos últimos dias. Sua preocupação se torna a cada momento mais evidente. Seu rosto demonstra uma expressão preocupada, encobrindo o desejo de prosseguir na interpretação de um sonho que vivia se repetindo nas últimas noites.

Eram os mesmos acontecimentos da sua experiência extracorpórea em Machu Picchu. Muitos detalhes do sonho continuavam incompletos, como em todos os sonhos. Essa lembrança o fazia reviver grande parte daquela aventura. Assim, as memórias do passado se mantinham presentes, nas ausentes respostas esperadas.

E nas dúvidas, suas ideias são trocadas por fantasias imaginárias:
– Como pode algo tão maravilhoso não ter sido agraciado com nem uma escrita sequer? Se houvessem descoberto algo dessa natureza, isso resolveria meus problemas, aliás, nem seria problema... Aonde foram Manco e Mama depois de todos desaparecerem? O que aconteceu com os habitantes da cidade? É impossível saber além das suposições das pessoas. Deve existir algo, ou existiu em algum momento alguma prova sobre a verdade daquele local, mas ainda

não foi descoberto. Vou começar a me dedicar a pesquisas sobre esse assunto nos momentos de folga. Essa é boa! Isso está faltando por aqui. Estou intrigado, fico ansioso para descobrir qual a verdadeira finalidade de sonhar com essas coisas, ainda mais sobre aquela cidade fantasma e mística. Aquele bando de personagens místicos falando coisas sobre modo de ser, de pensar, parecia algo fantasioso, assim como eles o são.

Algumas dúvidas se diluíam na correnteza dos pensamentos de Cláudio. Sua fixação sobre os mistérios da antiguidade não poderia ser interrompida por razões diferentes daquelas às quais se apegava.

Sentia, de vez em quando, alguns calafrios passageiros, o corpo arrepiando, e a sensação térmica era a principal responsável.

A ideologia de conquistar horizontes desconhecidos o faz mergulhar no mundo da imaginação, motivo da sua verdadeira fixação. Há algum tempo ele começou essa pesquisa, entretanto acabou desistindo por falta de mais detalhes.

Com os acontecimentos da semana anterior, voltou à tona novamente a curiosidade de saber detalhes daquele local repleto de curiosidades. Agora os sonhos entraram em atividade novamente, acrescentando novos e diferentes ingredientes aos seus anteriores conhecimentos sobre o lugar.

Outros detalhes permaneceram sem qualquer mudança, e os pensamentos continuavam:

– A cidade fantasma está repleta de histórias fictícias e ninguém poderá prová-las como sendo algo verdadeiro.

As condições do momento o obrigavam a observar e oscilar entre deduzir e vagar, acreditar e duvidar.

– Teria aquele local sido um templo, uma cidade, ou algo sem finalidade nenhuma? Por causa da altura acabou se tornando um verdadeiro mistério. Pedras imensas, pesando toneladas, cortadas e colocadas de forma perfeita num lugar onde elas não existem naturalmente daquele jeito.

Os pensamentos prosseguiam fluindo sucessivamente numa velocidade constante, e a inconstante perspectiva mental continuava evoluindo consideravelmente na criação ininterrupta dos envolvimentos espirituais. Cláudio repete várias vezes:

– Preciso olhar e ver algo que deixei passar. Deixei passar alguma coisa. Deve existir uma pista. Olhar e ver! O quê?

Repete quase de maneira automática a frase. Movimenta-se balançando a cabeça negativamente, discordando diante da própria alternativa de essa frase produzir frutos impossíveis de serem saboreados nesse momento. Sua fixação vai se tornando assustadora, uma verdadeira neurose de buscar algo, cuja descoberta poderá não lhe trazer nada de benéfico, ou, quem sabe, algo interessante ou similar.

A noite deliciosamente agradável gerava silêncio total. O ar frio, ameno, se fazia presente em virtude do avançado horário da madrugada, possibilitando até mesmo uma caminhada se o desejasse, pois não havia qualquer barulho para distrair. Podia ver, pela claridade da Lua, um pouco mais longe, conseguindo até mesmo observar o movimentar das folhas de árvores e plantas. A luz e a sombra movimentavam-se num sutil contraste entre escuridão e luar, mostrando o suave movimento do vento ricocheteando entre estas.

O pensamento foge da sua visão, e ao relembrar suas pesquisas olhando as fotos, vendo sempre as mesmas coisas, elas o deixam perturbado e ansioso para saber sobre a sua continuidade.

– Uma cidade vazia, com belíssimos restos de casas, paredes de pedras bem estruturadas, mostrando a criatividade e a inteligência de quem a preparou.

No centro da cidade há uma bica de água jorrando ininterruptamente. Como pode ser possível naquela altura e de onde ela vem? No entanto, não existe nenhum detalhe real além das fantasias elaboradas pelos habitantes de Cusco para os turistas se deixarem influenciar por narrativas mirabolantes, fazendo-os sentir, por meio da imaginação mítica, uma forte energia, mais por condicionamento do que por algo real.

– São interessantes inventos para atrair turistas. Não creio em nenhuma daquelas histórias que eles contam. Acredito em determinados momentos em que os moradores foram dizimados pelos espanhóis invasores. Entretanto, como desapareceram? Quem eram os habitantes? Em Cusco ninguém sabe dizer verdadeiramente quem viveu ali, ou se alguém viveu ou só passava por lá. Nem mesmo sabiam da existência dessa cidade. Os invasores podem ter descoberto o local e eliminado todos os moradores não deixando nem sequer um detalhe, uma pista, mantendo o mistério sobre o motivo de haver uma construção daquele nível no alto da montanha.

Cláudio mostra toda a sua ansiedade enquanto conversa consigo mesmo. Não se conforma com tantos detalhes encaixados perfeitamente naquela construção, sem qualquer indício de quem a fez.

Controlar a imaginação com a própria imaginação faz a mente ficar cansada, por se tornar viciada nessa maratona de imagens constantes, sem solução alguma. É como caminhar em círculos, tornando qualquer mudança impossível. Sente que está correndo em ciclos repetitivos sem conquistar nada de útil.

Todas as pesquisas continuam vivas, ativas em sua mente, atrofiando a lógica de encontrar respostas, voltado que estava para mera atividade rotineira. E, mesmo simulando uma aparência agradável para os outros, no entanto, sente-se completamente limitado e ineficaz.

– As respostas se mantêm aprisionadas às teorias de sempre, são apenas suposições, cuja abrangência só agrada ocasionalmente. Os resultados de conformismo circulam ativamente nos meus pensamentos em virtude da quantidade de histórias arquitetadas.

Após algum tempo devaneando sem chegar a nada, chateado com essa situação, Cláudio levanta da cadeira onde se encontra sentado e resolve ir dormir, não há mais nada a fazer nesse momento. Um barulho, como um estalo, atrai a sua atenção, ele olha na direção da estátua do dragão e do mago, tem a impressão de ele ter vindo dali, entretanto nada vê além da estátua.

Uma rápida sensação de temor faz arrepiar todo o seu corpo, mas agora não é o frio, ele se controla e continua.

– Deve ser a minha imaginação, os dois eram personagens da aventura anterior, e agora ao vê-los aqui tenho a impressão de serem reais em certos momentos. – Ele vira as costas e segue para o quarto. Não percebe os olhos do dragão se iluminarem sutilmente.

O desejo de realizar algo parece estar próximo, mas a vontade continua sujeita a pensamentos e fantasias projetando os sugestivos padrões pessoais. Ele precisa dormir, pois amanhã, ou melhor, daqui a pouco, amanhecerá novamente.

Chegando ao quarto, com as dúvidas não resolvidas, procura distrair a mente, observando num relance a silhueta do corpo feminino iluminado pela luz do luar, vinda pela enorme janela do quarto. Ela contorna o corpo de Laura, parecendo estar desenhando a silhueta das suas curvas corporais, modeladas por essa tênue luz.

A esposa dorme tranquilamente, pois os acontecimentos preocupantes da última semana ficaram no passado ao vê-lo muito bem de saúde. O marido está são e salvo ao seu lado, e a ansiedade sobre os fatos daqueles dias não existe mais.

Observando-a, Cláudio se recorda das palavras de Laura ao voltar para casa depois de os vizinhos ligarem para avisar que o carro dele estava há uma semana no mesmo lugar e ninguém o vira durante esse período.

Ele fica rememorando alguns detalhes, sorri relembrando a expressão da esposa ao vê-lo, quase sem acreditar na história de ele ter ficado uma semana meditando no mesmo lugar sem comer ou beber nada.

– Nem mesmo eu acredito nisso em determinados momentos.

O pensamento volta à tona, quem sabe fez viagem astral, no entanto pode ter sido apenas um sonho, ou pesadelo. A fixação antiga sobre o místico está a todo o vapor.

Cláudio em seus devaneios:

– Isso é algo para se pensar bastante, tudo pareceu muito real, no entanto ainda continuo as minhas pesquisas apenas com vestígios inacabados e, praticamente, sinto-me impedido de afirmar o contrário. Os pergaminhos podem ser reais, ou apenas meras fantasias de encontrar o diferente e o místico. Queria apenas uma visão real daqueles instantes para provar a sua realidade.

Ao se deitar, ele acaba adormecendo rapidamente e, em poucos minutos, começa a se movimentar na cama de um lado para o outro, esboçando algumas palavras incompreensíveis. O sonho dos últimos dias volta a fazer parte desse momento.

Ele está no mesmo lugar, na cidade inca, a seu lado um companheiro místico daquela jornada, o Mago, todo elaborado com vestimentas típicas: um chapéu pontudo azul-escura, uma longa capa decorada com milhares de estrelas, em uma das mãos tem um grande e belo cajado. Longa barba branca, bigode e os olhos azuis amendoados.

Sente como se aquilo fosse real, seu corpo estremece, não parecendo ser apenas um sonho. Ele tem essa consciência, e estranha o fato de estar consciente e saber onde se encontra nesse exato momento, ficando em dúvida se está sonhando ou vivendo essa situação.

Vê o seu corpo deitado na cama se movimentando, a esposa dormindo ao seu lado, ele nem se assusta, pois já aconteceu desse jeito. Agora, é ver o que sucede.

Não está a fim de ficar suportando todos aqueles seres místicos novamente filosofando, seria algo enfadonho e chato. Por esse motivo, sente-se retraído em continuar ou não, a viver aquele momento.

E assim, a noite transcorre agitada, Cláudio continua se mexendo o tempo todo na cama, demonstrando os efeitos do pesadelo. Ele fala em alguns instantes, algumas palavras dificilmente compreensíveis pela rapidez, Laura não percebe os movimentos do marido, pois está dormindo tranquilamente.

Logo cedo, por volta das sete da manhã o casal acorda, saboreia um delicioso café matinal, recheado com queijo, frutas, pão e suco de laranja. Ao terminar a refeição e conversar algumas coisas, Cláudio vai em direção ao laboratório, que fica no mesmo terreno da mansão. Somente a esposa vai trabalhar na empresa.

Então ele decide terminar essa pesquisa e acabar com o mistério.

Por volta das oito horas da manhã chega a sua assistente, Ana Júlia, para começar a trabalhar, recebendo todas as coordenadas para realizar as pesquisas necessárias que ele deseja fazer. Ela é uma bela jovem em plena atividade, sente muita admiração por Cláudio e prazer em trabalhar nesse ramo, porque sempre foi o seu sonho mexer com mistérios antigos, fruto dos seus mais remotos desejos pessoais.

Ela está completamente eufórica, a adrenalina flui a todo vapor, o sorriso no rosto mostra sua alegria e felicidade nesse momento.

Eles se cumprimentam, trocam algumas palavras, Cláudio oferece um café da garrafa térmica e os dois saboreiam aquele saboroso líquido.

Ana Júlia diz, sorrindo:

– Estar trabalhando neste ramo, nem acredito que é de verdade. Parece um sonho, mas não quero acordar.

Cláudio, com ar preocupado, também sorri pela felicidade da amiga, e muda o assunto falando sobre o sonho daquela noite, começando a lhe contar os últimos acontecimentos.

– Sabe, Ana, tenho tido um sonho que se repete desde a última semana, e como você já sabe sobre os acontecimentos da semana anterior, posso lhe confidenciar sobre os atuais, assim poderemos continuar meus estudos a partir de onde parei. Eu estava na cidade de Machu Picchu, ao meu lado havia um Mago, e muita gente morando naquela montanha, todos vestiam roupas brancas e sandálias feitas do couro das lhamas. Eles estavam separados em casais, sentados sobre o gramado, e se preparavam para algum ritual por acontecer. Eu observava toda aquela cena, estava ansioso com o desfecho, e acabei perguntando ao Mago o que estava acontecendo, pois eles pareciam estar se preparando para partir em busca da morte.

Ele me respondeu: "Ninguém morre, apenas deixa o corpo, devolvendo-o à Natureza".

Após aquelas palavras fiquei abismado, pois jamais pensara desse modo. Devolver à Natureza. É uma boa colocação.

Ana Júlia exclama:

– Puxa! Realmente, quem imaginaria algo dessa maneira, devolver à Natureza...

Cláudio está concentrado como se estivesse vendo a cena, e continua falando:

– Foi exatamente igual à aventura anterior, quando fiquei meditando por uma semana, essa foi a última cena que vi. Ela ficou inacabada, porque acordei naquele exato momento com fortes batidas na porta. Eu acreditei que estava meditando por algumas horas, mas Laura disse que fazia uma semana. Parece algo do outro mundo, às vezes fico com medo de pensar nisso.

Ana interrompe:

– Credo, Cláudio, que coisa macabra!

Ela percebe toda a perturbação de Cláudio, enquanto saboreia seu café, vendo-o visivelmente embaraçado com o sonho, porque não encontra significado algum sobre o mistério de acordar justamente no momento em que tudo ali ia desaparecer. Ou melhor, os moradores da cidade.

— Estávamos parados, em pé. O Mago sentou-se em uma das pedras colocadas mais acima do local onde nos encontrávamos. Ali era um ambiente pouco iluminado, em virtude de a lua se encontrar quase toda encoberta por nuvens. Entre elas, havia em certos momentos um pequeno vão, pelo qual podíamos vê-la em toda a sua magnitude nos iluminando. O Mago aproximou-se de um local onde tinha uma mesa feita de pedras, tipo altar, e colocou o que parecia ser dois pergaminhos sobre ela. O seu cajado levitava diante de si, e passou a apontar para alguma coisa no pergaminho, como se estivesse pedindo para eu ver o que era. Estava mostrando a capa do pergaminho; assim, seguindo seu comando, fui até ele e observei a inscrição: Livro da Sabedoria. Mandou-me ficar naquele lugar e aguardar. Movimentou o cajado fazendo sair inúmeras luzes brilhantes dele, iluminando como o faz o sol tudo ao nosso redor. Olhando para cima, eu via as nuvens e as pequenas passagens de luz entre elas, combinando contrastes claros, iluminando ainda mais aquelas luzes brilhantes do Mago. Percebi algo curioso naquele momento de observação: toda a cidade estava coberta por algo transparente, uma cúpula de vidro. Era feito de energia e radiava como se fosse uma película, envolvendo a cidade formando essa cúpula, impedindo que a energia luminosa fosse vista pelas pessoas fora da montanha.

O objetivo do mago era impedir os moradores de Cusco de ver algo diferente e curiosamente se infiltrarem na montanha, decididos em subir para ver o que estava acontecendo. Apesar desse detalhe, os Mestres Espirituais dessa cidade ao pé da montanha estavam orando no templo, sentiam que estava acontecendo algo diferente lá. Imaginaram ser o monstro insatisfeito com alguma coisa, então se uniram e começaram um ritual espiritual, para transmitir ao monstro a satisfação por terem oferecido o último casal em troca da boa colheita do ano, que se iniciara naquele momento. Cláudio continua:

— Eu podia ver os habitantes da cidade de Machu Picchu sentados no chão, cada pessoa tendo o parceiro ao seu lado, os braços de cada casal, o direito do homem e o esquerdo da mulher, presos por fitas coloridas. Todos continuavam de olhos fechados, mantinham um ar natural e tranquilo, parecendo estar num estado meditativo. Eu sentia a força daquela vibração, uma energia inexplicável vinda de todos os presentes.

Inesperadamente, surgiu do nada muita energia saindo do cajado ao tocar o solo, realizando um movimento circular e forte. Conforme sua evolução, podia-se ver uma figura feminina sendo formada ao lado do Mago.

E quando ficou completa, reconheci na hora, era a Salamandra da Luz, a esposa do Mago.

Cláudio admirado diz:

– Ela passou a se movimentar por todos os lados ali dentro, envolvendo e contrastando os presentes com sua doce e delicada energia floral. Fazia jorrar pétalas de flores sobre todo o ambiente. Depois de completar essa operação, voou na direção do Mago, permanecendo ao seu lado em pé, aguardando os próximos passos daquela missão. Os dois se posicionaram como os casais, todavia ficaram sentados de frente para os demais. Em meio a toda essa energia se movimentando e brilhando, começou a se formar, da mesma maneira que aconteceu com a Salamandra, uma nova figura. A energia foi condensando os pés envoltos em sandálias de couro. Na continuidade do corpo todos os componentes iam se formando, e aos poucos a figura de um homem surgia completa, em todos os seus detalhes. Após uma pausa, Cláudio deu continuidade:

No entanto, ninguém conseguia ver o seu rosto, porque ele estava completamente envolto por um capuz na cor azul cobrindo a sua cabeça, e seu corpo encoberto por uma capa longa na mesma tonalidade. Nas mãos tinha uma pena para escrever um livro em que anotava as peripécias das pessoas. Consigo até ler o título: *O Livro dos Condicionamentos*; é o Bruxo.

A quarta personagem a se formar é uma nova mulher, com um chapéu preto na cabeça, pontudo, de aparência encantadora e muito bonita. Ela se posicionou ao lado do Bruxo como sua esposa, a Bruxa das Trevas, e os dois ficaram juntos, permanecendo em silêncio, como todos os demais. Não disseram nenhuma palavra o tempo todo, os braços de ambos também estavam presos por fitas coloridas.

Cláudio fica tão envolvido ao contar o sonho que parece estar revivendo toda a cena novamente naquele momento.

– No silêncio absoluto, o Mago começou a falar. O som da sua voz, forte, ecoava por todos os cantos da cidade:

– Agora, está próximo o nosso fim material. Começou o momento terrível para o povo Inca, e antes de os invasores chegarem por aqui, vamos partir nessa jornada gloriosa. As pessoas se iludem acreditando estar diante dos deuses vindos do mar, porque cavalgam em animais desconhecidos. E essa fraqueza as tornará prisioneiras das próprias fantasias, e desse modo serão dominadas pelos invasores. Conhecerão um novo tipo de riqueza: a riqueza inglória da ambição dos conquistadores. Assim, um povo imensamente rico, em todos os sentidos, se tornará escravo da ganância, precisando enfrentar grandes batalhas contra armas invencíveis. Todos perderão a liberdade e se tornarão parte de um mundo de ganância, desconfiança e temor, e nada mais restará do seu conhecimento além da suposição histórica. Por esse motivo, eles nunca saberão da nossa existência, nem imaginarão a inexistência do monstro, pois a cobiça humana utilizaria esse conhecimento para fins desagradáveis.

Ele fez uma pausa permitindo que a Salamandra se pronunciasse:

– A Serpente se extinguiu em cada um de nós, estamos desapegados das coisas materiais, dessa maneira, ela não faz parte da nossa vida. Deixamos no passado a percepção material originada da Serpente, e abolimos os apegos nos libertando das garras do Puma.

O Mago continuou:

– Somos livres. Libertamo-nos do apego material. O materialismo não faz parte das nossas vidas, apesar de vivermos na matéria. Assim ficamos livres inclusive das garras do Puma, e agora, ao atingirmos a plenitude espiritual em nossas vidas, vamos nos libertar no voo da Condor, com a percepção espiritual em evidência.

Os dois se intercalavam perfeitamente na fala. Ela disse:

– A única exceção será vocês dois – ela aponta para o casal mais jovem do grupo separado dos demais. – Vocês se manterão vivos e deverão ir embora assim que cumprirmos esta missão – dirigindo-se a Cláudio e à Mama, sua esposa naquela cidade.

O Mago complementou aquelas palavras reforçando a obrigação dos dois:

– Devem varrer o chão em que nos encontramos agora, eliminando qualquer vestígio que porventura deixemos no momento de continuar a nossa jornada.

Em seguida, Cláudio continuou:

– Eu temia pelos acontecimentos. A impressão era a de todos eles desaparecerem, menos eu e a mulher ao meu lado...

Ana Júlia continua prestando atenção na história de Cláudio, concentrada em todos os detalhes, anotando-os no computador. Permanece quieta, sem falar, para ele poder continuar descrevendo os fatos sem qualquer espécie de interrupção. Ela fica associando as palavras daquele momento com a história anterior, separando alguns pontos e sublinhando outros. Concentra-se em Cláudio, na sua narração:

– O Mago fica quieto, eu continuo prestando atenção na situação diante de mim. A luz projetando-se do cajado na escuridão vai iluminando os personagens, um a um, enquanto a paisagem ao redor fica enevoada, como se a Natureza lamentasse esse momento e chorasse por causa dos acontecimentos. A tênue iluminação sobre as pessoas indicava que ainda estavam presentes.

O casal escolhido para permanecer vivo fica cochichando em alguns instantes, observando os eventos. Mama diz ao marido:

– Manco, parece que o nosso destino é não ter destino. Vivemos o presente sem ligação com o passado, perdidos quanto a qualquer futuro.

Manco retruca:

– Vivemos! E escapamos de alguns dilemas.

Mama dá continuidade ao seu parecer:

– Nós subimos com medo do monstro, depois o enfrentamos na caverna, e aconteceram todas aquelas coisas com a gente. Agora, mais uma vez, estamos à mercê do inesperado, nem imagino o que eles vão fazer para desaparecer.

Ele estava na mesma situação que a esposa, sem saber como isso iria ocorrer.

Voltando ao seu personagem no presente, Cláudio diz:

– Continuei prestando atenção em qualquer palavra ou movimento, ouvindo os sussurros da mulher ao meu lado, queria ver o seu rosto, no entanto ela não virava na minha direção. Eu conseguia ver apenas o perfil direito da sua face. Ficava pensando sobre qual seria a verdadeira finalidade do enredo trágico esperado por todos eles.

A energia vinda do Universo projetava-se ininterruptamente em cada pessoa, inclusive nos dois, e em determinado momento começou a se aglutinar formando um só conjunto. Misturava-se com a energia que saía do cajado do Mago, e na continuidade ia pouco a pouco se movimentando em círculos preenchendo todo o espaço ali dentro. Essa energia se expandia projetando-se em todas as direções em que se encontravam os casais, pairava sobre a cabeça deles, absorvendo completamente as suas energias, em movimentos circulares, num sinal de todos os presentes formarem uma só corrente.

O Mago volta a falar aos presentes ainda conscientes da situação:

– Manco e Mama, vocês deverão levar estes dois pergaminhos para bem longe daqui após o nosso desaparecimento físico, impedindo com isso que os invasores se apoderem deles, depredando o nosso conhecimento espiritual.

Ele entrega um dos pergaminhos nas mãos de Manco, e o Bruxo entrega para Mama o outro que está em seu poder, continuando a se manter ao lado da esposa, a Bruxa das Trevas, no mesmo silêncio anterior.

A Salamandra da Luz dá continuidade ao ritual:

– Busquem a percepção espiritual para nos reencontrar no próximo Mundo, enquanto isso não acontecer, vocês continuarão voltando até finalizar a sua jornada. Todos nascem puros, mas a mente dos impuros acaba contaminando a pureza da criança.

O Bruxo entra em cena dizendo:

– Jamais separem os dois pergaminhos, eles juntos mostram a força Universal do Amor; separados, podem permitir a libertação do mal embutido nos anéis do fecho.

A Bruxa fala pela primeira vez:

– Eles só poderão ser abertos pelos escolhidos, por ninguém mais, e se forem rompidos à força muitas calamidades poderão vir.

Retoma Cláudio:

– Todo o povo que habitava Machu Picchu reunido na praça continuava sentado no gramado, postado em ordem cronológica, todos posicionados como se fossem meditar. Eles fechavam os olhos, cruzavam as pernas e aguardavam o movimento sublime de partir. O conjunto de seres humanos visto do alto acabou formando perfeitamente o corpo do Condor com as asas abertas, dando a sensação de estar se movimentando suavemente, como se estivesse sobrevoando o local. O movimento dos presentes, balançando o corpo para os lados, gerava essa sensação de voo. Eles entoavam ao mesmo tempo um cântico estranho, mas sublime; parecia um coro angelical, precedendo o momento de alçar voo para a eternidade. Não consegui compreender as palavras do cântico, mas era algo forte, arrepiava só de ouvir.

Ana Júlia tem a curiosidade de perguntar algo e interrompe:

– Você disse que conseguiu ler os títulos dos dois pergaminhos. Estavam em nosso idioma?

– Não, eles estavam escritos no mesmo idioma estranho do cântico, mas o Mago transformou as palavras desconhecidas em algo que eu pudesse ler, por isso sei o que estava escrito.

– Ok, e desculpe-me por atrapalhar a sequência.

– Sem problemas. Com você perguntando, quem sabe consigo ver algo que deixei passar despercebido? Eu estava ansioso querendo prever como eles iam desaparecer. Muita teoria surgia e desaparecia da minha mente. Havia grande expectativa tomando conta naquele momento, meu corpo tremia, o corpo de Mama acompanhava o meu, e o suor frio em nossas mãos se fazia presente. Aquela mulher ao meu lado ainda não havia mostrado o seu rosto, tudo isso me intrigava e assustava, pois via apenas seus longos cabelos negros, a estatura mediana e as suas formas maravilhosamente bem torneadas. Quanto aos demais presentes, nenhum deles parecia estar incomodado por partir daquela maneira, todos tinham o semblante feliz, a projeção energética do amor expelido por eles prevalecia no uníssono da satisfação de conhecer a si mesmo. Deixar a Terra para nunca mais voltar, quase ninguém ficaria à vontade com essa ideia, muito menos eu.

Então, o Mago levantou seu cajado, dizendo palavras desconhecidas em tom intenso e seguro, recebendo mais energia do Universo, formando um imenso clarão, seguido de um forte estrondo, projetando muita energia dourada. A Salamandra em seu voo suave e gracioso movimentava os braços, fazendo surgir uma incomensurável e intensa energia prateada, entrelaçando-se e contrastando maravilhosamente com a dourada, circulando em todas as direções. Os bruxos começaram a participar ativamente da cerimônia, alastrando o mesmo tipo de energia do Mago e da Salamandra. O entrelaçado dourado e prateado seguiu na direção do primeiro casal. O dourado começou a preencher o corpo do homem, enquanto o prateado fez o mesmo com o corpo da mulher. E essa sequência continuou para o casal seguinte, e assim sucessivamente, até preencher o último. A força da energia do Universo unida à energia dos personagens não se misturava com aquela dourada que fluía intensamente, num maravilhoso espetáculo energético, entrecortada pela energia prateada, como se fossem fogos de artifício. O corpo carnal de cada um dos presentes, ao ser envolvido pela energia, começava a se desintegrar, e projetava a massa molecular para o espaço exterior, levando consigo as partículas de cada componente humano. Ao se desmaterializarem, todos os homens e mulheres foram preenchidos por aquelas energias, devolvendo ao Criador as moléculas da matéria constituídas por vida, energia, e sabedoria. Misturavam-se com a Vida, Energia e Sabedoria do Universo, formando uma só unidade, e desaparecendo da visão de Cláudio pela absorção da Natureza. Cláudio deu sequência:

O Mago e o Bruxo preencheram de energias um a um dos homens, a Salamandra e a Bruxa, as suas esposas e, enquanto isso acontecia, os espíritos desprendiam-se de cada corpo ao começar a se desintegrar, como se fossem constituídos por luz dourada e prateada completamente transparente. A energia recebida e transmitida pelos quatro Elementais vibrava de forma intensa. E em silêncio, cada parte do corpo ia desaparecendo gradativamente, sem qualquer esboço de sofrimento por parte deles. Todos continuaram calmos, felizes, alegres, extravasando amor, envolvendo ainda mais os presentes. Enquanto isso acontecia, o espírito, ao sair do corpo carnal, deixando-o, permitia que a matéria devolvesse à Natureza os ingredientes utilizados por empréstimo durante todo esse período da vida material. Fluindo de cada corpo, a energia expelida continuava criando movimentos circulares, agregando-se às respectivas cores. A energia dos corpos carnais e a do Universo fundiam-se gradativamente ao se unirem, voltando ao espaço pertencente a elas. Os Espíritos dourados e prateados permanecciam exatamente no local onde seus corpos estavam. Eles ficavam aguardando todos os demais serem libertados. Até "eu" senti a força da energia física mais densa, e a espiritual mais sutil, recebendo-as como um baque intenso e forte, sem realizar qualquer desintegração no meu corpo e no corpo da Mama. Nós tivemos a impressão de estar flutuando no espaço infinito.

A dimensão da imortalidade individual se encontrava espiritualmente diante de todos, os corpos temporários se dissiparam desaparecendo no Grande Universo. O corpo carnal jamais será imortal, a imortalidade é fator presente apenas nos espíritos. As barreiras entre matéria e espírito desapareceram como ciscos levados pelo vento, permanecendo apenas o formato da vida espiritual na forma de Luz.

Eu podia ver cada um deles, mesmo por meio daquele corpo sutil, parecendo ser feito de vidro, iluminado pela luz referente à sua energia. Era um espetáculo maravilhoso de ver, emocionante, jamais presenciei algo dessa natureza.

Cores Divinas estabeleciam as virtudes de cada um, em movimentos de percepção espiritual, parecendo fogos de artifícios nos mais belos desenhos do artista Universal. Havia um verdadeiro encantamento, transformando o momento aparentemente desagradável da desintegração, em algo encantador, magnífico de se ver. Os Elementais comandavam todos estendendo seus braços, movimentando a energia dourada e prateada numa animação organizada com sabedoria, vida e energia. Daquele conglomerado formado, a animação ia mostrando os espíritos flutuando no ar diante de Cláudio, tornando-os quase imperceptíveis aos olhos humanos, mas não aos olhos astrais.

Ana Júlia faz uma pergunta:

– Como eles devolviam essa energia dos corpos carnais?

– Um a um dos corpos carnais, quando começava a desintegração, devolvia cada elemento da Natureza: o elemento calor, o elemento água, o elemento terra, e finalmente a respiração exalava seu último sopro, fazendo o espírito se projetar como energia, devolvendo o elemento ar.

Ao final desse espetáculo, sobrou apenas um leve e superficial esboço de cada corpo no chão, feito pela projeção da energia do corpo etéreo. Nenhum deles escapou do acontecimento. Com exceção de Manco e Mama, restaram apenas silhuetas formando o desenho do Condor. A ave finalmente poderia alçar seu voo para a eternidade, levando em suas asas a liberdade espiritual. Era maravilhoso observar a sutileza e os detalhes do momento. Ela batia as suas asas e foi desaparecendo aos poucos, misturando-se à Vida, à Energia e à Sabedoria do Universo.

Os Espíritos, com a sua energia brilhante, sobrevoavam ao redor, unindo-se, observando a revoada do Condor para a próxima jornada da vida de outros candidatos a seres humanos. Os espíritos dourados uniram-se e se projetaram em um dos pergaminhos, selando-o com o Condor na capa, como se ele estivesse tomando conta do livro para ninguém abrir. Os espíritos prateados uniram-se e penetraram no outro pergaminho, onde pude ver a capa com o desenho do Puma e da Serpente. O Mago e a Salamandra selaram o pergaminho com seu cajado. O Bruxo e a Bruxa selaram o outro com a pena que ele sempre carregava consigo, porém não havia mais nada para escrever. E os quatro se unificaram e desapareceram no espaço sideral. Daquele turbilhão de movimentos de energia restou o silêncio, a escuridão da noite, todas as coisas da Natureza ao redor voltaram ao normal. Ficaram apenas Manco e Mama, com os dois pergaminhos em suas mãos.

Conclui Cláudio, decepcionado:

– Olhei para o solo e não havia mais nenhum sinal deixado por nenhum morador da cidade; cada dupla, todos eles se foram no bater das asas do Condor. No entanto, curiosamente as fitas coloridas continuavam unidas, como se ainda estivessem presas nos braços das pessoas. Nada mais restava para fazer naquele local, logo seria apenas uma cidade fantasma, sem qualquer vestígio dos seus moradores. Finalizando a seção, agora eu e aquela mulher deveríamos levar os dois pergaminhos para bem longe dali.

Ana Júlia, anotando muitos detalhes, tem a curiosidade de saber algo a mais.

– Você conseguiu ver os detalhes dos livros com os pergaminhos?

– Sim, um deles tinha na capa, como fundo, o desenho da cidade de Machu Picchu, com alguns telhados, e o Condor na posição de voo, batendo as asas, como se estivesse sobrevoando a cidade para vigiá-la. Era a capa dura feita de couro de lhama que parecia um pergaminho, ou algo dessa natureza. O outro pergaminho também tinha como fundo a cidade, com todas as casas sem nenhum telhado, todo ele feito do mesmo material. Havia um desenho da Serpente ao lado do Puma, também como se estivessem tomando conta da cidade. Eu não compreendi o motivo de eles terem separado os espíritos. Os masculinos ficaram em um dos pergaminhos e os femininos no outro – conclui Cláudio.

Ela complementa:

– Não pode ser por causa da energia? É curioso o que você está contando, porque foram o Bruxo e a Bruxa que selaram o pergaminho prateado, e no conceito popular eles representam o desagradável.

– Creio que não. Porque durante todo o tempo, na experiência anterior durante a maratona de Manco e Mama, ele sempre mostrava o pensamento humano e as suas ilusões, como se desejasse ensinar ao casal os erros cometidos.

– Bom, estou anotando todos os detalhes para tentarmos encontrar algo que valha a pena.

Cláudio, parecendo estar olhando para o horizonte, com os olhos fixos no nada, termina de contar o sonho:

– O vazio continuava soberbo na cidade. O silêncio total, nenhum animal se manifestava naquele momento, a lua voltou a mostrar a sua luz maravilhosamente brilhante, podíamos ver quase todo o cenário à nossa frente desde o alto das montanhas.

Exclamando, ela comenta os fatos narrados:

– Que experiência fantástica!

Cláudio continua a narração.

– Então resolvi partir para algo que me intrigara desde o início dessa jornada. Mama estava de costas para mim, então, na ansiedade de ver seu rosto, eu a segurei pelos ombros e a virei de frente.

Nesse momento, ele se espanta com a visão do rosto de Mama que lhe vem à lembrança. Ana Júlia percebe e rapidamente pergunta:

– Nossa, que houve? Parece ter visto um fantasma! – Ela ri meio sem graça, com a sua colocação, dizendo: – Tá certo, você viu dezenas deles...

Ele continua sério, como se estivesse concentrado em algo espantoso ao olhar para a mulher, e fala pausadamente:

– Não era a Laura, mas você ao meu lado.

Ana se assusta com o que ele diz.

– Nossa! Eu?

– A imagem da mulher ao meu lado era você... No entanto não sei se é coincidência, ou se realmente era você em outra encarnação. Não havia diferença alguma na fisionomia e no corpo.

Ana Júlia, meio sem jeito, encabulada com a expressão dele ao vê-la, diz:

– De qualquer maneira fico contente por ter sido alguém tão importante para um povo.

– Fiquei embaraçado com a surpresa, agora me lembro de que no sonho eu a chamei pelo nome, mas você disse se chamar Mama.

Ana Júlia sem jeito e feliz com a situação, quase sem saber o que dizer, faz uma colocação meio sem graça:

– Sou durona até na cidade.

Cláudio sente seu coração bater fortemente, acelerado com a revelação daquele momento, algo em si se movimentava de modo diferente. Desejou tê-la ao seu lado para o todo sempre, algo além de funcionária, no entanto, ao mesmo tempo começa um debate em sua mente, porque está apaixonado pela esposa, ficando sem saber qual delas o completaria.

Ana Júlia, pensativa e sem saber ao certo o que fazer, exclama:

– Interessante! Esses nomes que você mencionou são os mesmos dos fundadores do Império Inca: Manco e Mama.

Cláudio visivelmente incomodado deixa os pensamentos de lado, não há como tomar qualquer decisão neste sentido, sobre as duas mulheres, e volta à cena dos acontecimentos, feliz por estar com a secretária ajudando-o diariamente.

– Creio ter sido influenciado por esses detalhes, todos os acontecimentos que ficaram na história, e os mistérios envolvendo muitas das construções Incas. No entanto, como todo sonho, nem sempre é mostrado algo real, e isso acaba se tornando uma simbologia interessante, mas desconhecida da própria pessoa. Aqui, nesse caso, os fatos são reais.

– Pode ser. O poder da nossa mente é incrível.

Ele continua a falar dos acontecimentos:

– Minhas dúvidas aumentavam gradativamente conforme as coisas iam acontecendo. Eu olhei várias vezes para Mama e não me conformava com a semelhança, agora sei que era você mesma em outra vida, ou algo assim.

– Quem me dera...

– Você, Ana, olhava naturalmente, nem sabia da sua existência atual, era eu quem estava presente cambaleando entre estas duas vidas: Manco e Cláudio.

Ela ri meio sem graça nesse momento, mas no fundo gostaria de ser ela mesma ao lado dele no dia de hoje, não no ontem. Permanece quieta, sem jeito, ansiosa quanto aos seus sentimentos, para ele não desconfiar.

Cláudio continua falando sem parar:

– Antes de partir, Manco e Mama limpam o solo apagando o remanescente das silhuetas superficiais que porventura tivessem ficado na ponta da grama, retirando quaisquer vestígios dos moradores, restando apenas o gramado como a Natureza o modelou. Recolhem todas as fitas coloridas e as colocam em duas bolsas que levarão consigo presas às costas.

– Mas como sairiam daquele lugar sem ninguém vê-los?

– Ana, foi exatamente isso que perguntei a ela. "Como vamos sair daqui sem ninguém nos ver? Não podemos descer pela montanha da mesma maneira que subimos." Mama na incerteza colocou alguns pontos que foram difíceis de serem superados ao fugir:

– Sim, além de tudo há os guardas, e se souberem que estamos vivos, eles nos matam.

– Deve existir algum outro caminho. Acho melhor a gente procurar e sair logo daqui.

– Manco pega um dos pergaminhos e guarda na bolsa, ela faz o mesmo com o outro. Sem saber qual direção seguir, pois estavam completamente perdidos, de repente, do nada, apareceu um pequeno facho de luz, projetado pela lua através de um vão entre as nuvens. Ele formava uma espécie de seta, como se quisesse mostrar a direção correta para seguirem.

– A luminosidade daquela luz era bem sutil, e se projetava do local onde nos encontrávamos mostrando a outra montanha, a Hyauna Picchu. Eu disse para Mama, vamos seguir na direção dessa luz, seja o que for, é a nossa única opção e esperança. Deve ser o Mago nos mostrando o caminho.

– E se for o Bruxo? – questiona Mama e Manco responde:

– Mama, do modo como ele agiu, se for ele, devemos segui-lo. De qualquer maneira precisamos arriscar, não temos qualquer outra opção, e eu optaria por seguir em frente. – Prossegue Cláudio:

– Continuando com os pergaminhos nas mãos, nós os colocamos nas bolsas, em nossas costas, pareciam mochilas, e seguimos na direção da pequena luz. Antes de guardar, aproveitei para observá-los mais uma vez. Eles eram bem feitos com materiais do local, escritos num tipo de folha feita manualmente de plantas ornamentais da região. A escrita com tinta tirada de uma planta se agregava perfeitamente ao papel, não saindo mais. A capa dos livros com o couro das lhamas, como disse antes, era forte e resistente ao tempo. Havia mais uma coisa: todos os moradores da cidade eram exímios lutadores, um tipo de luta especial para a unificação corpo-espírito.

Ana Júlia quer saber sobre essa novidade:

– Como você sabe disso?

– No treinamento feito por Manco e Mama antes de subirem a montanha, eles praticaram esse tipo de luta, e ao chegar à cidade, todos os habitantes treinavam diariamente a mesma técnica e depois se sentavam para conversar.

– Então, eles aprendiam a arte da luta para poder ter controle sobre o corpo e dominar a mente?

– Com certeza. Em seguida, caminhamos na direção para onde o facho apontava, no entanto, ao chegar a um determinado ponto, vimos apenas a íngreme subida à beira do abismo. Estávamos acostumados a subir aquelas montanhas, mas naquele momento, com a escuridão da noite, não seria tão fácil. Quanto à cidade, como última despedida, nós dois paramos de caminhar e olhamos para trás, e para baixo, restavam apenas pedras, a lua iluminava o lugar, no entanto aquilo parecia uma cidade fantasma. A tristeza por ter presenciado algo dessa natureza nos deixou de baixo astral, entretanto precisávamos continuar em frente.

– Quer dizer, não restou mais nada, nenhum cisco de algo que pudesse dar a qualquer pessoa um detalhe da existência de alguém. Eles conseguiram não deixar rastros.

– O tempo se encarregou de apagar qualquer prova que porventura tenha permanecido no local, Ana. Infelizmente, o sábio da grande sabedoria Inca desapareceu.

– Você se lembra de mais alguma coisa, da primeira ida à cidade? Algum fato ficou despercebido?

Cláudio fala mais emocionado:

– Como pode ser possível algo dessa natureza! Com certeza, quem elaborou e construiu aquela cidade é possuidor de muita sabedoria.

– Realmente, fizeram algo extraordinário e não deixaram nada escrito sobre a maneira como foi feita a arquitetura dessa construção.

– Eles tinham o poder de fazer objetos levitar. Não deu tempo de aprender aquela técnica, mas eles levitavam toneladas como se fosse papel voando ao vento.

Espantada, ela exclama:

– Credo! Isso eu gostaria de ver. Isso deve ter sido incrível.

Cláudio continua relembrando a primeira experiência:

– Conheciam a arte da telepatia, clarividência e outras coisas mais, possíveis de serem feitas com a mente em estado de pureza.

Ana Júlia com a sua motivação deduz sobre o conteúdo:

– Quem sabe os pergaminhos ensinam justamente como fazer essas coisas.

– Pode ser. E naquele momento, eu e Mama estávamos abandonando tudo, talvez por nada... Mama começou a me apressar:

– Vamos, amor, precisamos sair rápido, não sabemos até quando a cidade vai continuar escondida no alto dessa montanha.

Manco concorda com ela e diz:

– Já enfrentamos diversos perigos neste local, espero não ter sido tudo em vão...

Os dois continuaram subindo a montanha por algumas horas, caminhando cuidadosamente por entre pedras, plantas e o desfiladeiro ao lado, na madrugada fria e escura. Para sentir segurança na caminhada, amarraram uma corda na cintura, unindo seus corpos, amparados pelas mãos quando o momento exigia. Chegando ao topo estreito e perigoso, passaram por um pequeno túnel que existia entre as duas montanhas, ligando-as. Ele era bem estreito e, ao sair, não existia nada além de dois metros de espaço até o abismo, nessa direção não tinha nada além do precipício em frente, ou então, poderiam seguir o caminho que levaria direto a outra montanha, sem qualquer possibilidade de sair. Cláudio continuou narrando:

– Ainda estávamos na porta do pequeno túnel. Contudo, a pequena seta de luz movimentou-se mostrando algo acima dele, mas do local onde estávamos não conseguíamos ver. Assim, demos mais alguns passos à frente, olhamos para trás e para cima, vendo uma pequena caverna sobre aquele túnel. Ela era aparentemente estreita, mas na escuridão da noite poderíamos estar enganados quanto ao seu tamanho real. Havia uma entrada completamente escura. Então comecei a subir nas pedras, para chegar à entrada, e auxiliava Mama, puxando-a pelo braço, ajudando-a a subir. Diante dessa caverna, tentamos ver se tinha qualquer coisa ali dentro, mas tudo em vão. Era escuro demais, não se via absolutamente nada. A pequena luz parada na entrada projetou um facho mais forte, fazendo-o brilhar por alguns segundos. Isso foi o suficiente para encontrarmos tochas colocadas nas paredes da caverna, elas haviam sido feitas pelos habitantes. Peguei duas pedras, comecei a friccionar uma na outra até conseguir fogo suficiente para acendê-las. Feito isso, nós seguimos em frente, percorrendo o túnel frio e desconhecido, sem conseguir enxergar muita coisa adiante, no entanto não restava mais nada a fazer senão continuar prosseguindo. Nesse exato momento acordei, e mesmo nos dias seguintes, sempre o sonho termina nesse ponto, não aparece mais nada além do que lhe contei, sempre termina da mesma forma.

Ana Júlia fica fascinada com essa história.

Cláudio comenta o momento ainda confuso como Manco:

– Interessante! Mas frustrante...

Ela procura considerar algum ponto como referência:

– Será que isso foi real ou apenas um sonho?

Cláudio, pensativo, sem saber ao certo o que dizer, fala:

– Nem desconfio. Se for real vou querer ir até lá para verificar por mim mesmo.

Ela, eufórica com a ideia, aproveita o momento:

– Quero ir junto, se eu era sua esposa, mereço estar a seu lado nessa experiência, quem sabe acabo lembrando desse passado esquecido!

Ela solta uma gargalhada. Ele ri com a brincadeira de Ana Júlia, que complementa a ideia com um gracejo:

– Que eu saiba não nos divorciamos – ela dá outra gargalhada e Cláudio a acompanha.

Eles ficam rindo, os pensamentos disparam nessa direção, o olhar firme nos olhos um do outro reflete um sentimento real não admitido, mas existente. Pensam na mesma mulher, Laura, cada qual com seu motivo particular para terminar a suposição de se unirem nesse instante.

O clima acaba ficando estranho entre eles, reprimindo desejos, querendo uma nova realidade, mas a impossibilidade pelos motivos conhecidos os impede de seguir em frente.

Após o relato do sonho, eles se dedicam às pesquisas buscando tudo o que pudessem encontrar a esse respeito, discutem alguns detalhes, no entanto, isso era apenas especulação, nada de real podia ser conseguido nos dias de hoje sobre esse fato.

Ana Júlia vê a jornada de trabalho chegar ao fim do expediente:

– Puxa! O dia passou rápido, as nossas pesquisas na internet pouco ajudaram, os livros da nossa biblioteca não têm nada de diferente. Não há coisa nenhuma mencionando esses fatos. Só declaração e hipótese de moradores e pesquisadores.

– Como eles não deixaram nada para trás, nunca ninguém vai nem mesmo desconfiar sobre o que poderia ser aquele local.

Assim, mais um dia termina. Ana Júlia segue direto para casa, enquanto Cláudio e Laura, ao se reverem, comentam sobre os acontecimentos do dia. Ela conta os detalhes da empresa e ele o sonho da noite anterior.

As horas vão passando até o sono tomar conta de ambos. Após adormecer, ele continua com o mesmo sonho se repetindo.

Cláudio está procurando uma passagem dentro da caverna ao lado de Mama, ou Ana Júlia, nem sabe mais ao certo, quando ouve um barulho sinistro. Uma campainha insiste em tocar sem parar, ele vira na cama, resmunga. Somente então percebe que é o despertador, ele dá um tapa para parar o barulho, acordando assustado. Olha ao redor e vê a esposa se levantando para iniciar a sua jornada de trabalho.

Laura é a primeira a falar:

– Bom dia, amor. Como foi a sua noite?

Cláudio, ainda atordoado por ter acordado assustado, diz:

– Durante o sono veio novamente o mesmo sonho de sempre.

Laura procura desviar o foco da conversa:

– Você vai continuar a sua pesquisa no dia de hoje ou quer ir comigo até a empresa? Temos muitas coisas importantes para resolver e você seria muito bem-vindo.

– Vou deixar essa responsabilidade com você, aliás, eu nada acrescentaria além do seu conhecimento, porque você sabe tudo o que acontece lá dentro, está ciente de todas as coisas. Eu só atrapalharia.

– Você não atrapalha, é bom ter o companheiro ao lado. No entanto, tem razão, preciso me concentrar nos fatos, e eu ficaria encantada com você e me desconcentraria.

– Tá vendo! Depois dessa noite é melhor eu sair um pouco, caminhar pelo condomínio e ver coisas diferentes, para espraiar a minha cabeça, senão entro em parafuso.

Laura volta ao foco do sonho:

– O que aconteceu no sonho?

Enquanto isso vão ao banheiro, ela toma banho e ele faz a barba, falando dessa noite.

Laura, após saber sobre a mulher ao lado dele, fica rindo:

– Então, não conseguiu se livrar de mim nem no sonho, e estivemos juntos novamente? Há! Há! Há!

Cláudio também ri da brincadeira, mas considera bem séria a situação. Não era ela, e sim Ana Júlia quem estava ao seu lado. Sente-se realizado com a esposa, mas algo mais forte o leva a sentir um amor sem igual por Ana Júlia.

Ele disfarça e concorda com ela, pressupondo terem vivido juntos em muitas empreitadas.

Depois de prontos para a jornada do dia, eles se beijam, Laura entra no carro e segue direto para a empresa, o dia promete muitas novidades.

Cláudio fica no laboratório aguardando a assistente chegar, enquanto isso pensa em caminhar pelas redondezas para se acalmar um pouco.

Ana Júlia, ao chegar, o cumprimenta, ele faz o mesmo, e em seguida fala sobre a sua vontade. Ela ouve atentamente e comenta:

– Tudo bem. Vou continuar de onde paramos ontem. Sonhou novamente?

– Sim, mas depois eu conto para você.

Ana Júlia percebendo que os pensamentos dele estão longe dali concorda e fica quieta.

Cláudio caminha por cerca de uma hora, e depois de muito pensar, volta para casa, toma banho e resolve ir até a empresa, sem atrapalhar Laura, pois ela tem muitas coisas importantes a resolver. Ele vai até lá para bater papo com os funcionários mais antigos de casa. Avisa Ana Júlia sobre o que vai fazer e segue em frente.

Chegando à empresa, todos o cumprimentam, ele faz o mesmo, sorri, e vai direto para o escritório da esposa, que fica feliz ao vê-lo. Falam pouco, e Cláudio vendo-a muito atarefada, não querendo atrapalhar, resolve fazer uma visita a todas as instalações para ver quais são as novidades implantadas. Caminha cumprimentando os funcionários conhecidos e os novos.

Após conversar com muitos deles, volta para o escritório de Laura, ela mostra todas as informações necessárias nos diagramas elaborados no curso empresarial da semana anterior, que ela fez fora do país.

– Amor, agora nós temos uma reunião da Diretoria e gostaria que você estivesse comigo.

– Vamos, então. Assim revejo todos que ainda não encontrei pelo caminho.

Laura pega as pastas, alguns materiais necessários e os dois seguem para a sala de reuniões. Ao chegarem, Cláudio recebe muitos abraços e cumprimentos dos conhecidos. Após um bate-papo rápido com todos ali dentro, começa a reunião.

Durante a reunião, enquanto fala dos seus planos, Laura fica observando o marido desconcentrado, longe daquele instante, provavelmente submerso nos pensamentos pessoais. Entretanto, em vez de chamar sua atenção, ela considera a situação vivida por Cláudio no momento, e continua o trabalho.

No caminho de volta para casa, à noite, Laura pergunta quais eram seus pensamentos durante a reunião, pois não disse uma só palavra o tempo todo, nem mesmo prestou atenção aos novos caminhos da empresa.

Cláudio, ainda imerso na sua maratona, fala:

– Desculpe, amor, realmente estou no espaço sideral. Ainda continuo pensando nos acontecimentos dos sonhos dos últimos dias, e do sonho da noite que passou. A pesquisa sobre a cidade tem sempre as mesmas barreiras. É quase inadmissível aceitar isso, ficar sem possibilidades de avançar. Eu e a Ana Júlia estamos rodando em círculos, empacados.

– Eu sei, amor, mas vamos tocar a vida para a frente, em algum lugar, ou em algum momento, as respostas vão aparecer, eu sei disso. Aliás, você tem uma assistente muito competente, e com certeza ela vai ajudar e muito.

– Faz algum tempo que não começo nenhum serviço externo, a coisa está muito devagar nessa época do ano.

– Como você sabe, é assim mesmo, há épocas ótimas e outras ridículas. Mas eu vou espalhar a notícia para alguns amigos, quem sabe alguém acabe entrando em contato com você.

– Acredito no sucesso, mas é perturbador esperar sem poder fazer nada... É a primeira vez que não consigo dar sequência às minhas pesquisas. Preciso terminar esse trabalho.

– Pelo menos por enquanto é para você mesmo, não tem a obrigação de trabalhar para ninguém.

– Às vezes penso em fazer turismo e ir até lá pessoalmente, mas isso seria inútil. O que eu iria procurar?

– Se fizer isso, gostaria de estar ao seu lado, para auxiliá-lo na pesquisa, mas eu preciso continuar os trabalhos na empresa. Está sendo uma semana bem movimentada.

Cláudio está consciente da situação, entretanto alheio àquelas palavras, não conseguia desviar seus pensamentos da mesma coisa, as dúvidas preenchiam sua mente e os movimentos evasivos se chocavam, restando apenas um vazio de conhecimento.

Laura, diante do silêncio do marido em responder algo, diz:

– Será que a Ana ainda está no laboratório? Quero conversar com ela, pois faz tempo que não conversamos.

– Sim, ela deve estar trabalhando nesse horário. Se pudesse, ela ficaria morando lá.

Os dois ficam dando risada da fala do Cláudio, ele continua:

– Ela está ótima, empolgada com o emprego. Diz ter sonhado com essa profissão desde menina. Mas, mudando de assunto, que tal tirarmos uma semana de folga e visitarmos Machu Picchu?

Ela vacila por alguns segundos, no entanto, acaba concordando que ele vá para satisfazê-lo mais.

– Essa é a sua pesquisa. Preciso ficar na empresa organizando tudo lá dentro. Mas quero ver você resolvendo essa incógnita, e na volta ouvir como foi.

Ao chegar, a luz do laboratório ainda está acesa, Ana Júlia deve estar trabalhando nas pesquisas; Laura fica feliz com a novidade e resolve ir até lá para conversar com a amiga. Ao se encontrarem, sorriem, fazem estardalhaço de alegria, e as duas ficam conversando durante algum tempo, colocando a conversa em dia.

Laura pergunta: – Como foi seu dia?

– Foi maravilhoso, é excitante pesquisar coisas do passado, ainda mais quando tem mistério, tudo parece ficção.

As duas saem, fecham o laboratório, continuam conversando e se encaminham para a cozinha. Zulmira deixou tudo pronto para o jantar e Laura começa a requentar o que encontra para comerem.

Elas continuam falando por um bom tempo.

Cláudio aproveita a oportunidade e vai tomar banho enquanto elas conversam. Sem parar nem um minuto sequer, ele continua firme na ideia de visitar a cidade no Peru.

Durante o jantar, um bom papo entre eles anima a noite, enquanto saboreiam deliciosos pratos leves, frutas e muito suco.

Os dias seguintes transcorrem tranquilos e agradáveis para o casal, deixando-os mais à vontade para o amor, para a satisfação pessoal e diária. A ideia de viajar até Machu Picchu deu uma esfriada nas insatisfações de Cláudio, e gerou uma ansiedade de acontecer logo.

Ana Júlia continua pesquisando tudo quanto pode para ver se encontra alguma novidade para o patrão, no entanto, não consegue nada diferente das tradicionais pesquisas anteriores.

Nas conversas com os amigos, quando estão em uma festa, ele conta a história do sonho, e cada um deles tem uma opinião diferente sobre o tema. Alguns direcionam ao espiritual; outros, como sendo mania; há os obcecados por desejo da infância, enfim, palpiteiros têm aos montes em todo lugar.

Fazem piadas, como sempre nessas ocasiões, mas tudo é válido, porque são amigos de longas datas.

Um deles, após ouvi-lo contar várias vezes sobre os acontecimentos no Peru, pede para conversar em particular. Eles vão até a varanda da casa, onde se encontram, e Paulo diz:

– Eu tenho um amigo muito rico, é fissurado em assuntos semelhantes aos seus sonhos, e quando ele se interessa pelo objeto, acaba contratando alguém para buscar as relíquias. Vou conversar com o William e quem sabe ele o convida para falar do assunto!

– E o que ele faz na vida?

– Ele tem uma indústria, e como passatempo gosta de comprar coisas raras, coleciona antiguidades, como os materiais encontrados por arqueólogos, e chega até mesmo a pagar fortunas para encontrar algo que ele queira.

– Você sabe dizer qual o motivo dessa mania?

– Ele sempre se reúne com pessoas interessadas nesse assunto, gosta de conhecer alguém cujos estudos estão voltados ao esoterismo, espiritualidade, ocultismo, arqueologia, etc., todos os seus assuntos abordados nas últimas semanas.

– Ótimo, quem sabe ele pode esclarecer as minhas dúvidas. Deve conhecer a fundo esses temas...

– Ele é um colecionador milionário, e o assunto preferido dele é justamente esse dos seus sonhos. O nome dele é William. Não sei se você o conhece.

Cláudio pensa um pouco:

– Não conheço ninguém com esse nome.

Mesmo desconhecendo essa pessoa, aceita a ideia, e quando vai para casa, fica bem eufórico com a expectativa de dar certo. No caminho conta tudo para a esposa, pois enquanto ele conversava com o amigo, ela ficou papeando com outras mulheres durante a festa.

No dia seguinte, conta as novidades para a assistente e ela fica ansiosa aguardando algum retorno, ou do amigo, ou do William para conversar.

Apreensivo, Cláudio fala dos seus planos sobre essa possibilidade, assim eles ficam preparando tudo antecipadamente, aguardando, na certeza de conseguirem o telefonema de William. Alguns dias depois, Paulo confirma que ele vai chamá-lo.

Nesse mesmo dia, durante a tarde, o telefone toca. Ana Júlia atende e arregala os olhos, estala os dedos para atrair a atenção de Cláudio, aponta para o telefone dando sinal de que é William.

Ele corre para atender ao telefonema feliz da vida, fica conversando por um bom tempo, enquanto Ana Júlia continua seu trabalho interessada na conversa do patrão.

Após desligar o telefone, solta um palavrão, pede desculpas, pula de alegria e conta toda a conversa sobre o interesse de William.

– Ana, há alguma coisa com ele, e disse estar relacionada com o meu sonho.

– Sério? O que será?

– Não faço a mínima ideia, ele não quis dizer, pediu apenas para ir conversar pessoalmente.

Os dois marcaram um horário para conversarem sobre esse tema. Os dias parecem ter mais de 24 horas, não chega o momento esperado. Ana Júlia também acompanha o patrão na expectativa do sucesso nessa jornada, mas devem aguardar, não tem como fazer o relógio ir mais rapidamente, porque não adiantaria nada fazer isso.

As horas vão passando no seu ritmo normal e, finalmente, o horário marcado chegou. Uma hora antes do encontro, Cláudio pega o endereço e sai apressadamente, levando consigo a assistente Ana Júlia, para chegar mais rápido ao local onde fica a casa de William.

No caminho, eles não conseguem esconder a agonia desse esperado momento. Fazem muitas suposições a respeito de todas as possibilidades imaginadas pelos dois. Pensam sobre o que William pode falar, entretanto, tudo é apenas pensamento, fantasia.

Ana Júlia fala, empolgada e sorrindo:

– Fico imaginando como vai ser a conversa com a gente. É besteira, eu sei, mas estou realmente ansiosa com a chegada desse momento.

– Eu também não consigo esconder. Ou vamos conseguir algo, ou vamos desistir de vez dessa pesquisa.

Ele continua dirigindo seu carro, a viagem transcorre dentro desse clima de expectativas por uns 20 minutos. Ao chegar diante da mansão, veem um enorme jardim através da grade de entrada. Tem um caminho feito de pedras polidas, permitindo ao veículo e às pessoas se locomoverem até a porta de entrada.

No centro do jardim observam um chafariz, com o formato de um dragão, jorrando água pelo nariz e pela boca. Os olhos do animal parecem vigiá-los em cada movimento.

Cláudio sente-se incomodado com aquilo:

– No sonho, o dragão. Na experiência anterior, o dragão da caverna, em casa uma estátua do dragão, e agora um chafariz de dragão. Algum dragão quer alguma coisa comigo!

Os dois caem na gargalhada.

Aproximam-se do portão, mas ainda está trancado. Cláudio desce do carro para tocar a campainha, aguarda alguns instantes e, após ser reconhecido por alguém de dentro da casa, recebe a autorização para entrar, e o portão começa a se mover automaticamente. Volta para o carro e espera a abertura total para poder ingressar.

Entra com o automóvel e o coloca no estacionamento. Ele continua incomodado com os olhos do dragão. Ana Júlia também fica olhando sorrateiramente para a estátua, e tem a impressão de ela a estar seguindo. Ela ri da situação e, brincando, manda o dragão olhar para o outro lado.

Apressados, eles se dirigem para o *hall* de entrada. Poucos segundos depois William abre a porta, todos se apresentam, cumprimentando-se enquanto dizem o nome e o prazer de conhecer o outro.

William atende aos dois e os convida para entrar.

– Fiquem à vontade.

Cláudio faz um gesto cavalheiresco com o braço para Ana Júlia seguir na frente. Ela agradece, entra rapidamente, e os dois homens entram logo em seguida. Observam diante de si a enorme sala de visitas, com o pé direito de seis metros de altura, deixando Ana encantada com a quantidade de coisas interessantes e diferentes das habituais presentes naquele local.

Ana Júlia, detalhista, não perde a oportunidade de olhar tudo quanto pode, admirando algumas coisas. O local é um verdadeiro centro de raridades arqueológicas. Ela reconhece algumas, fascinada com essa visão única, e segue falando delas enquanto William fica contente por conversar com alguém que conhece bem aqueles artefatos raros.

Cláudio fica enciumado com a colocação do anfitrião e começa a conversa:

– Todos esses artefatos são fascinantes. Para um colecionador, isso não tem preço.

William concorda e completa:

– E se você bobear, eu vou contratar a sua secretária, ela conhece muito sobre as minhas raridades. Seria uma ótima oradora para falar sobre elas nas palestras.

Cláudio fica corado:

– Vai ser uma briga boa entre nós dois.

Eles riem da brincadeira e começam a falar do que realmente interessa. William principia falando sobre o seu gosto:

– O prazer de colecionar não tem como objetivo se desfazer do artefato vendendo-o, mas de valorizar a sua confecção, a sua raridade, para dar seguimento às obras de arte da antiguidade, impedindo-a de ser destruída. Posso expor em museus, feiras, etc., e nesses locais, sempre encontro outros colecionadores interessados em trocar conhecimento.

Após algum tempo caminhando por entre os objetos de William, eles sentam em um dos sofás da sala e conversam. Ele está contente por poder mostrar alguns itens da sua coleção:

– São objetos históricos, eu aprecio coisas desse tipo e me interessei pela sua narração sobre o Peru. Quando o Paulo contou, na mesma hora pedi para convidá-lo, para conversarmos. Antes de qualquer coisa, quero saber todos os detalhes do seu sonho.

Cláudio, empolgado, conta o sonho em detalhes e depois a história sobre sua viagem astral a Machu Picchu, na esperança de obter respostas ainda não esclarecidas.

Ana Júlia fica observando William interessado na narrativa de Cláudio e a empolgação deste ao contar o sonho. Agora, parece ter a esperança de resolver essa situação.

William faz suspense por alguns segundos, no entanto, antes de falar, chama a empregada e pede uma bebida para todos. Cada qual escolhe aquela de que mais gosta, e a senhora vai preparar.

Ele faz essa pausa, respira fundo permanecendo pensativo, e prossegue:

– Existe uma tribo ao noroeste do nosso país, quase na fronteira do Brasil com o Peru, na direção da divisa Amazonas e Acre, chamada Ande; os habitantes dela contam uma lenda muito semelhante com a sua história.

Cláudio, admirado, exclama, ajeitando-se na poltrona para prestar mais atenção:

– Sério! – e torce a sobrancelha com a revelação desconhecida:
– Essa eu não sabia.

Ana Júlia também se impressiona com a revelação de William:

– Quem poderia imaginar isso, essa semelhança pode demonstrar que o seu sonho é realidade. Sr. William, esse local fica longe de Cusco?

William, então, continua:

– É a tribo Ande. Hoje alguns dela vivem no território brasileiro, no Alto Juruá. Oriundos do Peru, habitam nas margens dos rios Amônia, Breu, Envira e no igarapé Primavera, a história da ocupação Ande na região é, no entanto, difícil de estabelecer com exatidão. Alguns dizem que o verdadeiro povo Ande ainda está vivendo no Peru, bem próximo desse local descrito. Cerca de uns 400 quilômetros do Acre. Eles se intitulam: os guardiões.

Cláudio, curioso, pergunta:

– Guardiões? Do quê?

– Aqueles que vivem na fronteira têm um ritual; todos os anos descem as cabeceiras do rio Envira para coletar quelônios (tartarugas, tracajás) durante o verão, para caçar e pescar. Eles têm uma atividade produtiva nesse período de seca na Amazônia. A maloca deles fica na outra margem de afluentes do rio Envira, no território peruano. Nessa época do ano, o rio seca e as águas chegam apenas na canela. O tempo todo eles atravessam o rio de um lado para o outro.

Cláudio fica empolgado, tudo parece ter alguma ligação com o seu sonho, e menciona o seu estado de espírito:

– Estou gostando dessa história e imaginando um monte de outras sobre essa tribo dividida. Uma delas poderia ser para despistar os curiosos, levando-os para a tribo no Brasil, quando a verdadeira está no Peru.

William responde que é uma possibilidade. Ele levanta e pega uma foto colocada sobre uma pequena mesa no centro da sala, mostra aos dois, continuando a falar. Entrega a foto nas mãos de Cláudio, ele olha junto com Ana Júlia, curiosos para ver do que se trata, mas o que chama a atenção deles é um índio, com o pênis preso na cintura.

– Isso mesmo, eles fazem isso com a casca de envira (uma árvore da floresta tropical); utilizam também para amarrar o facão que tem na cintura.

Cláudio e Ana Júlia riem da situação ao ver a foto que William está mostrando.

– Outra característica marcante é o corte de cabelo, sempre bem curto. O arco e a flecha são feitos de madeira de pupunha (palmeira nativa). A ponta da flecha é feita de taboca, um tipo de bambu. É uma flecha bem belicosa.

William continua:

– Eles contam uma lenda, e é nesse ponto que coincide com o seu sonho: dizem que apareceu um casal de jovens vindo do kenóki,[1] eles surgiram diretamente da entrada da Terra, saindo em uma caverna quando ainda estavam vivendo no Peru, ou seja... – William pega novamente a foto que tirou da pintura feita pelos índios. – No desenho, como você pode ver, atrás deles existe uma caverna, local onde os dois jovens surgiram, e são até os dias de hoje aclamados como deuses. Por esse motivo, eles foram retratados na pintura encontrada naquele lugar. Observe, sobre o braço de cada um deles há um objeto, poderia jurar que é uma espécie de livro, pelo formato.

Cláudio olha atentamente, ele trouxe uma lupa:

– Realmente, parece um pergaminho, como no sonho. Mas, se o meu sonho se refere a algum acontecimento que existiu, não sei onde eu entro nessa história. Por que fui sonhar com algo completamente desconhecido por mim?

Ana Júlia complementa:

– Talvez pela sua própria profissão.

Enquanto Cláudio e Ana Júlia continuam olhando a foto, o anfitrião diz:

– Bom, quando seu amigo me contou o sonho, na mesma hora lembrei-me dessa foto, ela foi tirada da pintura original. Eu a adquiri quando estive visitando a região de Manaus, e fui até essa tribo.

---

1. Palavra que significa: lugar onde vivem os bons espíritos.

Acredito na veracidade desse mito, a maioria deles sempre tem algum fundo de verdade. Não deve ser apenas uma coincidência entre a história deles e seu sonho, pode haver alguma coisa muito importante nesses pergaminhos, e eu, como colecionador, gostaria de buscá-los.

Ana Júlia, ouvindo todos os detalhes, diz:

– É interessante quando algo antigo tem mistério envolvendo alguma coisa.

William fala algo da sua experiência como colecionador:

– Os antigos tinham o poder de conhecer profundamente as coisas da natureza, e até os dias de hoje algumas delas ainda são completamente desconhecidas.

E sem perder mais tempo, faz a sua oferta:

– Pago qualquer preço para vocês irem até Machu Picchu e depois visitar essa tribo indígena para resgatar os livros. Devem estar em algum desses dois lugares. Tudo quanto conseguirem de provas, história, será muito bem-vindo.

– E se tudo isso não passar de lenda? E por que me escolheu? – pergunta Cláudio.

– Porque você parece ter alguma coisa a ver com essa história, ela se repetiu várias vezes nos seus sonhos, e se esse pergaminho for o que imagino, vai poder mudar muita coisa.

Neste momento, a copeira traz um cafezinho para todos, com bolachas doces, coloca sobre uma pequena mesa de centro, e William os serve, eles agradecem e continuam conversando. Enquanto faz esse gesto de servir, ele diz:

– Impossível ser apenas fantasia ou coincidência. Você não poderia sonhar com algo dessa natureza, exatamente como os índios contam, e acreditar em coincidência ou algo do tipo, tem semelhança demasiada no seu sonho.

– Sou pesquisador e resgato antiguidades quando contratado para fazer isso. Faço as pesquisas na minha empresa, traço todos os planos antecipadamente, calculo algum possível perigo, e parto em busca do objeto.

Ana Júlia, apoiando a ideia de viajar ao lado dele e encontrar os artefatos, insiste para o patrão pensar na oferta:

– Essa viagem poderá acabar com todas as suas dúvidas.

Cláudio, pensativo, concorda com ela:

– Isso é verdade, estou começando a ficar neurótico de tanto pensar na mesma coisa.

William aproveita a deixa:

– Pois então, você poderia unir o útil ao agradável: pesquisar Machu Picchu e conseguir os pergaminhos para a minha coleção. Eu lhe ofereço cinco milhões para aceitar o caso. Acha que seriam suficientes para mudar sua ideia?

Ana Júlia até engole em seco. Engasga com o café e diz que aceita o trabalho. Cláudio ri, e diz:

– Ele está me oferecendo esse valor e você é quem concorda?

Mais que depressa ela complementa:

– Não é uma oferta que alguém consiga recusar.

Cláudio até gagueja ao se conscientizar e repetir a vultosa soma oferecida:

– Cinco milhões? Deve ser muito importante mesmo, para pagar essa quantia por algo que você nem sabe se existe!

– Existe com certeza. Os Ande não fazem nada insignificante para a tribo. Principalmente quando desenham alguma coisa que viram, portanto acredito realmente na existência desses livros. Quero saber o que eles contêm. Tenho até um local especial para guardá-los na minha coleção.

Ele levanta, pede aos dois para acompanhá-lo, e os leva até o fundo da sala de visita, onde há duas cúpulas de vidro vazias prontas para receber algo valioso.

– Eles vão ficar neste local especial. Ah! Antes que eu me esqueça, tenho também um mapa daquela época sobre toda a região. Consegui com outro colecionador por uma pequena quantia.

Sua alegria é imensa quando fala dos pergaminhos. Demonstra certeza, acredita na veracidade do seu objetivo, e isso acaba contaminando os visitantes.

Cláudio olha detalhadamente o desenho, observa, vê várias vezes as mesmas coisas, lembra-se das particularidades do sonho. Pega o mapa, estuda o local onde fica localizada a tribo e pergunta se os indígenas ainda existem.

– Sim, como eu disse antes, a tribo ainda vive no mesmo local, no lado peruano, e contam aos descendentes, desde a época dos acontecimentos, essa história maravilhosa dos dois jovens com os segredos do Universo. Consideram-nos como deuses, e os aguardam para revelar os segredos e levar os livros de volta para os céus.

– Então, nesse caso, jamais entregarão os livros.

Olha novamente para a pintura dos jovens, concentra-se nos detalhes dos pergaminhos:

– Parecem mesmo dois pergaminhos nas mãos de cada um deles. A roupa do casal é semelhante aos trajes incas da época, os adornos na cabeça, o tecido da roupa feito de couro, e os traços do rosto.

– Sim, tudo é semelhante. Ainda acredita em coincidência?

– Ok. Você me convenceu, no entanto preciso conversar com Laura, se ela concordar em ir comigo, virei até aqui para acertarmos os detalhes. Preciso que você tire uma cópia de todos esses documentos para a gente estudar e traçar nosso plano.

Ana Júlia, até então apenas na torcida, solta um grito de alegria ao ouvir Cláudio concordar com a viagem:

– Com certeza estarei junto com vocês, não quero perder essa...

– Pelo jeito já arranjou mais uma companheira de viagem – William dá risada.

– É a melhor assistente que alguém poderia encontrar, mas está comigo. Como você mesmo viu, ela conhece tudo de arqueologia e sobre os artefatos antigos. E você nem pense em tirá-la de mim...

Ainda rindo, eles se despedem e voltam ao laboratório, satisfeitos com um novo trabalho, principalmente em razão de o objetivo ser o mesmo de Cláudio.

Durante todo o restante desse dia eles trabalham incessantemente pesquisando, olhando a foto, o mapa, procurando mais informações sobre o local.

Começam a traçar os planos sobre toda a trajetória por onde devem seguir, inclusive procurando informações sobre a tribo Ande, e encontram as duas nas pesquisas.

Nem perceberam, mas já passa das 18 horas, Laura chegou e está em casa descansando, sentada no sofá, aguardando o marido voltar. Algum tempo depois, ela o vê chegar junto com Ana Júlia. Como os dois estão muitos felizes, tem certeza de eles terem conseguido alguma coisa.

Ansiosos, contam toda a conversa com William, sobre o contrato de cinco milhões, e ao mesmo tempo pedem a sua opinião sobre o que devem e podem fazer.

– Com certeza vocês devem ir até lá. É o seu trabalho.

Ana Júlia arregala os olhos quando Laura termina sua fala, e continua:

– Aliás, por uma quantia dessas até eu iria, se não fosse essa obrigação da empresa.

– Tire umas férias antecipadas. Você é a dona da empresa, tem muitos funcionários capazes de suprir a sua ausência.

– Concordo com você, no entanto, neste momento preciso realmente estar presente, porque são decisões importantes, e elas vão definir o nosso futuro. Não podem ser tomadas por funcionário nenhum.

Ana Júlia fala lamentando a ausência de Laura:

– Que pena, nós três faríamos muita coisa naquele lugar.

– Eu tenho certeza de que você vai tomar conta dele.

– Deixe comigo...

Laura sente um toque de ciúmes ao ver os olhos da jovem brilhando ao dizer isso, procura suprimir essa sensação, no entanto, no seu íntimo, ela reconheceu o sentimento de Ana Júlia por Cláudio ao se entreolharem, gerando um clima de expectativa e satisfação. Durante a conversa, ele recebe todo o incentivo da esposa para realizar o seu sonho, e o trabalho.

– Você precisa aproveitar essa oportunidade, ela está batendo na nossa porta, principalmente o fato de envolver algo pessoal, além da satisfação de confirmar a realidade, ou não, do seu sonho. E ainda muito bem remunerado, não precisa nem dizer mais nada.

Ana Júlia se mantém em silêncio, pois a decisão é entre eles, assim fica torcendo para aceitarem a oferta e poder ir junto Cláudio.

Laura, sorrindo, pois está muito feliz com a notícia, diz:

– Tá vendo, eu disse para você aguardar que a oportunidade apareceria...

– Você estava certa, minha gata linda. Venha comigo...

– Como lhe disse, eu não posso neste momento, no entanto, você deve realizar o seu sonho, e trazer os livros para o William.

Laura pergunta a Ana Júlia:

– E você, Ana, está preparada para enfrentar essa jornada?

– Creio que sim, sei que vai ser bem difícil fisicamente. Subir a montanha, caminhar por entre penhascos, mas estou bem.

No dia seguinte Cláudio telefona para William, após ter programado tudo, inclusive as reservas do hotel, feitas por Ana Júlia. Eles combinam um horário para acertarem os detalhes finais, tanto financeiros como os demais.

A viagem está marcada para a sexta-feira seguinte. Faltando apenas três dias, os dois saem para comprar tudo de que vão precisar, e à noite começam a preparar as malas para a viagem.

No dia e horário combinados, eles se encontram na casa de William. Cláudio leva consigo a assistente para participar desse momento, finalizando o contrato ao mostrar toda a jornada, a rota detalhada e completa da viagem.

William ouve atentamente os detalhes organizados por ele. Quanto a alguns materiais necessários, Cláudio resolveu despachar antes, pois vai precisar de autorização especial do governo local para pegar de volta em Cusco.

No dia marcado, Cláudio e Ana Júlia estão prontos para iniciar a jornada, o encontro dos dois é na casa dele, pois Laura vai levá-los pessoalmente até o Aeroporto de Guarulhos.

Ao chegarem, eles se despedem, e entregam as malas para o despacho, caminham em direção ao portão de embarque, Cláudio e Laura se beijam, enquanto Ana Júlia fica olhando a cena.

Os dois mostram o passaporte e se dirigem para a aeronave com destino ao Aeroporto de Lima, no Peru.

A expectativa pelo momento é extraordinária e causa temor, porque estão se aventurando em algo desconhecido, além da sensação entre ambos de haver um sentimento maior do que simplesmente a companhia.

Durante a viagem pegam os folhetos das pesquisas, juntam as cópias fornecidas por William e ficam repetindo as informações sobre como realizar a jornada, relembrando os locais onde vão se hospedar. A reserva na viagem de trem já foi feita, vão pegá-lo em Ollantaytambo, uma cidade entre Cusco e Aguas Calientes. Deverão fazer uma viagem de uma hora e meia, mais ou menos, e pernoitar em Ollanta. De Cusco a Ollanta irão de *transfer*.

Cláudio passa mais uma vez o plano:

– Ana, como disse anteriormente, no sonho entrei em uma caverna – ele mostra um desenho copiado da internet. – Tem essa passagem aqui ligando as montanhas, observe acima desse local, fica na saída para Huayna Picchu, há algo parecendo com a entrada de uma caverna pequena, e é uma gruta, ela está completamente camuflada por estes arbustos.

– Sim, estou vendo. Não parece ser uma caverna, apenas um buraco com arbustos.

– Não sei informar ao certo, no sonho eu entrei nesse lugar, não sei dizer como fiz isso.

– Bom, logo chegaremos e vamos tirar as dúvidas.

E, assim, continuam a viagem até Lima onde fazem conexão para Cusco. Toda a viagem é cheia de ansiedade, expectativa, pressa de chegar. Os dois estão eufóricos, não veem a hora de fazer qualquer descoberta.

Tudo transcorre tranquilamente na viagem, pegam as malas no Aeroporto de Cusco, no final da jornada, dirigem-se ao hotel onde ficarão hospedados. Cada qual tem um quarto separado, mas ajustados um ao lado do outro, facilitando a comunicação.

Nesse dia, em virtude do horário, não podem fazer mais nada para visitar a cidade na montanha. A jornada inicial foi marcada para o dia seguinte logo cedo. Assim, resolvem improvisar uma caminhada para conhecer o lugar, os moradores, a região e as casas ao redor, visitando primeiramente o antigo Templo do Sol, dos Incas.

A igreja não tem mais aquele brilho da época, ela foi remodelada pelos espanhóis, modificando tudo ali dentro.

Ao entrar no templo, não existem mais as placas douradas, feitas de ouro maciço como ele viu no seu sonho, quando Manco e Mama foram requisitados para serem sacrificados pelo povo em benefício de uma colheita próspera. Cláudio e Ana Júlia sentem arrepio no corpo ao dar os primeiros passos ali dentro, aquele lugar parece possuir uma energia forte, envolvente, agradável, mas misteriosa.

Ela vai fotografando tudo quanto pode, sorri para Cláudio, tira algumas fotos deles em vários lugares, aproveitando que ele está caminhando e observando as coisas. Com o decorrer dos minutos, eles

começam a sentir algo estranho no ar. Cláudio olha para os lados, desconfiado, e Ana, atenta, pergunta o que houve.
— Eu tive a sensação de estarmos sendo observados por alguém.
— Eu tive a mesma impressão.
Surge essa sensação de estarem sendo observados por alguém ou alguma coisa. Um eloquente eco ali dentro repete qualquer som, principalmente quando eles conversam, mesmo que seja em voz baixa. Ana Júlia segura a mão de Cláudio e aperta, ele entrelaça seus dedos no dela, e diz novamente estar sentindo serem observados.
O coração de ambos bate forte com essa impressão, e ainda mais forte com o simples toque da mão do outro dentro do templo. Soltam rapidamente as mãos, como se estivessem brigando consigo mesmos por causa do sentimento nutrido. Tiveram uma sensação rápida de se transformarem em outras pessoas.
Ela concorda mais uma vez, dizendo ter a mesma sensação de estarem sendo observados. Seguram a mão do outro novamente, procurando vencer o sentimento, continuando a caminhar dentro do templo, prestando atenção em tudo ao redor, até observarem num dos cantos, perto do altar, uma pessoa, parecendo um senhor de idade, vestido como os moradores da região, mas com um capuz cobrindo a cabeça.
Ele dá a impressão de olhar na direção de ambos, no entanto, não há certeza, porque seu rosto não pode ser visto por estar num ângulo escuro. A abertura do capuz, na frente, onde fica o rosto, está virada na direção dos dois. A dificuldade em ver está no capuz cobrindo a cabeça, impedindo-os de vê-lo, principalmente os olhos. Os dois passam próximo ao homem tentando ver algo, sem conseguir, apenas observam quando ele vira a cabeça, seguindo-os.
Ambos, a princípio, estão receosos com a situação, olham ao redor para ver se existe mais alguém além deles, como nada veem, continuam firmes. Sentam-se num dos bancos, em poucos instantes aquele senhor se levanta e começa a se aproximar. Os dois ficam atentos e tremem.
Ele senta no banco da frente e diz:
— Cuidado com a sua jornada, forças ocultas estão de plantão e farão de tudo para derrotar vocês, obrigando-os a voltar sem conseguir nada.
Cláudio, sem perder tempo, pergunta:

– Quem é você? O que quer da gente?

– Vocês vão enfrentar uma jornada desagradável naquela montanha. Cuidado!

– Como sabe o que estamos fazendo por aqui? Não é nada demais visitar a cidade perdida.

– Há muito mais enigmas do que lhe contaram nesta vida. Cuidado! Não se deixem enganar por palavras.

– Você trabalha para o William?

– Não trabalho para ninguém. Prestem muita atenção onde pisam e leiam o escrito.

Ele aponta para um pequeno banco com um pedaço de papel, no local onde estava sentado.

Ana Júlia, assustada e curiosa, pergunta:

– Quem está nos perseguindo?

O homem nada responde e sai rapidamente, da mesma forma como entrou, deixando os dois em dúvida sobre qual a utilidade daquelas palavras inúteis.

– Cuidado! Cada uma! Nem chegamos e vem alguém mandando mensagens estranhas... – diz Cláudio.

– Quem será esse cara? Como sabe o que vamos fazer? Se é que sabe algo, pode ter inventado tudo isso para nos assustar.

– Muitas pessoas aqui são turistas, elas vêm aqui para ver Machu Picchu. Acredito que esse cara quer colocar um pouco de mistério na coisa.

– Claro, deve ser isso – Ana está segurando o braço esquerdo de Cláudio sem perceber.

– Eu não sei como ele veio justamente até nós para dizer essas coisas!

– Só estamos nós dois aqui dentro, deve ser por isso.

– Com certeza. Tem cada uma! Alguém fica esperando uma pessoa entrar e diz coisas sem sentido algum.

Levantam, no entanto, para tirar qualquer dúvida, eles caminham até o local onde viram aquele senhor pela primeira vez, encontrando sobre um pequeno banco feito de madeira um folheto com o desenho das montanhas.

Cláudio olha todos os detalhes daquele pequeno mapa, vendo um "x" num determinado lugar. Observa bem o local:

– É exatamente o mesmo lugar do sonho, eu estava falando para você dessa passagem entre as montanhas.

– Interessante! Esse papel não parece ser algo feito há pouco tempo. É papel antigo...

Ambos olham novamente para todos os lados e não veem mais ninguém ali dentro além deles. A sensação estranha desapareceu quando o homem sumiu de vista.

Os dois saem rapidamente do templo, seguindo para o hotel, com a finalidade de observar melhor aquele folheto. Ao chegarem, abrem o desenho e o mapa de William sobre a cama, sentam e ficam observando cada detalhe.

– Veja, Ana, aqui nós temos fotos de todas as montanhas, e esta pequena marcação no desenho com a letra "x" coincide exatamente com a saída da pequena passagem entre elas. Deve ter algo especial, pode ser a caverna de que lhe falei.

– Será que foi aquele senhor que deixou isso ali? E fez isso para a gente ver?

– A marca fica no mesmo lugar daquela entrada da gruta, ou caverna, entretanto não posso afirmar nada ainda. Pode ter sido um contato do William...

– Todas as coisas estão ficando meio estranhas desde o momento em que aceitamos essa missão, não sabemos de nada por enquanto, a não ser o que lemos e vimos nos livros e na internet.

A madrugada no seu auge dá a impressão de essa noite ser longa, demorando a amanhecer, a expectativa faz Cláudio e Ana Júlia pensarem dessa maneira. Apesar de os dois terem reservado quartos separados, eles ficam juntos no quarto da jovem conversando sobre o dia seguinte.

As horas vão passando, o frio fica intenso, pegam cobertores grossos para cobrir o corpo, esperando o dia clarear. Eles continuam revendo todos os detalhes, além do material didático e físico que trouxeram para pesquisar, anotar e seguir em frente.

Sentados lado a lado na cama, encostados nos travesseiros colocados na cabeceira, continuam conversando. A emoção parece crescer a cada novo momento, quando há um toque sem querer um no outro.

– Finalmente, Cláudio! Você está aqui em Cusco para realizar o seu sonho de saber se tudo foi apenas uma fantasia ou se existem realmente os pergaminhos.

– É verdade. Esse instante, tão aguardado, agora cresce em expectativa, pois faltam algumas horas para amanhecer, mas a noite parece longa demais.

– A expectativa faz isso mesmo. Eu também não vejo a hora de chegar a esse local para ver o que acontece de verdade. E o fato de conhecer essa cidade Inca é ainda mais empolgante.

– Eu acho interessante como eles colocaram as pedras sem qualquer maquinário. Se o sonho está certo, e fizeram por meio da levitação, isso seria a maior descoberta do século.

– Com certeza!

Acabam cochilando com o decorrer das horas e inclinam o corpo ao adormecer, apoiando-se um no outro, sem notar esse detalhe.

Finalmente o dia amanhece, e o sol desponta soberbo com seus raios iluminando tudo quanto pode alcançar. Eles acordam e veem que estão encostados, voltam à posição separada, se cumprimentam rindo e falam como se tivessem acabado de se encontrar.

– Bom dia, Ana. Como foi a sua noite?

– Maravilhosa, e a sua? Principalmente pela companhia.

– Eu também adorei a companheira. Afinal, teremos a semana toda para compactuarmos mais momentos juntos.

– Cláudio, eu vou tomar banho e trocar de roupa.

– Ok. Daqui uns 15 minutos pego você e vamos tomar café.

– Estarei pronta lhe esperando. Não vai pegar o ônibus errado para chegar ao seu apartamento!

– Ônibus? Ah! Tudo bem. – Ele ri com a brincadeira.

Após trocarem de roupa, eles se preparam para sair, cada qual em seu quarto. Depois de pronto, Cláudio sai e toca a campainha do apartamento de Ana. Ela atende, está vestindo calça comprida e blusa meia estação, os dois carregam as suas mochilas e se dirigem para o refeitório do hotel. Após o café matinal, seguem direto para Ollanta para pegar o trem que os levará até o topo da montanha na cidade de Machu Picchu.

Continuam felizes, entretanto, além de turismo, eles ainda têm um trabalho a fazer, e agora essa aventura começa de verdade.

A multidão de turistas chega logo cedo para seus passeios preferidos. Ao entrar no trem, os dois ficam encantados com o que veem lá dentro. O vagão da primeira classe é fantástico. Poltronas de couro com uma pequena mesinha entre duas delas para refeições, do outro lado quatro poltronas e uma mesa maior. Muitas janelas de vidro permitindo uma visão fantástica da viagem, até mesmo no teto.

No trem, Ana tira fotos de vários ângulos das montanhas, eles continuam empolgados, verdadeiros turistas admirando coisas novas na sua jornada; abaixo observam o rio Urubamba, a floresta, aproveitam tudo quanto podem ver. Tiram fotos de dentro do trem, das pessoas.

De vez em quando, Ana olha as fotos e mostra para Cláudio as mais bonitas em sua opinião, e num desses momentos ela nota algo diferente, franze a sobrancelha estranhando o que está vendo, pois uma das fotos é pelo menos esquisita.

– Veja esta fotografia, Cláudio! Tem um senhor sentado bem à nossa frente, aqui na foto. Mas nesses dois bancos não há ninguém, pelo menos que a gente consiga ver. Contudo, na foto ele aparece.

Cláudio olha a foto, olha no banco, e realmente está vazio, então ele diz:

– Faça o seguinte: tire mais fotos e vamos ver o que acontece. Olhando aqui na tela do celular, não aparece nada.

Ana Júlia tira outras fotos e em todas elas lá está aquele homem sentado diante de ambos, olhando-os. Seus olhos penetrantes parecem causar uma sensação de domínio sobre eles.

Ele tem feições orientais, não é parecido com os habitantes de Cusco, apesar de estes também terem olhos amendoados. Tem barba e cabelos brancos, usa uma roupa comum, como todos os moradores das redondezas.

Cláudio, em dúvida, tem uma nova versão:

– Será que é algum espírito?

– Não sei dizer. Mas isso está me deixando ainda mais curiosa para encontrar muitas respostas.

– Deve ser nosso protetor do outro lado.

– Não quero ir para o outro lado, justo agora...

Quase ela completa a frase, deixando-a apenas nos pensamentos: "agora que fiquei ao seu lado".

Consegue ficar quieta e ele nem sequer percebe a deixa, por estar concentrado nas fotos do homem.

– Vamos em frente. Não vou desistir de jeito nenhum, ninguém vai me fazer abrir mão desse objetivo. Espero que você pense da mesma forma, Ana.

– Com certeza, aonde você for eu irei.

Cláudio repete novamente:

– Nada vai me fazer desistir dessa jornada.

– Nem a mim. Sou sua para o que der e vier.

– Uau! Agora que você é minha, senti firmeza. Vamos em frente – ele começa a rir.

Ela fica vermelha com a brincadeira, acaba rindo e falando:

– Seja um espírito, ou o que ele for, deve existir, porque está aparecendo aqui na foto.

– Vamos continuar.

Decididos, procurando vencer a sensação do momento, eles continuam a jornada. Nem se incomodam mais com aquele senhor saindo nas fotos.

Ana Júlia, nervosa, fala da situação:

– Vai ver que ele adora ser fotografado, e aproveitou a ocasião...

Chegando ao destino, descem do trem, e começam a visitar todos os locais, reparando nos detalhes das pedras colocadas uma sobre a outra com uma precisão incrível. Caminham até a fonte, cuja maior curiosidade é ela estar fluindo continuamente sem parar do alto da montanha, não tendo nenhuma bomba de água para puxar.

Observam as casas, os estreitos caminhos, continuando a fazer isso por toda a cidade de Machu Picchu. E encantados com a energia vibracional do lugar, ela extravasa a emoção:

– É mais extraordinário do que ouvimos e lemos a respeito, nem quero saber se tem alguém nos seguindo, quero esquecer o tal homem no trem.

Cláudio se recorda do sonho, comentando sobre alguns lugares visitados por ele nessa oportunidade, e a incrível semelhança entre o real diante dos seus olhos e a lembrança dos sonhos.

– Ana, é o mesmo lugar dos sonhos. A reunião de todos os moradores foi naquele lugar ali – ele aponta para um clarão, como se fosse uma praça.

– Verdade, parece uma praça mesmo.

Cláudio se aproxima e olha para o chão na esperança de ver algum resto das pessoas desaparecidas, no entanto, faz muito tempo e a grama é nova, a da época não existe mais.

Eles ficam contentes, sorriem, seguem de mãos dadas, continuando a jornada que mal começou. Parecem um casal feliz, não o patrão e a funcionária. Seguem na direção da passagem onde começa a montanha Huayna Picchu. Ali pode estar a possível caverna; a ansiedade fica mais evidente, a sensação de tremor no corpo pela perspectiva e esperança de ser realidade. A situação parece preencher a cada novo momento a expectativa de, finalmente, resolver todos os dilemas deixados em branco.

A aproximação da passagem é algo motivador e excitante ao mesmo tempo. Eles se entreolham, sorriem e se apoiam, as mãos mostram um suor de ansiedade. Apertam-nas. O coração acelera, os passos parecem querer seguir em frente e desistir, ao mesmo tempo. Desejam acabar com a expectativa, e simultaneamente têm a sensação de o objetivo poder ser frustrante.

– Cláudio, você acredita na possibilidade de resolver tudo? Estou com receio de não haver nada além do tradicional.

– Não sei dizer, mas esta é a melhor maneira de saber, estamos aqui... Confesso estar com certo medo, entretanto, ao mesmo tempo estou ansioso para descobrir se foi realidade ou apenas um sonho.

– Tomara que seja verdade. Seria frustrante demais não encontrar nada...

– Vamos pensar positivamente. Se havia algum livro, com certeza não se encontra mais neste lugar. Segundo William, o pergaminho está com aqueles índios. Quem sabe vamos conseguir alguma pista para chegar ao local certo, no caso de existirem. Quero pensar nessa direção.

– Deus lhe ouça! Pelo menos visitar esta cidade é gratificante demais. Toda essa energia, sensação de mistério, possibilidades, conquista. Nossa! É demais!

– É verdade. E eu achando ser essa força apenas coisa de turista.

Caminham olhando o precipício abaixo, perto de onde se encontram, completamente concentrados na direção da montanha Huayna Picchu. A paisagem é extraordinariamente maravilhosa, podem-se ver muitos quilômetros adiante.

Ana Júlia se manifesta:

– Imaginar alguém vivendo nessa altura é algo espantoso e inacreditável.

Nesse momento alguém toca o braço de Cláudio, ele vira para ver quem é, pois Ana Júlia está do outro lado, segurando sua mão direita, portanto, não foi ela. Leva um susto ao olhar para trás. Fica paralisado por segundos ao ver o homem da foto em pé, ao seu lado.

Um senhor de idade, o mesmo do trem, agora completamente visível. Ele aperta a mão de Ana, fazendo-a olhar para ele, e ao mesmo tempo ela quase cai com o susto ao ver o homem do trem.

Ana Júlia, tremendo, diz:

– Nossa! É ele, o homem da foto.

Ficam quietos por alguns segundos, olhando sem saber o que dizer, até o homem cumprimentá-los.

Ela se prontifica em falar primeiro:

– O senhor invisível está visível!

Aquele homem finalmente diz alguma coisa:

– Nem tudo o que os olhos veem é de verdade.

– Eu o estou vendo. E Cláudio também.

Ele sorri e nada fala.

Cláudio, sem perder tempo, apesar de parar para conversar com o homem, fala:

– Bom, o que o senhor deseja de nós? Vimos as fotos, foi algo inacreditável, pensamos ser um fantasma, no entanto, agora o estamos vendo, ao vivo.

– Espero poder acompanhá-los na subida. Na minha idade, não é bom seguir sozinho.

Ana Júlia, muito desconfiada, acha estranho ele ficar invisível e precisar de companhia para subir o restante da montanha.

– Como alguém invisível é humano?

– Ela tem razão. A sua presença deve ter outro motivo, talvez tenha sido você quem conversou com a gente no templo...

O senhor sorri novamente e completa dizendo que sem ele não encontrarão o lugar.

– Não estou entendendo nada. Como você sabe do nosso objetivo? Só duas pessoas podem ter falado.

– Laura ou William, e com certeza nenhum deles o conhece!

– Eu estou há séculos esperando vocês dois, agora finalmente chegaram e o meu descanso vai começar em breve.

– Há séculos?

– Então, ele é espírito mesmo.

Ela ainda desconfiada pergunta a uma pessoa que vai passando se conhece aquele senhor. A turista olha e diz que nunca o viu, mas se quiser ela pode chamar algum guia da região para acompanhá-lo.

– Não, obrigada, vamos levá-lo com a gente. Obrigada pela ajuda.

A turista segue seu caminho, Ana Júlia e Cláudio se entreolham, compreendendo que o senhor está visível realmente, não são apenas os dois que o veem. Ele continua e fala de vez em quando:

– O Universo tem mistérios além da possibilidade fértil de a mente imaginar.

– Então existem a caverna e os pergaminhos!

– A ansiedade tira completamente a razão, produz a ilusão, cria imagens, e vocês vão precisar da razão deixando a ansiedade de lado.

Os dois ainda não estão aceitando muito bem a desculpa, aquele senhor está misterioso demais, e isso nem sempre é algo positivo. No entanto, se ele consegue ficar invisível ou vice-versa, concluem que não deve cansar nunca.

– Ele não precisa de nós dois.

– Isso é verdade... Então, vamos continuar.

E, assim, os três seguem a jornada, Cláudio e Ana se apoiam pelas mãos, e o senhor com uma pequena bengala, para ajudar na caminhada. Ele continua andando, sempre na frente de ambos sem a menor dificuldade de se locomover, nem sequer faz qualquer menção de estar cansado, pela rapidez dos seus passos.

Quando chegam ao local, veem a pequena passagem por onde devem entrar, todas as sensações de expectativa anteriores voltam à cena. A adrenalina fica no seu auge, o coração parece estar saindo pela boca, eles sentem vontade de correr, mas ficam paralisados por segundos.

Cláudio, impressionado com a visão e satisfeito de chegar àquele local, diz:

– Aí está, Ana, o famoso túnel. Do outro lado está o nosso objetivo. Será que vamos ver essa caverna sobre ele, ou a expectativa chegará ao fim e não tem nada por lá?

– Só vendo para crer, vamos em frente.

– Gosto de mulheres decididas, parabéns. É isso aí, vamos em frente.

Aquele senhor entra no túnel e desaparece na escuridão, pois os olhos demoram alguns segundos para se adaptar nessa diferença entre luz e sombra. Assim acontece com todas as pessoas, porque ali dentro não tem iluminação.

Os dois andam rápido, o trecho é pequeno, não exige muito tempo para atravessar, pois no fim desse pequeno túnel está a tão esperada passagem secreta.

Entretanto, os pensamentos se adiantam aos passos, imaginando possibilidades sobre como continuará essa jornada. Ao sair desse túnel, eles vão subir e entrar numa possível caverna sobre ele.

Aquele senhor sumiu da frente de ambos, o local continua meio escuro depois da metade; pelo jogo entre claridade e escuridão, os olhos não têm tempo para se adaptar, pois são poucos metros, e quando o fazem não veem mais aquele homem. Cláudio vai à frente, segurando Ana pelas mãos, ela se equilibra e segue adiante.

Ao sair da pequena passagem como se fosse um túnel de quatro metros, eles param um pouco à frente, diante do imenso penhasco. Viram e o olham para a região acima do túnel, e ali está o objetivo deles, a caverna procurada. Os dois sorriem felizes, a ansiedade aumenta, se abraçam, e as pessoas ao redor vendo a felicidade dos dois tiram fotos do aparente casal.

Cláudio não aguenta a ansiedade daquele momento, quer chegar logo ao destino, a longa espera e essa caminhada fazem a agonia aumentar ainda mais:

– A caverna existe de verdade, mas parece apenas um buraco na rocha!

Ele fica olhando na direção acima da sua cabeça, mas não consegue ver nada além de uma abertura preenchida com arbustos pequenos. Se quiser saber a verdade, vai precisar subir para ver o que existe ali dentro.

Ana Júlia está na ponta dos pés para ficar mais alta, estica o pescoço, no entanto, sem conseguir ver nada, pergunta:

– Você está vendo alguma abertura lá dentro? Porque eu não vejo nada além da entrada e dos arbustos.

– Vejo apenas essa abertura na entrada, parece algo sem continuidade, posso ver os arbustos, além deles apenas rocha.

Ana Júlia concorda; fazendo um esforço com os olhos, coloca a mão direita na testa para bloquear a claridade do sol e acaba vendo aquele senhor lá dentro, fazendo sinal com as mãos para eles o seguirem.

— Cláudio, o homem está lá dentro, chamando a gente, fazendo sinal com as mãos para o seguirmos.

Ele também coloca a mão na testa para o sol não atrapalhar e vê o senhor fazendo sinais.

— Como ele chegou até lá tão rápido? Com essa idade? – diz Ana.

— Nem me pergunte, deve ser mesmo algum fantasma.

Cláudio ri das próprias palavras, entretanto, Ana Júlia não fica nada satisfeita com esses mistérios.

— Fantasma? Ele está visível demais para ser fantasma. E no trem, invisível demais para não ser...

As outras pessoas, vendo os dois numa tentativa ousada para subir por aquelas rochas e atingir aquele local, tentam dissuadi-los, dizendo que é muito perigoso, por causa das pedras. Pedem para tirar uma foto do lugar onde se encontram, sem subir nas rochas. Eles titubeiam, pois é perigoso despencar no abismo. No entanto, estão praticamente cegos a qualquer desestímulo, e continuam. Cláudio sobe primeiro e puxa Ana pelas mãos. Ela não está acostumada com esse tipo de exercício e tem dificuldade, mas o acompanha.

Alguns jovens os ajudam, e até gostam daquele desafio, acreditando estarem querendo apenas tirar fotos. Eles também se entusiasmam com a ideia, porque é um local mais alto e poderão tirar melhores fotos da paisagem abaixo.

Entretanto, aquele senhor, vendo os dois subirem, não espera por eles, vira de costas e segue em frente, mostrando haver continuidade para além do local onde os olhos alcançam.

Cláudio e Ana Júlia continuam ansiosos para fazer o mesmo que aquele senhor, e saber se existe mais alguma coisa ali dentro, pois nunca ninguém disse nada sobre esse lugar.

Alguns turistas os observam tirando fotos da paisagem naquela posição espetacular. E depois os veem entrando na gruta, eles correm para fazer o mesmo, tentam entrar, no entanto, não veem mais o casal, eles simplesmente desapareceram.

Os rapazes entram na gruta atrás dos dois e não veem nada além de um lugar pequeno e vazio. Não encontram nem mesmo, para eles, o casal de antes. Saem estranhando a situação e avisam para os demais sobre o desaparecimento de ambos, fazendo-os recuar de medo.

Um deles fala assustado:

– Ali dentro não tem nada, nem ninguém. Nem o casal que vimos entrar. Eles desapareceram.

– Só tem rochas e aqueles arbustos – complementa o outro.

Todos ficam espantados e chamam um dos guias. Ele se aproxima, ouve as explicações, sobe até a gruta, entra, olha tudo e volta para dizer:

– Não tem nada além daquilo que estão vendo. Não tem nenhuma pessoa ali dentro.

Os guias tentam procurar alguma passagem secreta sem êxito. Dizem que vão informar as autoridades assim que chegarem à cidade. Não estão acreditando muito nessa história de alguém ter desaparecido num local onde não existe nada.

Dentro da caverna, Cláudio e Ana Júlia, após caminharem até o fundo daquele lugar, acabam escorregando e deslizando por uma passagem estreita que se abre em um dos cantos da pequena gruta. A maior dificuldade foi passar as mochilas, no entanto, elas acabaram deslizando para onde estavam e, por esse motivo, desapareceram da vista dos demais curiosos.

Caminham por alguns minutos dentro daquela enorme caverna, conseguindo ver pouca coisa pela escassa claridade, depois sentam-se em uma das pedras, aproveitando para fazer uma vistoria nas coisas.

Como o local está escuro, a primeira providência é procurar as lanternas, eles enfiam a mão dentro da mochila e vão apalpando até encontrá-las. Então as acendem, iluminando dentro das bolsas, para conferir se trouxeram todos os itens necessários, como alimento, cobertores, roupas e alguns materiais para permanecer na caverna.

Fecham as mochilas, levantam, e as colocam nas costas de novo, duas lanternas acesas clareiam alguns metros à frente. Aquele senhor está parado um pouco mais distante, esperando-os. Prontos para continuar, eles seguem adiante tentando acompanhá-lo.

Ana Júlia se assusta com a rapidez do homem:

– Caramba! Como ele anda rápido aqui dentro. Parece conhecer muito bem este local. Não usa nada para iluminar o caminho à sua frente e segue tranquilo.

Cláudio começa a se preocupar, lembrando-se da mensagem no templo e das palavras daquele outro senhor que encontraram antes.

– Vai ver que é o mesmo homem do templo.

– Verdade! Estava pensando nisso... Não conseguimos ver o rosto dele lá dentro. Pode ser...

O silêncio além dessas poucas palavras é total, não se ouve absolutamente nada além dos próprios passos. O coração em certos momentos acelera, a respiração fica ofegante, mas eles seguem em frente, Cláudio em plena forma consegue superar rapidamente esses detalhes, seguido pela assistente Ana Júlia.

Após caminhar por cerca de meia hora, eles chegam a um enorme salão dentro da caverna. Os dois direcionam o facho de luz da lanterna para todos os lados procurando reconhecer o ambiente, os pertences do lugar e o clima, enfim, querem ver tudo ali dentro na esperança de encontrar o pergaminho perdido. Aquele senhor de repente para, senta sobre uma pequena rocha e diz:

– Trouxe vocês apenas até este ponto, agora continuarão sozinhos. Tenham cuidado com as forças que tentarão impedi-los de seguir em frente.

Ana Júlia não aceita muito bem essa colocação do homem:

– Como assim? Forças? Que forças são essas?

Cláudio complementa as palavras dela:

– E por que nos acompanhou somente até este ponto? Diz que esperou tantos séculos, por isso!

– No meu mundo não existe o tempo cronológico como vocês conhecem, apenas mencionei o fato por mera dimensão dele na mente de vocês.

Cláudio aumenta as suas dúvidas e incertezas sobre a finalidade de estarem ali dentro:

– Como não existe o tempo?

– Isso fica para uma próxima oportunidade. Alguém vai lhe explicar melhor. Por enquanto, a minha missão era essa.

Sem ter mais o que fazer, Ana Júlia, um pouco desanimada, se dirige a ele:

– Agradecemos por nos orientar, independentemente de você ser humano ou não. Nem imagino o que vamos fazer daqui em diante dentro deste lugar!

– Vocês têm uma responsabilidade. A minha era esta. Eu os espero desde o fim dos moradores da cidade. Continuem e sigam em frente para recuperar os manuscritos e levá-los em segurança para outro local. Não devem entregar a ninguém, pois o segredo contido nos pergaminhos pode gerar ganância nos seres humanos, e não é esse o objetivo.

Cláudio não tem outro caminho, senão a esperança:

– Vamos encontrar, tenho certeza disso... – e continua:

– Ganância? Então você sabe o que os livros contêm?

– Sei apenas o necessário para dizer a vocês. Somente o que acabei de dizer. Nem tudo o que parece ser o é realmente.

– Por que não os destruíram, se é que eles existem?

– Existem sim.

– E o que os pergaminhos fazem?

– Não sabemos ao certo. Os moradores de Machu Picchu jamais disseram algo a qualquer morador de Cusco. Sou um guardião esperando a volta dos prometidos.

– Prometidos? Nós?

Ana Júlia diz:

– Isso está ficando emocionante, mas complicado demais.

O senhor revela algo ainda mais assustador num diálogo com Cláudio:

– Foram vocês que os esconderam quando viveram a esta cidade, e agora voltaram para resgatá-los e terminar a jornada. Eles não podem ser destruídos, a não ser por si mesmos. Ninguém tem esse poder.

– Quem garante que eles não se destruíram? E não existem mais...

– Impossível! Vocês voltaram, e isso é sinal de que eles continuam escondidos.

– Como assim? Voltamos, e quem garante isso?

– Quando chegar o momento, vocês saberão tudo.

Ele faz uma reverência direcionada a ambos. No entanto, Ana ainda tinha uma pergunta:

– Espere um pouco! Nós vivemos aqui? Como assim? Quer dizer que éramos casados? O casal que Cláudio viu nos sonhos?

– Exatamente, vocês eram Manco e Mama. Prestem muita atenção em todos os detalhes da sua jornada. Principalmente nas pessoas e palavras, elas poderão revelar segredos jamais imaginados.

– Minha esposa é a Laura. A Ana Júlia é minha assistente.

– Nada pode mudar o destino selado em Machu Picchu, vocês poderão vir milhares de vezes e continuarão juntos, casados ou não.

– Não sei não. Fico em dúvida sobre isso ser verdade.

– Vocês já voltaram em outro tempo, mas não era o momento certo de sair em busca dos pergaminhos, agora retornaram na época correta, e nada poderá impedi-los, além de vocês mesmos.

Isso acaba chocando os dois. Soltam as mãos rapidamente como duas crianças assustadas, sentem esse algo estranho se apoderando novamente desde quando se conheceram. Buscam suprimir o sentimento, no entanto, no fundo sentem existir algo além do trabalho profissional.

Ana Júlia considerando a oferta sente remorso momentâneo, pois a amiga Laura é uma pessoa maravilhosa e não merece ser traída, principalmente por ela:

– Não pode ser! Você está inventando tudo isso para nos separar e assustar.

– Por que vocês gostam das mesmas coisas? Por que se interessaram em vir para cá?

Cláudio diz ser apenas coincidência, nada além disso.

– Coincidência não existe. Só existe a atração dos semelhantes.

– Então a Laura é minha semelhante, ou nossa, e como ela se encaixou nisso tudo?

– O mundo é um amplo espaço de possibilidades, conforme a mente cria e distingue, ela encontra...

Ana Júlia rememora toda a jornada até chegar a trabalhar com Cláudio e diz:

– É estranho mesmo, Cláudio. Estou me lembrando sobre como nos conhecemos, e o tanto quanto nos entrosamos desde o primeiro instante.

– Você veio por meio da Laura. Ela pediu para eu deixar você estagiar no laboratório. Aceitei por causa dela e, desde aquele momento, você se tornou alguém muito especial. Nem mesmo sabia dizer por quê.

– Quando vi você pela primeira vez, meu coração bateu forte – Ana faz uma pausa emocionada. Eu tive a sensação de conhecê-lo de algum lugar, e isso me deixou encantada com você e todo o seu trabalho.

– Espere! Por que estamos fazendo isso?

– Caramba! É verdade, parece terapia...

Aquele senhor ficou ouvindo até esse momento, quando voltou a falar:

– A verdade sempre prevalece. Não conseguirão se libertar desse elo do passado, nem haverá qualquer pessoa para impedir esse processo.

– E a Laura? É esposa dele!

– Perguntas e mais perguntas. Vocês devem descobrir por si mesmos. O passado está presente.

Aquele instante de revelações trouxe antigos sentimentos à tona, desde o início quando se encontraram pela primeira vez. Relembraram como um viu o outro naquele momento e, depois disso, a sensação de prazer ao se tocarem nas mãos. Tudo agora parecia ter uma explicação razoável de se pensar.

Os dois se entreolhavam com certa reserva. Agora Cláudio estava casado com Laura. Entretanto, essa coincidência de eles estarem juntos deixa ambos perplexos com a situação. Parece algo além da simples presença profissional.

Eles estão segurando na mão um do outro para continuarem na caminhada. Independentemente dessa situação, a satisfação desse momento fica cada vez mais clara e desejosa. Apertam-nas como um sinal de felicidade por estarem juntos. Sorriem.

Nada dizem, apenas pensam. Uma energia de amor contagia o clima entre ambos. A felicidade está evidente, eles não conseguem esconder. Continuam segurando na mão um do outro como se fossem mais íntimos. O homem sorri feliz com essa visão, e acredita que tudo se resolverá.

– Agora estão envolvidos nos mesmos sentimentos de antes! O monstro dentro de vocês não existe mais. Isso não muda, não existem dois. É a unidade, e além dela, tudo é vazio e nada existe.

– Unidade! Nada existe! E estamos aqui de volta! Que trapalhada... – Ana Júlia parece irrequieta nesse momento.

Cláudio faz de tudo para superar a vontade de beijá-la nesse instante, ele parece estar sendo dominado por algo além de si. Precisa ser forte para não fazer isso. No entanto, ela também quer aproveitar o momento.

– Cláudio, tem alguma coisa querendo que eu abrace você. Sinto como se alguém estivesse me empurrando na sua direção. Nossa! Que coisa estranha. Será esse homem que está nos hipnotizando?

– Estou sentindo o mesmo. Não consigo ficar quieto sem falar sobre os meus desejos. Isso é assustador!

– Eu também sinto a mesma coisa, o desejo, o quero. Preciso controlar isso, não quero trair minha amiga.

– Nem eu minha esposa.

Sentem como se houvesse uma transformação momentânea nas suas estruturas físicas, como se fossem outras pessoas desejando, querendo, se entregando.

Não resistem e se beijam voluptuosamente. A respiração de ambos fica ofegante, o abraço dá a sensação de penetrar dentro do outro. O calor dos dois corpos preenche a sensação amorosa do momento. De repente, eles caem em si e se afastam. Arrependido, Cláudio é o primeiro a se manifestar:

– Desculpe, Ana, não vou dizer que não tive intenção, porque desejei realmente fazer isso.

– Não se desculpe, eu também quis e não me arrependo.

O ambiente tranquilo parece ter um toque de romantismo, de culpa, de desejos. O homem alimenta o desejo de ambos.

– Sigam em frente, pois a corrente continua e ninguém vai rompê-la jamais. Só conseguirão superar tudo isso quando encontrarem os pergaminhos. Até lá, continuarão iguais como antes.

– Isso me assusta. Será que conseguiremos controlar esses sentimentos? Eles são fortes demais, quase impossíveis de serem superados – Ana Júlia diz isso pensando em mais possibilidades.

Cláudio procura uma autoafirmação nesse instante, para conseguirem o objetivo sem envolvimento pessoal:

– Vamos conseguir. Vamos concentrar a nossa mente na missão, apenas nisso.

– Estou de acordo com você.

Aquele senhor, rindo, diz:

– Jovens, sempre dão um passo atrás achando que estão à frente.

Ao se envolverem novamente na jornada, eles pensam nesta última frase e se dirigem àquele senhor para perguntar mais coisas, no entanto, não o encontram. Sem perceber os acontecimentos ao redor, em virtude do momento atraente entre eles, aquele senhor desapareceu. Nem mesmo o viram partir, isso os faz arrepiar, assustar, contudo, estão determinados a seguir em frente.

– Como no trem, agora ele desapareceu de vez.

– Espero que sim! Nem quero tirar qualquer foto aqui, pois ele pode aparecer de novo...

Voltando ao objetivo inicial, e superando o momento, os dois nem pensam em desistir dessa jornada com o desaparecimento daquele senhor. Estavam tão concentrados nos próprios sentimentos, que acharam até bom continuarem sozinhos.

Ana Júlia diz:

– Por que viemos por este caminho? Se os manuscritos estavam escondidos aqui, e o casal levou embora, não vamos encontrar mais nada!

Cláudio se surpreende ainda mais com a situação, e diante da afirmativa de Ana Júlia, ele busca respostas mais positivas, no entanto, nada consegue:

– Não existe nenhuma prova de os incas terem deixado qualquer coisa escrita nessa época, ainda mais algo escondido aqui na cidade.

Ficam por alguns instantes calados, pensando nas palavras daquele homem, concentrados nos detalhes de terem sido casados há quase 500 anos. Rememoram nos pensamentos aquele beijo. Sem notar, continuam segurando na mão um do outro.

Ao perceber o fato, mais uma vez, soltam-nas, ficam sem jeito com a situação, mostrando o quanto estavam felizes com essa descoberta.

– Então, você foi minha esposa em Machu Picchu!

Ele ri das próprias palavras, no entanto, o fez para saber qual vai ser a fala da amiga. Ela sorrindo meio sem graça apenas diz:

– Pois é... É uma grata surpresa saber disso. Sempre admirei você, e agora sei o motivo desse entrosamento entre nós dois.

– Eu também, quando você disse que viria e a Laura aceitou, meu coração parecia explodir de felicidade.

Ele passa a mão esquerda por trás segurando seu ombro, ela apoia a cabeça no peito dele, faz um carinho e continuam conversando.

Mesmo abraçados, iluminam com as lanternas o rosto de felicidade um do outro. A vontade de se beijar novamente os faz engolir em seco, pode-se ver, no movimento dos corpos de ambos, o desejo se projetando na musculatura do pescoço.

Ana Júlia comenta:

– Por essa eu não esperava!

– Nem eu! Nem quero sentir qualquer dúvida, prefiro viver com esse sonho, se for apenas sonho, e se for realidade, melhor ainda.

– Será mais um sonho, Cláudio?

– Acho que vou trabalhar na interpretação dos sonhos...

– E você tem muitos deles em plena atividade. Alguns estão deixando de ser apenas sonho.

– Uau! Essa mulher é demais. Suas palavras foram bem profundas agora.

O clima romântico continua envolvendo os dois e, ao mesmo tempo, um sentimento de não trair. As lanternas iluminando os olhos deles revelam o amor intenso entre ambos. Por segundos ficam se entreolhando até mudarem a direção das lanternas para iluminar o ambiente ao redor, o ligeiro clima frio da caverna é aquecido com o calor do momento, o silêncio parece colaborar com eles.

Entreolham-se e ela volta a apoiar a cabeça no peito de Cláudio, olhando para o chão iluminado pela lanterna na sua mão direita. Ele diz:

– Quero aproveitar este instante ao seu lado e sentir seu calor, aconteça o que acontecer, eu a amo e guardarei para sempre este sentimento por não poder torná-lo real.

Ele levanta a cabeça de Ana Júlia e dá um beijo na testa da jovem, que diz sentir o mesmo. Eles têm vontade de se abraçar, beijar e viver o momento intensamente.

Quando o clima fica mais quente entre ambos, seus olhos se entreolhando profundamente, os lábios pedindo para se tocarem, os pensamentos desejando seguir os desejos, algo interrompe o momento.

É um som, num primeiro instante quase inaudível, parece o som da voz de alguém sussurrando. Não conseguem entender se foram palavras ou algo diferente, elas foram rápidas demais, e como estavam concentrados em outro detalhe, não prestaram atenção nelas. Apontam as lanternas naquela direção iluminando o ponto de onde ouviram o som, e nada veem.

Os dois levantam assustados, há um arrepio momentâneo, pois estavam num clima pessoal, e o barulho acabou quebrando a atmosfera amorosa entre eles. Seguem naquela direção, iluminando as coisas ao redor com as lanternas. Nesse instante, não há mais nada para temer, munidos de coragem, segurando a lanterna em uma das mãos e a mão do companheiro na outra, ambos permanecem firmes.

As mochilas continuam presas às costas, a escuridão é total fora do facho de luz das lanternas, nenhum filete de luz natural pode ser visto. Apenas a distância de alcance daquela claridade limitada a poucos passos de onde se encontram. Ele aguarda por alguns segundos esperando os olhos se adaptarem ao breu, pois não consegue ver quase nada, eles estão dentro de um imenso salão vazio, sem qualquer ser humano, animal ou objeto diferente daqueles que carregam.

Faz uma tentativa de chamar aquele senhor, o eco repete várias vezes seu clamor. Mas, mesmo sem saber o seu nome, chama-o novamente. Não obtém nenhuma resposta, repete mais algumas vezes, e depois dessas tentativas segue na direção oposta ao local por onde entraram, tentando localizar a saída. Andam por alguns minutos e nada de encontrar outra parede ou qualquer caminho.

Os sussurros voltam, agora com mais intensidade e aumentam de volume gradativamente, continuando naquela direção. O idioma das palavras não é conhecido por nenhum dos dois. Aprenderam o quíchua, língua dos Incas, mas não era esse dialeto, nenhum detalhe dela.

– Ana, isso é impossível! Não vejo de onde vem essa voz.

– Eu também ouço, mas não consigo ver nada, nem ninguém.

– Estamos caminhando faz tempo. Não pode existir uma parede tão distante do lugar por onde entramos.

– Você tem razão, já deveríamos ter encontrado a saída, parece que a caverna esticou...

Aquela voz fica quieta, mas ouve-se a sua forte respiração deixando os dois arrepiados, sentem como se algo os desejasse. Não parece ser algo bom, relembram do monstro do sonho. Aquilo continua por alguns minutos, entretanto, acaba desaparecendo e silenciando naquele momento.

Após uma cansativa caminhada por algumas horas, entre o silêncio e os sussurros esporádicos em determinados instantes, eles começam a ouvir um barulho diferente, mas conhecido.

– Está ouvindo, Ana? Parece água corrente.

— Sim, estou ouvindo, com certeza é água.

Ficam felizes acreditando ter encontrado a saída e, ao mesmo tempo, em dúvida, porque estavam dentro de uma caverna no alto da montanha e com certeza ali não haveria nenhum rio. Só o rio Urubamba na base da montanha, bem abaixo de onde se encontravam.

Seguem adiante e acabam encontrando uma pequena abertura em uma das paredes da caverna. No entanto, da mesma forma que fizeram para entrar na montanha, para atravessá-la precisam se abaixar. Cláudio vai primeiro, e quando chega do outro lado pede as mochilas, Ana Júlia praticamente deita no chão para atravessar a pequena passagem.

Ele segura as suas mãos ajudando-a a atravessar em segurança, e após ficarem em pé novamente, viram o corpo para o lado oposto, local onde ouvem o barulho da água, e veem um rio dentro da caverna. Ali, por incrível que pareça, há muita claridade entrando pelo teto, há pequenas aberturas estratégicas possibilitando essa iluminação.

O rio tem uma correnteza forte e carrega tudo o que encontra pela frente. Forma algumas ondas quando se choca com a margem, despejando alguns galhos que estava carregando, enquanto leva outros deixados ali há algum tempo.

— Será esse rio que jorra aquela água na bica em Machu Picchu?

— Deve ser, porque não tem qualquer explicação para aquela bica jorrar água ininterruptamente durante séculos.

— Aliás, até mesmo esse rio aqui dentro é algo inexplicável.

Os dois ficam olhando aquela paisagem, quase inadmissível de se acreditar. O clima vindo do rio é prazeroso, um pouco frio, mas algo agradável de sentir. Eles continuam caminhando em uma das margens, e ao chegar um pouco mais distante de onde se encontram, veem algo ainda mais incrível.

— Não pode ser, olhe naquela direção, Cláudio, você está enxergando o que estou vendo?

Ele prontamente olha, e surpreso diz:

— Se você está se referindo àquela floresta, estou vendo com certeza.

Sem acreditar nos seus olhos, pois continuam caminhando dentro da caverna, em ambas as margens do rio há uma imensa floresta com diversas árvores, plantas, flores e frutos, dando um colorido esplendoroso ao ambiente.

– Não pode ser! Isso é algo de outro mundo.

– Sinta o clima como é fantástico, agradável, e o ar puro.

Eles riem dessa descoberta, e Cláudio sem perder tempo fala:

– Jamais acreditei nos mistérios deste lugar, e agora não há como continuar desacreditando. Com certeza, a cidade tem muitos mistérios ainda desconhecidos.

– Como aquele povo fez tudo isso?

– Algumas das árvores têm frutos, as cores são espetaculares.

– Não conheço nenhuma delas. Nem acredito, mesmo vendo.

– É praticamente impossível algo dessa natureza, ainda mais dentro da caverna. Um rio, uma floresta, são obras-primas da Natureza.

– Como elas se mantêm verdes sem a luz solar? – pergunta Ana Júlia.

– Não sei dizer, mas essas flores na minha mão são reais, de verdade. Sinta o aroma que elas exalam.

– Delicioso, suave, penetrante. Parece algo dos deuses.

Ela tem uma rápida visão de algo, mas sem tempo de reconhecer o que possa ser.

Cláudio percorre aquela região olhando para todos os lados. Aproxima-se do rio e experimenta a água. Pega o cantil e enche com aquele delicioso e refrescante líquido. Depois faz o mesmo com outro.

– É água pura, uma delícia, igual àquela que bebemos na bica da cidade.

Ana Júlia se aproxima, aproveita para saciar a sede. Depois caminha em direção à floresta e começa a tocar as plantas, as flores, as árvores. Ela ri de felicidade dizendo:

– Incrível, se contar a alguém ninguém vai acreditar.

Cláudio caminha pela margem do rio, eles estão completamente abismados com a descoberta praticamente impossível. Uma caverna desconhecida com rio e floresta, tudo ali dentro. Parece outro sonho, não uma realidade.

Sentam-se na margem do rio, comem algumas frutas, bebem água; os dois ficam observando a correnteza passar, enquanto conversam descontraidamente.

Cláudio bem relaxado deita ali mesmo e fica olhando para o teto da caverna, observando os pequenos buracos por onde entra a claridade. Não tem qualquer explicação para esses fenômenos da Natureza, ou dos incas. Mas uma coisa é certa, tudo isso é real.

Ana Júlia deita ao seu lado, também olha admirada para o teto da caverna e diz:

— Isso é algo pra lá de fascinante. O rio, aquele senhor, as fotos, a floresta, o que mais conheceremos aqui dentro antes de encontrarmos a saída?

— Nem desconfio, mas se for igual a este lugar, eu até ficaria morando aqui mesmo. Não falta nada, tudo o que é necessário nós temos aqui.

— Concordo com você, tudo... — ela fala pensando nele.

Após algumas horas descansando, eles levantam, colhem alguns frutos para levar no restante da viagem. O cantil está cheio com água pura, e os dois seguem caminhando por dentro da floresta. Cláudio continua pensativo, sem pronunciar uma só palavra no trajeto. Eles não se desgrudam, e boa parte do tempo os dois estão de mãos dadas. Ana Júlia sente tranquilidade, não demonstrando qualquer espécie de receio em relação ao movimento do amigo, e o segue.

Agora, caminham abraçados, como se o tempo tivesse parado para se deliciarem com a presença um do outro, além dos serviços profissionais que os unem.

Continuam olhando para todos os lados para ter a certeza de estarem sozinhos e assim, caminhando, penetram mais fundo na floresta.

Ao entrar naquele local, Cláudio diz:

— Não existe nenhum tipo de vida animal nesse rio e na floresta, aqui está completamente vazio, nós podemos ver apenas a água, árvores, plantas, flores, frutos. São os pertences naturais da floresta. Mas não há pássaros voando ou cantando, nem animais silvestres.

— Bom! Isso seria demais. Ver todas essas maravilhas da Natureza é algo inacreditável. Imagine se houvesse mais seres vivos!

— O mais impressionante é a claridade iluminando o lugar, não consigo compreender a engenharia da coisa. De onde ela vem? Há aquelas pequenas crateras lá em cima, e a luz passa perfeitamente por elas. Não é a luz do sol, isso eu tenho certeza.

Penetrando na floresta adentro veem árvores completamente desconhecidas, portando um colorido fantástico, com flores exóticas, criando um contraste verdadeiramente alucinógeno para fazê-los viajar no tempo da fantasia. Novamente começam a ouvir a voz, dessa vez ela está bem audível, e diz:

— Vocês devem devolver meu manuscrito. Senão os destruirei... — o sussurro é assustador. Não veem ninguém, mas ouvem aquelas palavras ameaçadoras.

— Pronto, acabou o nosso descanso de vez. Agora algum pentelho querendo nos assustar – diz Ana Júlia.

Ela vive esse pensamento, se agarra ao corpo de Cláudio por estar com medo e, ao mesmo tempo, para sentir segurança. Enquanto ele pergunta:

— Quem é você? E que manuscrito é esse?

— Katastasinka. Com ele destruirei o outro, o Sophirenka. O ser humano precisa continuar limitado e obediente.

Ana Júlia treme apertando a cintura de Cláudio. Ele sente a força das suas mãos, e diante dessa atitude, para protegê-la, diz:

— Nem sei se ele existe. Todos falam desse manuscrito e até agora não vi nada. Viemos parar aqui dentro e não conseguimos encontrar a saída. E, para piorar, encontramos um rio e uma floresta. Acho que é tudo um mero sonho. Daqui a pouco, acordo e tudo desaparece.

— Nada desaparece, porque é real. Você aceitou o trabalho, agora deve continuar. Se desistirem, jamais sairão desta caverna. Mas, eu farei vocês encontrarem e me entregar os pergaminhos...

— Tolice, vamos encontrar a saída.

— Não há saída, só entrada. E ao conseguir o pergaminho, ele será meu.

— Como pode haver entrada sem saída? Entrada e saída é a mesma coisa.

A criatura solta uma risada estrondosa, ouvindo-se seu eco por todo canto.

Ana Júlia continua agarrando Cláudio pelo braço direito. Ela sente mais medo da situação.

O clima parecia estar ficando tenso ali dentro, após aquele marasmo do descanso, novamente essa voz se apresentando de vez.

Subitamente, surge uma nuvem e começa a formar a imagem de alguma coisa, no exato local onde a voz está se manifestando, e uma figura grotesca, demoníaca, surge, com chifres, rabo e asas escuras.

Ana Júlia pula para trás e exclama:
— Nossa! É o diabo...
— Não existe diabo. Parece mais um dragão.
— Mas eu estou vendo. E você também está.
— Não pode ser. Acho que é algum ser da floresta com essas características pessoais. Os habitantes daqui devem ter essa aparência.
— Não brinque, Cláudio, ele pode nos matar...
— Do jeito que estou agora, não tenho medo de mais nada. Nada me fará desistir, seja diabo ou não, ele que volte para o inferno. Ali é o lugar dele.
— Devolvam o meu manuscrito...
— Ora, se você tem algum poder, por que não faz mágica e o traz de volta?
— Porque vocês têm a proteção do Mago e do Bruxo, eles criaram uma barreira em volta dos pergaminhos, só vocês dois juntos têm poder para conseguir encontrá-los e pegar de volta.
— Vou encontrar e vão ficar comigo.

Um estrondoso barulho para amedrontá-los é ouvido. Um urro terrível, Ana Júlia se encolhe, no entanto Cláudio, como acabara de dizer, não quer nem saber de nada e vai seguir em frente.
— Estarei esperando aqui para tirar de vocês. Quando vocês pegarem os pergaminhos, os Elementais não terão mais poder algum sobre eles.

Ana Júlia, mesmo com medo, pergunta:
— E onde eles estão?
— Vocês deveriam saber, pois os esconderam. Não tenho poder para ver nenhum dos dois pergaminhos.
— Então seu poder é igual ao nosso. Nenhum!

Ana Júlia sente medo daquelas palavras de Cláudio e do que poderia acontecer, pede para ele não fazer isso.

O ser desaparece e a dupla continua em frente, sem saber o que a espera. De agora em diante eles vão caminhar com muito cuidado. Chegando a um trecho da floresta, as árvores parecem ter vida se movimentando sem qualquer vento, inclinando-se como se estivessem sendo atingidas por fortes rajadas.

Elas executam uma verdadeira dança em seus movimentos compassados e em certos instantes agressivos, inclinando-se com mais hostilidade. Os dois têm a impressão de que elas estão tentando atingi-los. Eles desviam, pois esses movimentos poderiam ocasionar alguns ferimentos graves. No entanto, não parece ser esse o objetivo das árvores, porque os galhos se inclinam ao acaso, não estão querendo atingir nenhum dos dois.

O clima nessa região está agitado, apresentando dificuldades para que eles continuem a jornada, contudo não desistem e seguem em frente.

Eles são obrigados a se proteger atrás de rochas, ou de árvores mais frondosas, pois alguns galhos quase os acertam em determinados momentos. O clima ali, apesar de não haver ninguém, está bem desagradável, com aqueles movimentos de algumas das árvores.

Um silvo longo pode ser ouvido como se fosse a voz do vento. Eles caminham rapidamente e se abaixam para desviar de algum galho mais afoito.

Ana Júlia se manifesta:

– Que loucura, Cláudio, mesmo vendo tudo isso não posso acreditar no que estamos vivendo aqui. Vamos sair logo desse lugar, ou voltar para o rio.

– Realmente é muito estranho. Não tem qualquer sentido vir até aqui. A existência dos manuscritos foi confirmada, e que foram escondidos. Nós os escondemos, então como vamos encontrar algo guardado há pelo menos 400 anos?

– Nem desconfio... Se eu os escondi, ocultei de mim mesma.

– Bom, apesar do medo, você ainda tem senso de humor – termina a frase com um sorriso.

Escondem-se atrás de uma rocha com a finalidade de esperar o ambiente se acalmar, até as árvores amenizarem os seus movimentos. Ao se levantar depois da calmaria, Cláudio observa um pouco mais adiante do local, onde se encontra um grupo de homens completamente vestidos com roupas brancas, eles têm máscaras no rosto impedindo-o de ver suas fisionomias.

Ele os vê por entre os vãos dos troncos das árvores, permitindo enxergar claramente esses seres reunidos mais adiante.

Cláudio faz sinal para Ana e sussurra sobre a presença de pessoas estranhas e mal-encaradas. Pede para ela ficar quieta e abaixada até ter a certeza de ser algo amigável, por esse motivo fica esperando os homens desaparecerem. No entanto, contrariando suas palavras, rapidamente os seres se levantam, viram de frente para onde o casal está. Ele se abaixa ao lado dela, escondendo-se atrás de uma grande rocha.

Mesmo observando rapidamente, Cláudio viu algumas armas estranhas nas mãos deles, pareciam varas longas, como imensas lanças, no formato de taquaras torcidas em toda a sua estrutura. Ele teve tempo suficiente para observar esse detalhe.

Apesar de ser perito em artes marciais, não seria esse o momento de testar as suas habilidades, pois os seres ali presentes pareciam bem preparados para uma guerra.

Os dois começam a engatinhar abaixados por trás daquela rocha, aproveitando em alguns momentos para se esconder entre as árvores e evitar aqueles seres. As lanternas apagadas desde quando entraram na floresta foi o suficiente para não terem a sua localização revelada. Mesmo porque nem necessitavam delas desde a chegada ao rio.

No entanto, ao se aproximar de um determinado local, não havia mais onde se esconder, nem para onde fugir, não havia mais as árvores, enxergavam apenas uma planície completamente plana. As rochas não mais existiam e as gramíneas com seus pequenos talos não seriam suficientes para escondê-los, fazendo aqueles guerreiros vê-los e se aproximarem.

Permaneceram quietos, sem fazer qualquer barulho. Não conseguiam ouvir nada além do silêncio, portanto estavam sem saber se aqueles homens ainda continuavam no mesmo lugar ou se eles tinham ido embora.

Isso não durou muito tempo, pois o silêncio foi quebrado com uma voz entrecortada por um estridente eco saindo da boca de um deles. Cláudio percebeu que o grito parecia estar bem próximo.

Ao levantar a cabeça para ver o que estava acontecendo, a surpresa foi chocante, ele não tinha mais nada a fazer, os homens estavam parados diante dos dois, olhando-os, aguardando-os saírem daquele lugar.

Cláudio levanta Ana Júlia pelos braços, não havia mais nada a fazer, além de ficarem em pé e se entregarem, pois os seres sabiam onde eles estavam escondidos. Todos eles tinham o rosto coberto por máscaras.

A vestimenta nativa se resumia a uma tanga, além da máscara feita de palha com alguns detalhes saindo por cima. A arma que eles carregavam estava presa nas costas, tinham algo parecido com uma faca na cintura.

Os estranhos tiram a arma presa nas costas e fazem sinal para os dois os seguirem. Eles estão receosos, não têm mais o que fazer além de obedecer àquela ordem.

Levam-nos exatamente para o local onde Cláudio os viu pela primeira vez, uma imensa clareira, onde provavelmente eles estavam acampados há um bom tempo. Todas as parafernálias pertencentes a eles estavam ali por muito tempo.

– Ana, veja as coisas deles. Não deve ser o local onde a tribo fica, pois há poucas coisas aqui.

– Talvez estejam caçando...

– Pode ser, mas pelo que vimos até agora, não há vivalma além de nós. Acho que somos a caça...

– Não brinque com isso, se forem canibais estamos fritos.

Cláudio da risada da piada:

– Boa essa, canibais e estamos fritos – solta uma gargalhada e todos olham para ele apontando as lanças aos dois, que ficam meio assustados com aquela reação.

Ana Júlia dá um sorriso, ela não imaginou a associação feita pelo chefe ao falar aquilo.

Eles são colocados sentados sobre um toco de árvore e sem fazer mais nada, além de esperar, ficam aguardando para ver o que vai acontecer. Os seres fazem o mesmo, parecem estar esperando alguma coisa. Um deles sai e desaparece no meio daquela mata, o mesmo local de onde Cláudio e Ana vieram.

Todos ficam por horas sem fazer nada, os seres os observam, podem-se ver os olhos deles por entre as aberturas feitas para poderem enxergar. Todos têm olhos castanho-escuros, e continuam segurando aquelas armas em suas mãos.

O tipo de arma é bem interessante em toda a sua estrutura, não tem a ponta afiada, portanto não parecia algo para matar. Alguns pequenos furos em linha reta formavam uma carreira como se fosse uma flauta, mas com certeza não o era.

O tempo foi passando, e os dois acabaram adormecendo naquele lugar onde estavam. Ficaram meio desconfortáveis por estarem sentados, quase caíam com o corpo cambaleando para um dos lados.

Assim, em determinado momento eles se apoiam no corpo um do outro, se abraçam e conseguem dormir, até serem acordados por aqueles homens fazendo sinal para segui-los.

Cláudio e Ana Júlia se levantam ainda sonolentos e seguem os seres. Todos caminham por muito tempo, voltando à mesma floresta de antes, mas seguem um caminho diferente daquele que pegaram anteriormente.

Cláudio e Ana Júlia ficam observando a paisagem ao redor, continua sendo algo maravilhoso, fantástico, muito colorido nas flores e plantas, com árvores totalmente desconhecidas dos dois.

De vez em quando Ana passa as mãos nas flores, nas plantas, para sentir o toque e a consistência delas, e é cutucada por um deles. Pequenas luzes saem das flores mantendo um espetáculo maravilhoso.

Aqueles homens andavam tranquilamente por todo o caminho, não esboçavam nenhum sinal de serem agressivos ou coisa parecida. As horas vão passando, os dois estão com fome, mas as mochilas não estão com eles. Os homens as pegaram e carregam consigo.

Quando chegam a um determinado ponto, eles começam a ver algo inacreditável. Parece uma cidade, no meio da floresta, a primeira coisa que veem é a parte superior, pois as árvores impediam uma visão total daquele lugar. Mas, ao se aproximar, a estrutura da cidade foi ficando mais visível, parecendo crescer diante deles, fazendo os dois ficarem boquiabertos com o que estavam vendo.

Eles chegaram a um local cujo visual surpreende Cláudio e Ana Júlia. Estavam diante de um lugar fantástico, maravilhoso. Tinha a entrada como se fosse um portal, toda trabalhada com figuras douradas, como os desenhos incas, sem qualquer sombra de dúvida.

As construções lembravam a cidade de Machu Picchu, com suas enormes pedras bem talhadas e ajustadas perfeitamente umas sobre as outras. Logo após esse portal, havia um corredor com muitas árvores baixas, semelhantes a coqueiros, colocadas lado a lado por todo o caminho, desde a entrada até um enorme pátio.

Em volta do pátio os dois veem uma cidade extraordinária, impossível de ser vista por fora, o prédio central tinha na parte mais alta a figura do Condor talhada em dourado, os olhos de diamante e rubi. A entrada da cidade ficava na altura das patas. De ambos os lados na parte inferior havia mais duas figuras, a da Serpente e a do Puma, uma de cada lado do Condor, elas eram prateadas, e os seus detalhes em pedras preciosas, com particularidades coloridas.

Os dois parecem hipnotizados de felicidade ao ver a maravilhosa produção naquele fim de mundo, e sem se esquecer de que continuavam dentro da caverna. Não pareciam acreditar na própria visão.

Estão caminhando por aquele corredor feito de pedras rústicas, e enquanto o fazem, ficam admirando figuras, cores e riquezas a cada passo. Eles são levados até um trono onde veem um ser, igual aos outros, sentado, todo cheio de parafernália dourada.

Cláudio e Ana estremecem, terá chegado o momento de morrer? Eles não têm qualquer outra opção, a não ser aguardar e ver o que vai acontecer. Sem ter como fugir dali, ficam em pé diante daqueles seres.

Cláudio arrisca a dizer alguma coisa, nem imagina se eles conseguem compreender ou não, pois até aquele momento não disseram uma só palavra além daquele som horrível quando eles foram presos.

– Se nos matarem não encontrarão nunca mais os manuscritos. Segundo soubemos, somente nós dois podemos pegar os livros de volta.

O rei olha os dois da cabeça aos pés e diz:

– Finalmente, voltaram, agora vamos trabalhar com vocês para nunca mais voltarem.

– Pelo menos falam a nossa língua...

O rei sorri acompanhado pelos demais. E sem perder tempo, diz:

– Não queremos os pergaminhos, nem matá-los. Sigam-nos. Entretanto, não esbocem qualquer reação para nos enfrentar ou fugir. Não há saída.

Eles formam um círculo rodeando Cláudio e Ana Júlia, enquanto os dois ficam de costas um para o outro, com a finalidade de se protegerem no caso de algum ataque por trás.

Não veem mais ninguém, além daquele pequeno grupo ao redor deles.

– Vocês serão preparados e encaminhados para o teste final. Precisamos definir os escolhidos dos curiosos que conseguiram chegar até aqui.

– E agora? Será que vamos entrar em luta corporal com eles? – diz Ana.

– Espero que não... – responde Cláudio.

Sem qualquer tipo de reação agressiva, os seres começam a girar aqueles instrumentos, ou armas, num movimento de rotação cada vez mais forte e rápido, ocasionando um vendaval intenso na direção dos dois. Desse movimento saía um som estridente, quase os arremessando para longe.

Cláudio grita para Ana ajoelhar, ele faz o mesmo.

– Nessa posição não seremos arremessados, abaixe a cabeça e concentre-se. Fique atenta para quando eles atacarem. Não temos nenhuma arma conosco. Vamos precisar improvisar.

Ana fica esperta, tentando olhar o movimento dos seres diante de si, mas é impossível aos olhos conseguirem ver algo, tamanha a força daquele vento. Então os dois fecham os olhos e ficam atentos ao movimento do som, concentram-se nele, apesar do barulho dos bastões. Agindo dessa maneira eles superam o detalhe de não conseguir ver, e sentem os seres se movimentarem, trocando de posição, mas continuando perto deles.

A dupla começa a sentir um desfalecimento, tudo começa a girar, aquilo é quase impossível de suportar. Levam as mãos aos ouvidos, sentindo como se estivessem se desligando do corpo, gritam e não sentem qualquer força para sair daquele local. O momento é terrível. A situação fica cada vez mais insuportável.

Eles sentem o fim chegando, vão perdendo as forças, o corpo desfalecendo, a dor nos tímpanos, e tudo se apaga, deixando-os desmaiados.

Horas depois eles começam a se recuperar e acordam, estão com as mãos e os pés amarrados lado a lado com o cipó tirado das árvores. Aos poucos vão se conscientizando da situação, o ouvido ainda está zunindo, a dor de cabeça vai aos poucos desaparecendo. Cláudio vê Ana ao seu lado e fica feliz, pelo menos está ali. Ela sente o mesmo.

Eles estão em um enorme salão dourado, não há móveis, nem utensílio algum, apenas um enorme espaço vazio completamente adornado com ouro. Sem saber o passo seguinte, nem o que acontecerá, eles não gostam da situação, Cláudio faz muito esforço para se desamarrar, sem conseguir êxito.

Veem aqueles seres sentados a poucos metros. Continuam mascarados, com aqueles objetos estranhos atados nas costas. Eles fizeram um vento impossível de se resistir e o som ensurdecia, provocando dor de cabeça.

Cláudio sussurra para Ana Júlia:

– O que será que eles querem da gente?

– Matar com certeza não deve ser a meta deles, pois se fosse já estaríamos mortos.

– Nisso você tem razão, estamos vivos e amarrados, então ainda querem alguma coisa.

– Se não querem algo, por que nos mantêm amarrados?

– Com certeza logo saberemos.

Depois de bem recuperados, os seres sentados no chão se levantam e colocam as mochilas diante dos dois. A seguir, pegam as facas atadas na cintura e caminham em direção da dupla. Ana Júlia grita de pavor, mas os homens continuam, dão a volta ficando atrás deles e os desamarram.

Ana Júlia diz:

– Não entendi nada. E agora nos trouxeram até aqui, amarraram para soltar depois sem dizer ou fazer absolutamente nada?

– Bom, pelo menos acho que vamos continuar vivos.

– Espero que sim!

Aproximam-se do rei com as mochilas colocadas novamente nas costas, o homem fica olhando para eles, parecendo estar admirado com a visão, os olhos brilhantes como se não acreditasse naquilo que estava vendo.

Cláudio pergunta:

– Quem será esse cara?

– Nem desconfio, mas deve ser o manda-chuva da turma.

Os dois riem da piada, parecem estar tranquilos. Ana diz:

– Depois das coisas que passamos e descobrimos, nada mais vai me deixar com medo.

O rei tem o corpo coberto por uma roupagem feita com penas brancas. Está segurando uma arma igual aos demais, maior e mais detalhada, e a utiliza como se fosse um cajado. Ele se aproxima e finalmente diz:

– Acho que vocês acertaram dessa vez. São eles mesmos, eu os vi naquela oportunidade, jamais acreditei nessa volta.

– Quando você nos viu? – Cláudio pergunta.

– Quando passaram aqui pela primeira vez, estavam com os pergaminhos nas mãos, nós suprimos as suas bolsas com alimento e água para o restante da jornada e vocês, após descansarem, seguiram em frente para fugir dos invasores.

– Eu sou jovem, nunca passei por aqui – diz Ana.

– O corpo pode ser jovem, mas você não é tão jovem assim, tem milhares de anos e finalmente parece que vai conseguir a libertação final.

– Você está me chamando de velha?

– Assim como trocam de roupa todos os dias, da mesma forma trocam de corpo, de temporada em temporada.

– E por que isso acontece? Por que não vivemos eternamente?

– Para mostrar que o corpo é apenas uma vestimenta, não vocês.

– Você falou em libertação final? Vai nos matar? indaga Cláudio.

– Como disse antes, não estamos aqui para matá-los, jamais conseguiríamos fazer isso, como falei, são apenas roupas de carne, não vocês.

– Mas por que precisam de nós para pegar os pergaminhos, se todos os seres humanos apenas vestem uma roupa?

– Porque a ganância destrói a grandiosidade do mundo, e mesmo vestindo algo temporário, os demais têm direito de viver felizes com essa roupagem de carne.

– Poderíamos todos viver sem ela num mundo mais espiritual.

– Vocês estão vivendo num mundo espiritual.

Cláudio, pensando naquelas palavras, não consegue ver nenhum sentido. O rei continua:

– A nossa função, como da primeira vez, é dar comida e água para vocês continuarem a jornada.

– E como você tem certeza de que somos nós dois que estiveram aqui na primeira vez?

– Vocês veem apenas através dos olhos. Eles enganam, criam ilusões e fazem da ilusão o seu modo de vida, como se fosse realidade.

– Bom, eu tenho apenas 30 anos de idade.

– Esse corpo tem isso, mas você não é o corpo, ele é apenas a sua vestimenta temporária aqui neste planeta.

O rei acaba interrompendo aquele diálogo e diz aos outros:

– Tudo indica serem eles mesmos, os cabelos, a estatura de ambos, os olhos, a cor da pele. No entanto, precisamos saber se eles são os verdadeiros, porque não podemos deixar intruso nenhum conseguir os objetos.

Cláudio questiona:

– Que intrusos? Que objetos?

Quando diz isso, um dos soldados o cutuca com sua arma pedindo para ficar quieto.

– Acho que é para a gente não falar nada... diz Ana.

O rei coloca a mão direita em seu próprio queixo, pensativo, à esquerda segura uma daquelas armas, na qual se apoia, e diz:

– A mente cria a imagem, e a imagem se diverte, ofende, agride, deprime, etc.

– Ele está tentando dizer alguma coisa ou pirou de vez!

– Cláudio, não faça isso, não sabemos se eles são amigos ou inimigos...

O homem continua:

– O rio e a floresta não foram criados pela mente humana, pois são reais.

Ana pergunta:

– Mas, que droga esse cara tá falando?

– Sei lá, parece uma charada para a gente responder alguma coisa.

O rei pergunta:

– Ilusão ou realidade? O que vocês veem aqui dentro?

– A grande riqueza da humanidade, ouro puro, uma fortuna incalculável – ela responde.

O rei complementa:

– Para a Natureza ele tem o mesmo valor que o cobre, a prata, ou qualquer outro metal. São apenas metais.

Cláudio retruca rapidamente:

– Esses metais não são coisas criadas pela mente humana, são reais.

– No entanto, o valor creditado a cada um deles é invenção humana – o rei rebate.

– Estou compreendendo, ele está falando da espiritualidade – conclui Ana.

– Isso mesmo, para os Espíritos tanto faz ouro ou prata, é tudo a mesma coisa – diz Cláudio.

– Muito bem. Ao se encontrar dentro do rio, ou penetrar na floresta, em que vocês pensaram? – pergunta o rei.

Cláudio, percebendo aonde o rei quer chegar, responde:

– A mente não presta atenção a qualquer ideia diferente daquilo que se está vendo e sentindo. O foco está onde os olhos se concentram.

O rei fala mais uma vez:

– A mente cria a imagem, e a imagem se diverte, ofende, agride, deprime, etc. O ouro, a prata, o rio e a floresta não foram criados pela mente humana, pois são reais.

Ana Júlia, considerando-se boa em charadas:

– Eu sou boa em desvendar enigmas. Deixe-me pensar.

Ela pensa várias vezes naquela frase sem definir o que pode estar escondido nela, ou qual revelação o rei espera dos dois. E ela acaba falando:

– O rio e a floresta, assim como o ouro, a prata e os outros metais são reais, porque não foram criados pela mente humana.

– Até aí tudo bem, mas e a mente criando a imagem? E a imagem se divertindo, ofendendo, agredindo, deprimindo? – retruca Cláudio.

O rei complementa a frase dos dois:

– Manco e Mama deixaram essa mensagem para quando voltassem aqui. Disseram que se lembrariam do significado.

– E se não lembrarmos?

– Isso significa que vocês precisarão continuar até lembrar.

– Aí complicou tudo.

– E o que acontece com a gente?

– Vocês nunca encontrarão a saída da caverna.

A preocupação deles aumenta. Não se consideram os antigos moradores de Machu Picchu, e muito menos os escolhidos para encontrar os dois pergaminhos. O rei continua:

– No entanto, eu sei que são vocês, apenas leva algum tempo para se lembrarem das coisas. Vocês terão três dias para recordar.

Dizendo isso, sem qualquer espera, o rei e os demais desaparecem, deixando apenas os dois e aquele salão dourado. Eles sentem medo. Mesmo tentando controlar as sensações, a tensão do momento não permite algo dessa natureza.

– Cláudio, o que vamos fazer? Vamos ficar presos aqui durante três dias?

– Acho que sim, não parece haver outra solução. No entanto, vamos procurar uma saída.

Eles olham para as quatro paredes e não veem nem sequer uma brecha para sair. Aproximam-se de uma delas, tateiam minuciosamente a placa de ouro cobrindo a rocha, e nada de encontrar a saída. Não há nenhuma abertura. Após verificar em todas as direções, voltam ao centro do salão, onde se encontram as mochilas, sentam no chão e se aquietam por instantes.

Ana Júlia abraça Cláudio e ele retribui o abraço.

– Estamos sem qualquer opção para sair daqui, Ana, resta apenas descobrir o significado daquelas palavras que o rei mencionou.

– Vamos tentar, essa deve ser realmente a única opção para sair.

E ele começa:

– Se estivermos na floresta ou no rio, isso é algo real, concreto, e não pensamos em nada além disso.

– Estando nessa situação vamos criar uma imagem, e isso nos diverte, ofende, agride, deprime, etc.?

Cláudio caminhando em círculos com esse enigma, sem esperanças de conseguir algo, diz:

– Ana, eu acho que estamos sem saída para encontrar a saída – ele dá risada das próprias palavras, e complementa: – Não sei qual é o objetivo desse cara!

– Por que ele perguntou essas tolices?

– E o que isso tem a ver com os pergaminhos?

– Nem desconfio... Pelo menos estamos juntos aqui dentro, isso me deixa mais confortável para enfrentar essa situação.

Cláudio concorda e diz sentir o mesmo.

– Deixamos passar alguma coisa em branco, por isso não estamos conseguindo resolver esse dilema.

Depois de algum tempo tentando decifrar o sentido daquelas palavras, eles sentam de costas um para o outro com a finalidade de apoiar o corpo. O cansaço é evidente. As ideias parecem ter desaparecido. O ambiente natural ali dentro é escuro, iluminado apenas por uma pequena tocha, nada mais.

Por mais tentativas de encontrar alguma resposta, eles acabam adormecendo recostados um no outro.

Cláudio sonha com o Mago lhe dizendo alguma coisa:

– O observador é resultado do passado. Ele julga de acordo com os conceitos e os condicionamentos adquiridos nessa ocasião.

Cláudio retruca esse detalhe:

– Mas estamos na floresta, e você disse que ela é real?

– Vocês pensam que a sua realidade é diferente do pensamento.

Cláudio está mais interessado em sair daquele lugar, e pergunta:

– Por que nos trouxeram para este salão coberto de ouro?

O Mago na sua tranquilidade complementa:

– Isso ativa a imaginação. Estimula a adrenalina e provoca a decepção.

Cláudio acorda assustado, olha para todos os lados, na esperança de encontrar a resposta desconhecida, vê somente o ouro mal iluminado pelas lanternas. Nada naquele lugar tem qualquer sentido.

Ele fica quieto e pensativo para não acordar a amiga, que continua dormindo.

– Ela deve estar muito cansada por causa da maratona desses dias. Foram vários momentos completamente diferentes do tradicional, e ela não está acostumada a uma jornada desse tipo.

Ana Júlia acorda agitada e diz:

– É isso Cláudio. A imaginação.

– Nossa! Pensei que você estava dormindo.

– Estava, sonhei com alguma coisa e me veio essa resposta.

Cláudio conta o ligeiro sonho com o Mago, que coincide com as palavras dela:

– E começamos a imaginar, sonhar, criar com a imaginação. No entanto, se ele disse que observador e coisa observada são a mesma coisa, nesse ponto não entendi nada.

– A mente cria a imagem, e a imagem se diverte, ofende, agride, deprime, etc. Não criamos o ouro.

Ele retruca com uma dúvida:

– Ou será que criamos?

– A descrição mostra o funcionamento da imaginação, o conhecimento condicionado e a dependência por estar diante da possível riqueza. Todas essas ideias vêm do passado a respeito do ouro.

– Sim, o ser humano criou a ideia de o ouro ser poderoso, de produzir riqueza.

– A alegria ao ver tanta riqueza se choca com a criação das várias imagens de sucesso e insucesso. Quem criou os pergaminhos foi o ser humano.

– Nenhuma dessas imagens é real, apenas fruto da imaginação. Por isso a imagem diverte, ofende, agride, deprime.

Cláudio sente algo vindo do seu interior e fala para Ana Júlia:

– A mente vê por meio da imagem criada. O conteúdo da consciência é constituído por uma série de imagens, todas elas inter-relacionadas entre si. Elas não estão separadas, mas inter-relacionadas.

Surpresa com essa análise, Ana Júlia diz:

– Como poderei ver sem criar imagens?

– Não pode, faz parte da mente humana – responde Cláudio.

Ana relata:

– Espere! Há o real, aquilo que não pode ser modificado pela imagem, porque ela está a todo momento modificando-se.

– Ana, o real não se modifica. Ele pode estar querendo dizer algo sobre a inexistência disso que estamos procurando. Que é fruto da nossa imaginação?

– Se for isso, não sei como explicar aqueles dois homens, e a entidade que surgiu dentro da caverna...

– Ana, há algumas coisas na minha mente completamente desconhecidas por mim. Elas me fazem dizer coisas estranhas, fora do meu conhecimento.

Cláudio fica andando ali dentro, caminhando para todos os lados, seu pensamento continua ativo e as palavras seguem o mesmo fluxo. Ana Júlia permanece sentada no chão, sobre uma das roupas que tirou da mochila, e fica ouvindo o amigo:

– Você não se envolve com nenhuma outra imagem fora daquela que a mente está em contato. Não consegue ver nenhuma perturbação que possa existir, independentemente da percepção dessa imagem, porque ela não está presente neste momento.

Na sua ideia, Ana Júlia continua nessa linha de raciocínio:

– Então qualquer perturbação que possa existir dependente de conseguir os pergaminhos não está aqui presente.

Essa frase da Ana faz Cláudio despertar para algo:

– Desconcentramo-nos deles, porque estamos querendo sair daqui sem conseguir atingir esse objetivo.

– Estamos concentrados na situação atual deste lugar; é a primeira necessidade.

– Queremos a todo custo sair dessa cidade do faz de conta.

Ana Júlia parece estar conseguindo uma sequência melhor:

– Minha mente acredita ter compreendido a profundidade do momento, de acordo com os parâmetros do conhecimento temporário, o medo, o perigo, a indefinição, e está completamente errada ao considerar como vazio aquilo que não está aqui.

Ele segue a mesma trajetória, considerando ser esse o caminho certo:

— Se não está aqui, com certeza é vazio.

— Entretanto, podemos considerar como vazio aquilo que está aqui?

— No entanto, isto que estamos vendo agora está presente, não está vazio.

Cláudio e Ana Júlia continuam a trocar ideias sobre a situação, ficam filosofando, sem nem mesmo saber aonde aquilo os levará.

— Como tudo é vazio, Cláudio? Se sou a observadora e a coisa observada, ao mesmo tempo, por que continuo dentro do salão dourado?

— Isso acontece, porque não existe diferença alguma entre o significado dessas palavras.

— Cláudio, a palavra não é a coisa em si.

— É óbvio que, se procurar novas experiências acabarei encontrando, e lhes obedecerei, criando um novo conceito, porque quem as analisa são as reminiscências do passado.

— A experiência anterior poderá até mesmo chegar ao fim, porém a ânsia e a dor permanecerão. Isso vai fazer a dor voltar.

Ana Júlia tem um momento intenso de reflexão:

— Está querendo dizer que devemos recuperar a memória agindo como Manco e Mama?

— Eles devem estar dentro de nós, mas em que lugar? Não é vazio o que não está aqui, e o que está aqui é vazio.

— O que não está aqui, Cláudio?

— Os pergaminhos, Manco e Mama.

— E o que está aqui?

— Eu e você, Ana.

— Ou seja, é a mesma coisa, observador e coisa observada?

— Se deixarmos de seguir a correnteza da humanidade, libertaremos a mente do sofrimento?

— Isso poderá ser o começo da sabedoria? Ela não é congregada pela experiência; a experiência só fortalece e acumula conhecimentos.

Os dois estão fazendo uma verdadeira lavagem cerebral associando ideias, pensamentos e experiências. Num esforço pessoal,

Cláudio e Ana Júlia conseguem recordar aos poucos algumas vagas reminiscências passadas que aconteceram na cidade.

– Mama não está aqui, isso é vazio. Ela está na minha mente?

– Lembro-me de estar observando a desintegração dos habitantes. E a cidade vazia.

– Só pode ser isso, Cláudio.

– Tudo se desintegrando. Depois disso eles não existem, mas estavam ali.

– Também estou pensando nisso! A energia se dissipando e penetrando nos pergaminhos, os espíritos dourados e prateados se unificando e desaparecendo no espaço, não restando mais nada, como no seu sonho...

Ela fica admirada de recordar essa pequena passagem, justamente por não ser fruto das palavras de Cláudio, mas de algo vindo do seu próprio interior. Pensando naqueles acontecimentos, ele tenta associar com as palavras do presente:

– Exato, nada restou além das ruínas da cidade.

– Naquela situação não acumulamos nada, considerando que eu era Mama, apenas observamos os acontecimentos, sem qualquer espécie de sentimento para acumular. Tudo pareceu natural, mesmo desaparecendo.

– Nada disso é importante.

– Estamos falando apenas das imagens criada por nossa mente...

– E é por meio dessas imagens que nos divertimos, ofendemos, agredimos e nos deprimimos.

Nesse instante, os dois sentem surgir ao mesmo tempo na mente todos aqueles momentos. Eles estavam gravados, escondidos e agora vieram à tona. Ana Júlia conta detalhadamente coisas que somente ela e Manco sabiam.

Cláudio, surpreso com a revelação, diz que está tudo certo, ele também se recordou dessas coisas.

– Ana, você está se lembrando daquela época?

– Sim, as coisas estão surgindo, consigo ver claramente, mesmo sem você dizer. Estou vendo esses acontecimentos como se eu estivesse presente naquele dia.

– Será que vamos nos lembrar onde escondemos os pergaminhos?

Eles tentam buscar na memória essa informação sem conseguir êxito, parece haver um bloqueio para essa visão se estabelecer, impedindo-os de ver o local sagrado.

As horas vão passando, eles não têm a mínima noção se é dia ou noite. Ali dentro tudo é apenas dourado, a pequena chama, a companhia do outro, as mochilas. Imaginação ou não, eles querem sair logo desse local, pois ainda têm os sentidos ativos.

Durante todo esse percurso que fizeram, também não têm a mínima noção de quantos dias passaram ali dentro.

Novamente eles acabam dormindo pelo cansaço e acordam, depois de várias horas de sono. Assim, sem qualquer solução para aquelas palavras, Cláudio grita:

– Ei! Rei! Nós queremos continuar a viagem, estamos perdendo tempo aqui dentro.

O rei surge repentinamente e diz:

– Muito bem, conseguiram...

– Como conseguimos? Não deciframos nada!

– Quem pediu para decifrar algo! A mente cria, decide e sofre as consequências. Ficaram perdendo tempo imaginando meios diferentes de sair do salão, quando bastava pedir.

Cláudio tem vontade de socar aquele rei. Antes de fazer qualquer coisa, tudo o que estava ali dentro, inclusive o salão, desaparece da presença dos dois, e eles se encontram novamente na floresta.

Ele chama Ana Júlia. Ela acorda, abre os olhos e fica feliz ao ver que está livre daquela sala enorme.

– Como saímos de lá?

– Eu pedi para sair, e ele disse que essa era a solução. Não era para imaginar, mas ser realista.

– Caramba! E nós pensamos em tantas coisas, elas de nada serviram?

– Creio que sim, estávamos imaginando soluções, deixando a realidade de lado. Bastou pedir para sair.

As mochilas estão no chão, ao lado deles, não existe nenhuma cidade dourada até onde os olhos podem alcançar.

– Aonde eles foram parar? Era tudo imaginação?

– Acho que sim. Devemos, por algum processo desconhecido, ter criado tudo aquilo.

– Pombas! Para não dizer outra coisa...

– Nem sei dizer a que distância nós estamos de qualquer coisa, porque na floresta é tudo igual.

Cláudio pega a sua mochila, coloca nas costas, bebe um gole de água, e diz:

– Vamos embora antes que eles se arrependam de nos soltarem.

– Não creio que vão nos seguir. Agora acho que estamos prontos para ir em frente. Voltaram algumas reminiscências do passado, no entanto, podemos continuar a partir daí.

– Quem sabe a gente relembra o caminho que seguimos para encontrarmos os manuscritos?

– Cláudio, tudo isso por causa de nada?

– Essa eu não entendi!

Ana repete:

– A mente cria a imagem, e a imagem se diverte, ofende, agride, deprime, etc. Criamos todas essas imagens?

– O rio e a floresta não foram criados pela mente humana, pois são reais.

– Nada disso foi real...

– Parece tudo sem sentido, vazio.

– Vazio. Por isso desapareceram.

– Não podemos considerar vazio o que não está aqui, porque estamos vendo, podemos sentir.

– Os pergaminhos... – os dois falam a mesma coisa e riem.

– Uma coisa eu sei, ainda estamos dentro da caverna. Ela existe ou não? pergunta Ana.

Com o desaparecimento daquela cidade, eles continuam sem saída, agora sem nenhum rio, nem floresta, nem seres estranhos. – Tudo ficou para trás, é passado, não pode voltar.

– Isso foi produto de imagens criadas por nós? – diz Cláudio.

– Desapareceu da nossa frente aquela floresta, o rio, o palácio dourado, aqueles homens. Estamos novamente no escuro da caverna.

A escuridão é amenizada pela luz das lanternas retiradas das mochilas, depois de colocar pilhas novas.

Ao olhar nas mochilas, eles reparam que estão bem abastecidos com comida suficiente para mais uma semana.

– Vazio ou não, imagem ou não, alguém encheu nossas mochilas com alimento e água. Naquela hora em que acordei nem reparei nisso, estava meio sonolenta e com sede, peguei a garrafa de água e bebi.

– Onde começa a imagem e onde termina a verdade?

Fazem uma pausa para colocar os pensamentos no lugar. Tudo parece desencontrado. Eles precisam acertar as coisas, e definir se continuam seguindo as imagens ou a realidade.

Entretanto, não sabem onde começa uma delas e termina a outra. A única certeza, e desejo, é sair daquele lugar e encontrar a civilização.

Com isso se passaram mais 24 horas. Eles caminham sem pensar em descanso, pois dormiram quando foram capturados por aqueles seres, não sentem cansaço físico, no entanto, o mental é evidente.

O clima ali dentro é frio, não abundante, mas o suficiente para fazê-los vestir agasalhos. Os dois continuam caminhando, se apoiando em todos os momentos nas suas decisões. A ligação entre eles é intensa, há uma trama maior envolvida em tudo isso, um sentimento sobrepujando qualquer estimativa controlável pela mente.

Depois de algumas horas, não resistem e acabam parando para descansar e se alimentar, pois estão com fome. Nessa parada eles conversam, trocam olhares carinhosos, se declaram, abraçam e deixam aí as vontades mais íntimas.

Esquecem completamente qualquer outra coisa. Eles fazem uma rememoração por meio do pensamento sobre tudo que estiveram aprendendo dentro da caverna dourada, entre imagem e realidade.

Após uma terceira parada, depois de caminhar por muitas horas seguidas, resolvem fazer essa pausa para se alimentar. E quando vão começar a saborear a comida, Cláudio se levanta. Ana Júlia se assusta com a atitude repentina dele.

– Espere! Estou vendo uma claridade sendo refletida nas paredes da caverna, bem à nossa frente, naquela direção, veja!

Ela se levanta e vê a claridade. Eles ficam felizes, apontam para a parede, vibram radiantes, se abraçam sem saber ao certo o que poderia ser. Com certeza era uma saída.

Os dois saem correndo naquela direção, a claridade vem do lado de fora da caverna, na ânsia de encontrar a saída e ver mais pessoas, cidade, barulho. Cláudio pega a mão de Ana Júlia, seguem em frente, e, finalmente, veem a saída da caverna, é apenas uma pequena abertura, suficiente para passar uma pessoa por vez.

Os dois voltam para pegar as mochilas, e as coisas deixadas para trás no intuito de ver se era alguma abertura que poderia levar para o lado de fora, e seguem naquela direção.

Param diante da saída e conseguem enxergar muito pouco ficando em pé. Então Cláudio tenta ver o que tem do outro lado sem conseguir. A dificuldade é grande, ele precisa se abaixar, rastejar para sair e verificar onde se encontram, e o que há do outro lado.

Cláudio sente o cheiro da Natureza exterior, ouve o barulho de alguns pássaros cantando, vento, folhas balançando. Fica radiante de alegria:

– Conseguimos, é a saída da caverna.

Ela vibra com ele e pergunta:

– Onde será que viemos parar?

Cláudio saiu primeiro para sentir como é do lado de fora. Ele praticamente se arrastou pelo chão, mas o lugar é consistente, portanto, de verdade. Sente que o piso é bem seguro. Ao chegar do outro lado e ver a Natureza soberba, maravilhosa, ele chama Ana Júlia para sair.

Primeiramente ela passa as mochilas para ele e depois, se arrastando, atravessa a estreita passagem para fora.

Os dois sorriem, se abraçam, estão a uns dez metros da base da montanha, com a certeza de não estarem mais em Machu Picchu. Eles se olham nos olhos, um brilho intenso sai de ambos, as mãos levemente contraídas nas costas do outro, tocando, sentindo estarem vivos.

A única coisa que veem é uma densa floresta à sua frente, um pouco mais abaixo do local onde se encontram.

– Natureza, eu te amo, finalmente saímos.

– Graças a Deus, Cláudio. Nunca pensei que ia gostar tanto de mato como agora.

Eles soltam gargalhadas pela brincadeira e a felicidade de estarem livres daquele aprisionamento na caverna sem encontrar nenhum dos pergaminhos.

Cláudio e Ana Júlia sentam em uma das rochas admirando a linda paisagem à sua frente. Comentam cada detalhe, apontam, estão juntinhos, tocam o corpo um do outro quando falam, nem se dando conta desse detalhe.

– Bom, Ana, eu acho que termina aqui a nossa jornada, não existe nenhum pergaminho na montanha, e agora é encontrar o caminho da volta.

– Verdade. Não sei nem qual dos lados seguir para encontrar alguma cidade.

Ficam olhando em todas as direções que podem. No entanto, como é dia, não conseguirão ver luzes acesas. Veem apenas a floresta imensa com quilômetros à sua frente sem qualquer indício de cidade ou uma simples casa para perguntarem.

Com o decorrer do tempo, isso não lhes deixa tão felizes, por não saberem onde se encontram, pois não há sinal de nenhuma cidade, casa ou pessoas; mas pelo menos encontraram um jeito de sair daquele local escuro e cheio de coisas estranhas.

Cláudio, ao olhar para todos os lados, em determinado instante vê alguns arbustos se movendo, um pouco mais abaixo em um declive, e não há qualquer vento por ali. Ele fica apreensivo para saber o que pode estar ocasionando aqueles movimentos nas plantas;

– Ana, olhe nessa direção, aqueles arbustos parecem estar se movimentando.

Assim, os dois se concentram naquele local. No entanto, o movimento não fica parado apenas no lugar inicial onde Cláudio viu. Ele segue, como se alguém ou alguma coisa estivessem vindo ao encontro deles.

– Seja o que for isso, vem na nossa direção – diz Cláudio.

A tensão aumenta e a expectativa de serem resgatados é intensa. Contudo, ninguém sabe onde eles estão.

Quebrando esse momento, eles começam a ouvir gritos no meio da floresta. Ao focarem a atenção na direção dela, veem homens vindos em sua direção. Ana Júlia expressa seu desconforto com o que está acontecendo:

– Quem são esses... índios? De novo não...

– Será possível! Esses aí são completamente diferentes daqueles da caverna.

Os índios, ao chegarem perto da base da montanha, vendo os dois mais acima, param a comemoração, se ajoelham e inclinam o corpo para a frente, reverenciando-os.

Cláudio e Ana tentam se esconder, percebendo não haver mais tempo para fazer isso, pois eles já os avistaram. Os dois não soltam as mãos e ficam prestando atenção ao redor para tentar definir quais as palavras que eles estavam gritando, pois nem mesmo sabem onde estão.

Os índios quebram o silêncio e repetem as palavras várias vezes, reverenciando-os. Finalmente, os dois conseguem entender as palavras, mas desconhecem o seu significado.

"Amacenka... Amacenka... Amacenka..."

– Eles estão gritando "Amacenka", ou alguma coisa assim, o que será isso?

– Não sei não, é melhor ficarmos por aqui para não nos pegarem.

– Bom, aqui não temos muitas opções para nos escondermos, estamos num lugar mais alto.

Por alguns instantes o silêncio volta a reinar, eles aguardam mais um tempo. Cláudio olha para baixo com a intenção de ver se eles foram embora, pois os índios ficaram em uma posição que não podia ser vista do lugar onde se encontravam.

Todos os cinco índios estão bem abaixo deles, ajoelhados, parecem estar aguardando os dois descerem. Não há qualquer outro jeito de sair desse lugar.

– Parece a mesma cena daqueles homens estranhos na floresta, quando nos escondemos sem nos escondermos.

Cláudio, percebendo que não há mais nada para fazer, chama Ana Júlia:

– Vamos, os índios sabem onde estamos.

Então, ao se apresentarem na beira daquele pequeno abismo, para a surpresa de ambos, todos os índios fazem reverência, inclinando a cabeça e repetindo:

– Amacenka. Amacenka.

– Estão sorrindo, pelo menos parece sinal de amizade ou algo parecido.

Cláudio e Ana Júlia, em pé, ficam impressionados com aquela cena. Sem saber ao certo o significado, ou o que fazer, eles inclinam a cabeça e repetem as palavras.

Os índios dão gargalhadas e repetem tudo de novo.

– O que será tudo isso? Eles estão nos reverenciando? Parecem muito felizes por nos verem... diz Cláudio.

– Acho que sim, espero que seja bom sinal...
– Tomara que não estejam nos achando saborosos para o almoço!
– Tonto! Isso é coisa que se diga?
– Vai saber... – ele ri da situação, ainda meio nervoso.

Os índios se levantam, não usam qualquer tipo de roupa, têm uma espécie de cocar na cabeça, alguns adornos no corpo.

– Cláudio, veja o detalhe na cintura, são índios daquela tribo que o William falou...

Cláudio se lembra de William quando mencionou exatamente isso. É verdade! Será que conseguimos encontrar os índios da tribo Ande?

– Espero que sim, seria demais.
– Mas só há cinco deles aqui. A tribo deve estar bem longe de onde estamos.

Os índios têm um cordão amarrado na cintura, com um facão encaixado entre o cordão e a barriga. Nas costas um arco, e as flechas colocadas num coldre de couro.

– Vamos descer e ver o que acontece.
– Caramba! Ainda estou assustada com tudo isso.
– É uma maratona que jamais eu poderia imaginar. No entanto, como estamos aqui, o único rumo é seguir em frente.

Detalhes de lado, os dois focam toda a atenção nas atitudes dos indígenas, porque ainda não mostraram serem amigos ou inimigos. Os índios falam mais algumas coisas, mas a dupla não compreende aquele idioma para responder.

Cláudio e Ana decidem descer daquelas rochas e ficar de frente para os índios. Sem qualquer alternativa, a única opção é segui-los. Ela tem uma palavra de conforto no momento:

– Pelo menos estamos vendo mais gente...

Os indígenas rodeiam os dois e todos seguem por entre as árvores, caminhando por uma direção desconhecida. Em determinados instantes, os índios cochicham entre si repetindo a palavra "Amacenka". E sorriem, olhando para Cláudio e Ana Júlia, felizes.

Todos penetram mais na densa floresta, os índios têm o rosto pintado, e após caminharem mais de uma hora, eles parecem pressentir a presença de algo desagradável, fazem sinal para ficarem quietos, todos se abaixam, mantêm silêncio e se escondem.

Sem entender nada, Cláudio e Ana fazem o que foi mandado, observando o que poderá vir a seguir. Um dos índios segue pisando suavemente, sem fazer qualquer barulho e, de modo hábil, sobe em uma das árvores tão rápido que se torna quase impossível vê-lo por entre tantas outras árvores, galhos, folhas e flores.

No alto da árvore sem ninguém conseguir vê-lo, ele manda sinal por meio de sons, como se fosse o canto de um pássaro, se comunicando com os demais que estão escondidos e apenas aguardam.

Cláudio, prestando atenção em todos os movimentos até onde consegue ver, diz:

– Eles devem ter pressentido algum perigo, Ana, talvez um animal selvagem, quem sabe!

Todos permanecem na mesma posição por aproximadamente meia hora e, depois desse tempo, o índio desce da árvore rapidamente, da mesma forma como subiu, conversa com os demais e todos seguem adiante.

Sem saber dos acontecimentos, a curiosidade de ambos aumenta, à medida que o tempo passa. Poucos minutos depois desse acontecimento, param para comer algo, pois estão caminhando faz algum tempo. Os índios entregam alimento para Cláudio e Ana em primeiro lugar, colocado em algumas folhas grandes como se fosse em uma vasilha.

Os indígenas ficam olhando os dois começar a comer sem desviar o olhar, pois alguma coisa entre eles os leva a ficar admirando o casal. Como uma troca ou gratidão, Cláudio e Ana Júlia oferecem aos índios a comida que trouxeram nas mochilas.

Primeiramente eles não querem aceitar, mas com a insistência de Ana Júlia, eles ficam felizes, agradecem repetindo "Amacenka" e pegam os alimentos com satisfação, e repetem a palavra várias vezes, eufóricos com a troca.

Os índios esperam os dois se alimentarem, somente depois de vê-los satisfeitos, eles começam a comer saboreando com gosto, com prazer, com satisfação a dádiva vinda dos dois.

– Cláudio, eles ficaram esperando a gente comer para depois começarem a se alimentar...

– Com certeza, vai ver querem você bem robusta para saborear depois... – ele ri.

– Tonto. Não quero ser refeição de ninguém.

Os índios falam diversas coisas, reverenciam, mas a dupla não compreende nenhuma palavra, e os veem se aproximar meio timidamente, repetindo: "Amacenka – Tasorenka".

Cláudio e Ana Júlia, sem saber o sentido daquelas palavras, repetem-nas, provocando risos e reverência dos indígenas.

– Cláudio, parece que funcionou essa tática, eles riram quando demos alimento e repetimos essas palavras. Não sei o significado, todavia, servindo para manter a gente vivo, está bom demais.

– Não vejo nada agressivo neles, concordo com você, acho que os conquistamos por algum motivo.

Ana Júlia, dando risadas, diz:

– Quem sabe deve ser o nosso nome na língua deles.

Cláudio, também rindo do momento, pergunta:

– Quem será quem entre nós?

– Prefiro ser essa tal Tasorenka.

– Então serei o Amacenka, parece mais ama-seca!

Eles soltam uma salutar gargalhada.

Após a alimentação e um descanso, todos continuam a caminhada até o anoitecer. Escolhem um local para acampar; nesse momento, três dos índios pegam galhos e folhas secas para fazer uma fogueira. Um deles escolhe um lugar entre algumas pedras para fazer e abrigar uma pequena fogueira, como se desejassem esconder e proteger a chama.

Apontam para aquele local, mostrando onde Cláudio e Ana Júlia podem ficar protegidos, enquanto um deles fica acordado, vigiando o provisório acampamento, fazendo revezamento de tempos em tempos, para os demais descansarem.

E, assim, sem qualquer novidade, continuam a jornada, caminhando por mais dois dias e uma noite, até chegarem a um ponto onde existe uma clareira imensa no meio da floresta. Cláudio e Ana Júlia não veem ninguém além do piso liso, sem qualquer pedra ou planta, até um dos índios fazer um cântico como a voz do uirapuru.

Para a surpresa de ambos, começam a aparecer índios de todos os lados, cercando-os. Os dois, pelo inesperado acontecimento, se assustam, sentem receio, se retraem, enquanto a tribo toda os observa, reverencia e repete aquelas palavras: "Amacenka – Tasorenka".

Cada um deles ao se aproximar faz reverência, sorri, toca o braço dos dois e permanece próximo.

– Isso não está cheirando bem...

– Concordo, mas não consigo ver agressividade neles.

Todos os demais fazem a mesma coisa e os rodeiam cantando algo em seu idioma, dando ênfase àquelas palavras. Falam aos outros os deixando felizes da vida.

Cláudio e Ana Júlia também olham cada detalhe, percebem a satisfação dos índios ao vê-los, a surpresa e o encanto que ambos provocam. Não sabem por que eles estão felizes, e ainda ficam em dúvida achando que podem ser canibais.

Quando todos terminam de se aproximar, aparece um índio mais idoso, vestido com trajes completamente diferentes dos demais, tem em uma das mãos uma enorme lança, ele se aproxima dos outros cinco que trouxeram Ana Júlia e Cláudio, conversam entre si, repetem as palavras novamente, fazendo-o sorrir.

Aquele homem era o mais idoso da tribo, o Chefe.

O Chefe olha bem para os dois, medindo-os da cabeça aos pés, fala alguma coisa, toca o braço de ambos como se estivesse tirando as dúvidas se eles seriam reais. Cláudio e Ana não entendem nenhuma das suas palavras, então ele os leva até uma oca no meio da mata.

Aquele local é completamente invisível quando alguém olha de longe, por causa dos arbustos, árvores e rochas. Fica muito bem camuflado.

O grupo de cinco, mais o Chefe da tribo e o casal entram e seguem até o fundo da oca. Cláudio e Ana Júlia veem o local vazio, sem nenhum utensílio, nem cama, apenas uma das rochas foi cavada para abrigar alguma coisa.

O Chefe se aproxima daquele lugar e pega uma pintura feita pelos índios, entregando-a para Cláudio, que ao vê-la reconhece na hora aquele quadro. Ele viu uma foto dele na casa do William, é exatamente a mesma pintura.

O Chefe aponta para a pintura e repete: "Amacenka – Tasorenka".

Ana Júlia, surpresa, como se não tivesse visto aquela obra, exclama:

– O rapaz parece com você, Cláudio, a mulher parece comigo, a mesma cor dos cabelos, a estatura, a fisionomia!

– Sim, não havia reparado nesse detalhe quando o William mostrou a foto. Fiquei apenas olhando os pergaminhos nas mãos deles, tentando descobrir se eram livros.

– Eu também, quando olhei a foto na casa dele, não prestei atenção no casal.

– É impressionante! Será que são Manco e Mama? Não é o nome que os índios repetem a todo o momento? Essas palavras devem ter outro significado: Amacenka e Tasorenka.

– Concordo com você. Agora, como vamos nos comunicar com os índios? Pelo menos já sabemos falar alguma coisa na língua deles.

– Sim, duas palavras, e elas não vão ajudar muito – ele ri das próprias palavras.

– Com certeza – ela faz o mesmo.

Os dois são deixados ali dentro sozinhos, poucos segundos depois surgem quatro índias, completamente nuas, tendo apenas colares e enfeites no corpo, algumas pinturas no rosto e braços. Elas entram trazendo alimento e duas pequenas banquetas para eles se sentarem. Oferecem água e os alimentos para os convidados, que aceitam prontamente, por estarem com fome. Sorriem agradecendo, e começam a saborear aquela refeição e beber água.

As mulheres ficam olhando fixamente para ambos, admiradas por vê-los e satisfeitas por servi-los. Elas sorriem e repetem novamente as mesmas palavras. Cochicham entre si e riem apontando os dois.

Depois de se alimentarem, eles agradecem, levantam e elas se aproximam fazendo menção de que vão tirar a roupa dos dois, no entanto, eles rapidamente bloqueiam com as mãos, impedindo essa ação.

– Não, não. O que vocês querem? Não vou ficar pelada. – Ana Júlia faz um gesto tentando afastar as mulheres.

Cláudio também não quer ficar sem roupa; toda aquela maratona da caverna, e as revelações que fizeram, o deixaram sem graça, não fica à vontade para fazer isso, ainda mais pelas mãos das índias.

Elas se ajoelham e repetem várias vezes as duas palavras. Cláudio e Ana ajeitam a roupa para deixar como estava antes de elas mexerem.

Em seguida, uma delas sai e as outras três continuam ajoelhadas, na mesma posição, parecem estar aguardando alguma coisa ou alguém.

Poucos minutos depois surge um rapaz, um índio, também sem nada no corpo. Ele se aproxima, diz chamar-se Poli, e fala no idioma dos dois.

– Amacenka, Tasorenka.

Curva-se reverenciando a ambos e diz:

– Tradição indígena. Tirar toda roupa para festa Tasorenka.

Cláudio, vendo que ele fala sua língua, diz não querer tirar a roupa. E agradece pela recepção até agora.

– Não podem. Isso é ofensa num dia de ritual Tasorenka.

– O que é Tasorenka? Amacenka?

– Só Imperador Inca pode explicar. Tire a roupa...

Não parecia que ele estava pedindo, era uma ordem a ser cumprida. Cláudio comenta sobre o momento:

– Acho que vamos precisar ficar sem nada no corpo, ele está ficando nervoso.

Ana Júlia observou algo completamente diferente das palavras dele:

– Você reparou no que ele disse? Imperador Inca!

– Sim, acho que estamos no lugar certo. Não é um Chefe indígena, mas o Imperador Inca em pessoa.

Poli continua:

– Não pode quebrar tradição. Festa somente com a presença dos deuses.

– O que vamos fazer? – pergunta Ana Júlia.

– Bom, acho que, se quisermos saber mais alguma coisa dos pergaminhos, precisamos ficar pelados.

– Isso não seria nada de mais se não fosse essa situação entre nós. Tudo o que declaramos na caverna me deixa sem jeito de fazer isso. Parece que vamos trair a Laura.

– Também sinto isso, no entanto, vamos torcer para acabar logo essa festa.

Poli diz que as mulheres vão ajudar os dois e sai, deixando-os com as quatro índias. Elas se levantam, seguem na direção de ambos, duas delas ficam com Cláudio e duas com Ana Júlia.

Fazem aquilo naturalmente, sem qualquer intenção além de colocá-los à disposição do Imperador vestidos a caráter, ou melhor, pelados.

Enquanto a roupa é retirada do corpo, eles evitam se olhar, a tentação é grande, mas o respeito, maior. No início estão meio a contragosto, e depois de ficarem nus, o momento se torna mais constrangedor, já que as índias estão nuas, usando apenas alguns adornos no corpo.

Estando completamente nus, eles tentam encobrir algumas partes do corpo com as mãos, em seguida têm alguns desenhos pintados no corpo. Eles prestam atenção nos desenhos feitos em seus corpos, pois são iguais àqueles dos pergaminhos da pintura.

Cláudio e Ana Júlia ficam sem jeito, no entanto, com o decorrer do tempo, eles acabam se acalmando. Viram de frente, olhando num gesto tímido e desejoso o corpo do outro por inteiro, a seguir ela tenta esconder as partes íntimas com as mãos, e ele faz o mesmo.

Eles estão em pé e logo depois as índias começam a colocar os adornos nos dois. O momento mais constrangedor é quando elas amarram aquele cinto feito de cordas na cintura de Cláudio.

Ana Júlia começa a rir da situação, meio sem graça, sem saber o que fazer naquele momento.

– Não sabia se isso ia dar certo com você.

– Você fica rindo, ou está tirando uma?

As índias se retiram quando estão pintados, prontos para a cerimônia, e saem levando as roupas de ambos. Os dois, sem saber qual a finalidade desse ritual, ficam ainda mais acanhados e sem jeito.

– Eles querem a gente sem roupa. Será por que andam assim, ou algo além disso? Ana Júlia pergunta.

– Não sei dizer, mas peço desculpas pela situação, jamais imaginaria tal coisa em minha vida.

– Não tem por que pedir desculpa, não foi você quem me obrigou a fazer isso, e vejo a sua timidez.

– Você também está escondendo tudo, ou quase. Mas, até que fica linda com esses adornos e pintura no corpo.

Ana Júlia dando risada da situação, fala:

– Você também está parecendo um deus índio, na tonalidade branca.

– Não fale nada sobre a corda na cintura!

Ana Júlia dá risada:

Ficou interessante... Quem diria...

Eles continuam assim por cerca de duas horas, fazem gracejos sobre a situação e, com o decorrer do tempo, permanecem falando sobre a jornada, agora mais à vontade. O pudor parece ter sido deixado de lado, preferindo ficar concentrados na missão, permanecendo sentados juntos, quando as índias voltam com vários outros adornos.

Ana Júlia em determinado momento diz:

– A mente cria a imagem, e a imagem se diverte, ofende, agride, deprime, etc. Agora destruímos a imagem do outro em nossa mente, estamos vendo a realidade.

– Verdade! Eu imaginei você nesses trajes, ou melhor, mesmo sem eles, agora parece algo natural, não há mais surpresa, nem imagem alguma, estou vendo você.

Os dois ficam conversando até chegar uma índia pedindo para segui-los, com um gesto, levando-os àquela clareira onde os aguarda toda a tribo postada em fileiras bem organizadas. O Imperador, sentado em algo que parece um trono, faz sinal para os dois ficarem ao seu lado, um em cada trono, ele bate palma, fala Amacenka e alguma outra coisa terminando com a outra palavra: Tasorenka.

Toda a tribo começa um cântico de tonalidade suave, as vozes combinam como se fossem um grande coral profissional, apenas sonorizando, sem palavras; fazem movimentos com as mãos direcionando-as em gestos dirigidos para o céu. Não há qualquer instrumento além das vozes. Cláudio e Ana Júlia ficam arrepiados com a situação, pois ela é contagiante, envolvente, penetrante. Eles sentem a profundidade do som em seus corpos.

Todos os índios permanecem postados ao redor da fogueira, cantando e dançando, num cadenciado movimento de todo o corpo, as mulheres fazem o contraponto da voz masculina, a harmonia é perfeita. É um verdadeiro show aquela apresentação, os dois continuam sentados sem sair do lugar, admirando os movimentos com as vozes e a dança.

As mulheres o fazem com a graciosidade feminina, os homens cantando e fazendo um vocal intenso com nuances de guerreiros.

Depois de quase meia hora termina a cantoria, os indígenas fazem duas fileiras, de um lado os homens e do outro as mulheres, reverenciam Cláudio e Ana Júlia, repetindo as palavras em tonalidades de vozes diferentes. Em seguida, sentam-se formando um enorme círculo ao redor da fogueira e se aquietam.

O silêncio não dura muito tempo e é quebrado pela chegada de algumas mulheres com pequenos tachos nas mãos, cheios com algum tipo de bebida. Logo depois, colocam-na em pequenas vasilhas feitas de bambu e começam a servir todos os presentes. Os primeiros a receberem são os dois convidados, antes mesmo do Imperador.

Ana Júlia pega a bebida, aproxima do nariz, sente o cheiro forte de alguma coisa alcoólica, estranha e não bebe. Ela está pronta a recusar, mas o índio Poli está próximo de Cláudio e diz que eles não devem fazer isso, pois seria ofensa à tribo.

Cláudio pede para Ana beber, para fazer um esforço dessa vez. Ela reluta, ele bebe e a impede de devolver a bebida, ficando sem saber o que acontecerá se ela recusar essa oferenda. Assim, mesmo fazendo caretas, quase vomitando e num imenso esforço, ela acaba tomando um gole.

No primeiro contato com aquele líquido, a recepção na garganta não é muito boa, parece queimar tudo por dentro, mas eles continuam bebendo, à medida que vão sendo servidos, enquanto toda a tribo se delicia, depois de ver o casal beber. As horas vão passando, os índios embebedados começam a cambalear rindo da situação. Alguns caem bêbados provocando riso nos outros, que por sua vez bebem ainda mais, oferecendo àquele que caiu.

O índio Poli diz:

– A última cerimônia foi quando vocês dois chegaram há centenas de anos na tribo, nós nunca vimos.

Cláudio já está meio tonto com a bebida, Ana Júlia completamente bêbada, fica dando risadas quando os índios caem no chão.

Ela delira em meio a fantasias, imagens que vê, tem visões íntimas com Cláudio, sente-se feliz, satisfeita, realizada. Com ele acontece o mesmo.

A tribo começa uma verdadeira gritaria, são agudos dirigidos aos céus, olham para cima como se tentassem se comunicar com algo ou alguma coisa.

Cláudio e Ana Júlia, sentindo o efeito da bebida, ficam completamente sem controle do corpo, não têm a mínima consciência do que estão fazendo, ela parece ter efeitos alucinógenos, fazendo-os ver imagens, ter sensações estranhas.

Ana Júlia, bêbada, entre risos e choro, diz:

– Cláudio, eu estou com umas imagens aqui – e bate o dedo na própria cabeça – que você ia gostar de saber.

– Eu também... – ele solta uma gargalhada.

Eles olham nos olhos um do outro se desejando. Os índios riem por qualquer coisa, e as índias fazem o mesmo. Todos estão completamente bêbados com aquele líquido.

A festa continua, eles somente vão parar de beber quando não houver mais nada para ingerir. Dessa maneira a noite vai seguindo seu curso com todos se embebedando mais e mais, até chegar a ponto de não aguentarem e, alguns deles, desmaiarem.

Depois adormeceram, restando apenas o silêncio da mata ao redor, a fogueira está quase sem combustível para continuar, a fumaça aumenta à medida que o fogo vai se apagando. Todos estão dormindo e, pela situação, não vão acordar tão cedo.

Após várias horas de sono, Cláudio acorda, quando o sol está quase acima da cabeça, de ressaca, e vê Ana Júlia ao seu lado, na mesma cama em que ele dormiu. Os dois continuam sem roupas, isso o deixa confuso e com receio do que possam ter feito.

Ele fica olhando para a companheira de viagem, admirando a paisagem, ela acorda logo em seguida e, depois de algum tempo, ainda meio tonta, coloca as mãos na cabeça e pergunta o que aconteceu.

– Não sei, lembro-me de estar bebendo e acordar aqui ao seu lado. Nem sei como vim parar aqui.

Ana Júlia, ao ver Cláudio sentado ao seu lado, percebe que dormiram na mesma cama, ela não se recorda de nada, não sabe como foram parar lá, nem mesmo o que fez.

A cabeça gira, não está acostumada a beber nada com álcool, e depois dessa noite nunca mais pretende beber, seja por necessidade ou obrigação. Cláudio pergunta:

– Será que fizemos alguma coisa além de dormir?
– Ai, Deus! Tomara que não. Nada contra você, Cláudio...
– Estou entendendo, concordo com você.

Continuam atordoados por algum tempo sem saber o que fazer, e o que aconteceu durante a noite. Nem sabem dizer como foram parar naquela oca, na cama, nem quem os colocou ali, ou se foram andando até lá, pois toda a tribo estava caindo de tanto beber. Não se lembram de nada além de beber muito.

Nesse instante chega o índio Poli, aliviando o momento de tensão.
– Vocês são Amacenka e Tasorenka?
– O que é Amacenka?
– O que é Tasorenka?
– Amacenka é o deus que prometeu visitar a tribo novamente, desde a última vez que vocês estiveram aqui.

– Estivemos aqui? – pergunta Ana.

– Deve ser o casal da pintura – diz Cláudio.

– Nossos antepassados registraram a chegada dos dois naquela pintura. São vocês. Tasorenka é o deus mais poderoso. Mas não sabemos se vocês são Amacenka e Tasorenka.

– Não somos nenhum dos dois. Somos humanos e vivemos no Brasil.

Ana Júlia, de ressaca, muda de assunto e pergunta:

– O que nós bebemos ontem? Perdi a noção de tudo.

– É o kamarãpi, uma bebida para nos comunicarmos com os deuses, e vocês nos ofertaram essa graça com a sua presença. Isso é motivo para toda aquela festa.

– Kamarãpi?

– As respostas a todas as perguntas são acessíveis apenas com o aprendizado inca, que é realizado pelo consumo regular e repetitivo da bebida, durante anos. A formação do Imperador, no entanto, nunca pode ser considerada concluída. Se a experiência lhe confere respeito e credibilidade, ele está sempre aprendendo. É por meio do kamarãpi que o Imperador realiza suas viagens aos outros mundos e adquire sabedoria para curar os males e as doenças que afetam a comunidade.

– E qual a nossa missão?

– Vocês não precisam da experiência do Imperador, vocês são completos, ele tem muito a aprender com vocês.

– Eles nos consideram deuses, Cláudio?

– Com certeza, mas não vão aprender nada diferente comigo.

– A reunião preparatória sempre gira em torno de seis pessoas, como os deuses estavam presentes, todos os membros da tribo puderam participar, e o Imperador teve seus poderes aumentados. Ele vê.

– Como podem ter a certeza de sermos deuses?

– Vocês saíram da caverna sagrada. Desde a última vez há muitas centenas de luas, sempre deixamos cinco guerreiros de prontidão aguardando a sua volta, e agora estão aqui. Vocês vieram nos salvar.

– Salvar do quê?

– Tasorenka tem o poder de transformar tudo pelo sopro, e, junto com ele, muitos outros deuses formam o panteão da tribo Ande, que criou e governa o Universo. Vocês se revestiram da forma humana para nos salvar.

– Quem são esses outros deuses?
– Deuses da cidade sagrada dos Andes.
– Salvar do quê?
– Os primeiros Amacenka trouxeram livros sagrados, que só podem ser lidos e vistos por Tasorenka, e se desejarem, revelarão os segredos da vida.
– Cláudio, eu acho que nos metemos em algo que promete ser bem desagradável se nós não formos esse tal Tasorenka.

O índio mostra para Cláudio e Ana Júlia os livros retratados na pintura, nas mãos de cada um deles.

– Este – apontando para Manco – Sophirenka, este – apontando para Mama – Katastasinka.
– O que significa isso?
– Deuses sabem o segredo. Índio nada sabe.
– Realmente, parecem livros com capa feita de couro. Incrível, tudo está batendo exatamente com o sonho e com as palavras de William.

Ana Júlia fica assustada e diz a Poli:
– Olhe, não sabemos de nada disso, não somos essas pessoas que vocês estão esperando. – Ela nem se incomoda mais por estar sem roupa.

O índio se levanta, vai até a parte de trás da oca onde há uma abertura em uma das rochas, pega algo enrolado em folhas de bananeira seca e mostra para Cláudio. Ao desenrolar aquele objeto, os dois arregalam os olhos, não acreditando naquilo que estão vendo. Ficam por instantes sem falar nada. O índio diz:
– São vocês, Amacenka e Tasorenka.
– Cláudio, olhe, não tínhamos visto esta pintura do rosto do casal. Mas somos nós mesmos. Como é possível?
– Não tenho nenhum argumento para justificar a certeza deles. Não sei o que poderemos fazer, caso não consigamos decifrar o que eles querem – diz Cláudio. O índio repete:
– Amacenka, Tasorenka.
– Na visão deles, somos deuses que vieram para salvá-los sei lá do quê.

Cláudio continua olhando aquela pintura, um desenho perfeito retratando os dois. Não consegue meios de justificar, de provar que os índios estão errados. Mas como fazer isso? Até a cor dos cabelos e dos olhos é igual, exatamente da mesma tonalidade.

– Vamos comer alguma coisa e vou levar vocês até os pergaminhos.

Nesse momento, interrompendo a conversa, um cântico como o de um pássaro alerta o índio sobre alguma coisa, ele volta rapidamente na direção dos dois e faz sinal para ficarem quietos.

– Não digam nada, eles chegaram, permaneçam em silêncio, sem fazer barulho. Chegou a hora de provarem a sua divindade.

– Como vamos fazer isso, Cláudio?

– Nem imagino, nem mesmo sei o que está acontecendo lá fora.

Poli sussurra:

– Invasores procurando deuses, aguardando a chegada de vocês. Eles querem pergaminho.

Cláudio comenta:

– Não estou ouvindo nenhum índio na gritaria lá fora, só ouço a voz de homens gritando: "peguem todos, prendam na jaula".

Após muita barulheira, ouve-se uma voz dizendo:

– Aqui não tem ninguém, está tudo vazio.

Alguém lá fora retruca:

– Não está nada vazio, eles estão aqui, vasculhem tudo. Os índios se escondem muito bem, procurem-nos.

Cláudio sente algo em sua mente, e olha para o fundo da oca onde se encontram. Ela termina em uma enorme rocha. Ele vai até aquele local e vê abrir, como uma porta, uma pequena passagem perto de onde estava a pintura. O índio, ao ver a abertura, chama os demais fazendo o cântico do pássaro, Cláudio e Ana Júlia veem índios entrando sem saber de onde vieram, refugiando-se no fundo dessa entrada, uma imensa caverna.

Todos permanecem quietos, sentados no chão como se estivessem meditando, de olhos fechados, ficam assim durante aquele dia e noite, até um deles sair sorrateiramente para observar se os invasores haviam saído ou se ainda permaneciam por ali.

Os índios continuavam totalmente calmos, mesmo com a possibilidade de serem aprisionados por aqueles homens, pois sentiam a proteção dos deuses na aldeia.

O tempo vai passando, e depois de algumas horas o som do pássaro é ouvido, fazendo todos saírem daquele local, reverenciando Cláudio e Ana Júlia. "Amacenka – Tasorenka." Sorriem, beijam as mãos dos dois.

O índio que estava com eles diz:

– Provaram que são os deuses esperados por nós. Não sabíamos da existência dessa caverna, e vocês nos salvaram abrindo esse caminho – Tasorenka.

– Ana, agora nós dois estamos fritos. Eu apenas ouvi um pequeno estalo, aquela pedra se moveu, nem imagino como ela fez isso, achei que era uma caverna ou algo assim, e deu certo.

– Espero que continue acertando nas suas tentativas – eles riem e saem daquele esconderijo.

Os índios levam Cláudio e Ana dali, vestidos novamente com as suas roupas normais, depois de serem lavadas pelas índias. Seguem através da floresta andando sorrateiramente, esgueirando-se por entre as árvores, praticamente sem fazer qualquer barulho. Depois de algumas horas, cansados, param para descansar, bebem água, comem alguma coisa oferecida pelos nativos e seguem em frente.

A caminhada seria longa, no entanto, estão bem preparados com alimento e água potável. Ninguém percebe que estão sendo observados ao longe através de binóculos. Um grupo os aguarda mais à frente, e mesmo o mais experiente dos índios não consegue captar a presença dos intrusos.

Desse modo, continuam tranquilamente pela floresta, observando como antes toda a paisagem, o colorido diferente das flores, e de vez em quando uma claridade entre as árvores permite visualizar o céu em seu azul celestial, o sol brilhando e emitindo seus raios dourados.

Assim, ao chegar a um determinado ponto, são surpreendidos pelos homens do dia anterior. Todos estão fortemente armados, surgindo de repente e rendendo os dois. Com a agitação da surpresa, sem perceber a situação, Cláudio não repara que os indígenas, ao notar o que acontecia, evadiram-se do local rapidamente, escondendo-se.

Ficaram somente os dois, sendo rendidos pelo grupo. Eles têm as mãos amarradas, depois são colocados dentro de um jipe. Um deles parecendo o chefe, ironicamente, diz:

– Os índios abandonaram vocês? Como sabem qual o caminho que devem seguir?

Cláudio percebe somente neste momento a situação: "abandonaram?" Ele reparou que estava sozinho com Ana Júlia.

– Aonde será que eles foram parar? Era tudo uma armadilha preparada por eles? Ana pergunta.

– Não sei não. Eles devem estar nos vigiando. Viu como eles sobem rápido nas árvores, a gente quase nem consegue ver, se camuflam muito bem na mata.

– Como não perceberam a presença desses homens?

– Creio que ficaram tão empolgados com a nossa presença que acabaram se esquecendo do básico para viver onde há invasores.

O jipe sai daquele lugar e segue até uma cabana no meio da floresta. Local ideal para se proteger das possíveis ameaças.

Cláudio e Ana continuam aprisionados no banco de trás do jipe. Ao chegar à cabana, os homens descem do veículo e levam consigo os dois prisioneiros; colocam-nos em um dos quartinhos da casa. Preparam uma fogueira e sentam-se nos sofás que estão bem próximo do calor, falando sobre o objetivo conseguido.

O Chefe se manifesta:

– Conseguimos finalmente pegar esses dois, agora estou com fome, mas depois quero saber onde estão os pergaminhos.

– E se eles não quiserem falar? – pergunta um deles e o Chefe diz:

– Viu a bonitona com ele? Sei como fazer esses dois abrirem a boca.

– Então vai ser bom. Isso eu quero ver de perto.

Eles dão risada.

Cláudio e Ana Júlia ficam apreensivos no isolamento, não têm a mínima ideia onde estão os pergaminhos. E, pela conversa que acabaram de ouvir, aprisionados ali dentro, esse líder não parece ter boas intenções com Ana Júlia.

Depois de se alimentarem, o Chefe manda dois dos seus capangas irem buscar o casal. Eles vão até o quarto onde estão presos, tiram-nos de lá e os levam até o líder.

– Muito bem, espero que estejam confortáveis aqui em nosso recinto – ele solta uma gargalhada.

Todos eles riem, menos o casal.

– Agora, quero saber onde estão os pergaminhos, já reviramos essas mochilas e não tem nada aqui – joga a mochila no chão com raiva.

– Onde estão os pergaminhos? – grita olhando para Cláudio, que diz:

– Não sabemos, os índios falaram sobre esse negocio aí, mas não sabemos o que é, nem onde está.

– Nem se eles existem... – complementa Ana Júlia.

Ele se aproxima dela, passa as mãos em seus cabelos, e olha todo o seu corpo.

– Ela fala! – diz o Chefe. – Vai continuar dizendo isso? Quem sabe você aí, garanhão, vendo o que vou fazer com ela, talvez refresque a sua memória.

– Se encostar um dedo nela, eu mato você, miserável...

Cláudio sente raiva ao ver aquela cena, enquanto o Chefe continua rindo e tocando Ana Júlia.

Ele tenta se desamarrar, sem conseguir. Ana Júlia procura se desvencilhar do homem, pede para ele tirar a mão. Indiferente aos dois, o Chefe continua:

– Então, vocês viajaram milhares de quilômetros em busca de nada? Faz de conta que acreditamos. Vamos rir, pessoal.

Com o olhar maldoso, olhos brilhando de volúpia, de desejo, aproveita que está com uma adaga na mão e começa a percorrer o corpo da jovem, os demais ficam desejosos.

Ela está apavorada com aquele homem mal-encarado, sujo e armado, e seus capangas parecendo uma alcateia de lobos famintos.

Cláudio grita para o homem deixá-la em paz, continuando as tentativas de se desamarrar para partir para briga com eles.

Um dos capangas chega perto de Cláudio e lhe desfere um soco no rosto, fazendo-o virar a cabeça por causa da força da pancada.

Um filete de sangue escorre do canto da boca, ele passa a língua como se desafiasse o agressor. Cláudio os chama de covarde e novamente outro soco o faz virar e sangrar.

Ana Júlia grita para eles pararem com aquilo.

– É verdade, não sabemos de nada. Deixe o Cláudio em paz, ele também não sabe.

O Chefe não se convence com aquelas palavras:

– Vamos precisar tomar outras providências. Tragam os dois aqui.

Eles são quase arrastados pelos homens para o lado de fora da casa, sendo amarrados a uma árvore. Ana Júlia está completamente dominada pelo medo. Fica imaginando o que pode acontecer com eles, caso não digam nada sobre os pergaminhos.

– Cláudio, o que vamos fazer?

– A única coisa que podemos: vamos começar a falar aquelas palavras dos índios, quem sabe alguma coisa acontece e ajuda a gente.

Ela concorda e ambos começam a entoar aquelas palavras, cada vez mais concentrados. Com mais força, mais energia.

Os homens ficam dando risada dos dois, chamando-os de loucos. O som parece se expandir por toda a redondeza, o eco vai repetindo as palavras, logo após eles as pronunciarem. Uma sequência de repetições pode ser ouvida por todos os presentes.

Os animais noturnos se refugiam nas suas tocas e ninhos, as árvores param de sussurrar acalmando o vento. O silêncio é total, assustador, pois além daquelas duas palavras, nada se ouve.

Os homens ficam meio desconfiados, empunham suas armas e começam a olhar ao redor, buscando algo ou alguma coisa. Têm a sensação de estarem sendo observados, mas não conseguem encontrar ninguém diferente próximo a eles.

Cláudio e Ana, envolvidos nesse objetivo, sentem mais força para continuar, parecem estar dominados por uma energia contagiante fazendo-os agir daquela maneira.

Gritam mais forte e mais alto as palavras, acreditando estar surtindo algum efeito.

Os homens, com receio de os dois estarem chamando os índios, colocam uma mordaça na boca de cada um para não falarem mais. Agora, nada mais se ouve, nem os dois.

Nesse lugar onde se encontram, fora da cabana, está bem escuro, por isso não podem ser vistos por ninguém. Os homens ficam de prontidão para qualquer coisa, apontam as armas para o mato sem ver nada. Começam a ficar com medo do desconhecido, da escuridão, do silêncio, pois olhos nada podem enxergar. Nem mesmo sabem por que amarraram os dois do lado de fora da cabana.

E a sequência da noite transcorre tensa para os sequestradores. Mal conseguem dormir, deixam os dois amarrados naquela árvore e entram na casa, com apenas um deles vigiando. Mesmo lá dentro não podem se deixar vencer pelo sono, pois poderiam ser surpreendidos pelos índios.

O frio da madrugada não é tão intenso naquela localidade, Cláudio e Ana quase adormecem mesmo amarrados, no entanto, todas as vezes que eles começam a cochilar, a cabeça pende para um dos lados, acordando-os.

Antes de o sol nascer, Cláudio sente um leve toque em seu ombro, logo em seguida a mão de alguém tapa a sua boca, sem perceber que está com mordaça, ele olha e vê o índio atrás de si fazendo sinal para ele ficar quieto, não fazer nenhum barulho.

O índio pega a sua faca e começa a cortar as cordas do pulso de Cláudio.

Após ser desamarrado, avisa a companheira para não fazer qualquer barulho, e o índio faz o mesmo com ela. Os homens continuam atentos, tomando alguma bebida para tentar ficar acordados, no entanto, estão quase caindo de sono. Alguns breves cochilos os fazem despertar assustados, nem mesmo o vigia percebe os prisioneiros serem soltos.

A claridade do dia ainda não chegou, e aquele intervalo entre dia e noite é o suficiente para encobrir a fuga de ambos. O índio leva Cláudio e Ana Júlia para um local seguro, saindo abaixados para não serem vistos, caminhando sem fazer qualquer barulho.

Chegam ao local onde os índios montaram acampamento, bem distante dos capangas. Agora se sentem mais aliviados por estarem seguros novamente, mas os bandidos devem estar procurando por eles.

Com o decorrer das horas os dois acabam adormecendo, entretanto acordam cedo, pois a expectativa de aqueles homens voltarem é grande. O sol, ao raiar de um novo dia, ilumina a maravilhosa paisagem da floresta, os pássaros com seus cânticos sobrevoam para todos os lados buscando o alimento, e descem à beira de um rio, lagoa ou outro local onde possam beber água.

Parece haver liberdade total para todos os habitantes dessa localidade. E tudo tem continuidade, permanecendo assim até o sol se posicionar no centro; devia ser por volta do meio-dia.

Com a claridade do dia, os índios acendem uma fogueira para assar os peixes que pescaram, Cláudio corre para tentar impedir essa ação e apagar, pois teme que os homens sintam o cheiro da fumaça e venham pegá-los novamente. O índio pede para ele ter calma, pois está tudo bem, tudo controlado.

– E aqueles homens que nos prenderam? Eles podem sentir o cheiro da fumaça e da comida.

Poli complementa:

– Eles dormem.
Cláudio sem compreender aquelas palavras, repete:
– Dormem? Como sabe que eles dormem?
Ana Júlia também não está convencida disso:
– Pela disposição, eles não devem estar dormindo até agora, devem estar nos procurando.

Com a tranquilidade dos índios, Cláudio prefere não insistir contrariando as palavras deles, pois devem ter feito algo para ter essa certeza, ele não fala mais nada e permanece saboreando aquelas frutas, peixe e uma bebida quente.

Depois desse demorado descanso, apagam o fogo para não ter perigo de se alastrar pela floresta adentro e continuam a jornada com o objetivo de antes.

Eles continuam a caminhada, o tempo todo um dos índios serve como cão de guarda, farejando se o local está livre, quando tem certeza faz sinal com as mãos e todos prosseguem. Agora, a preocupação é maior porque eles vão seguir direto para entregar os pergaminhos aos dois.

Cláudio reconhece aquela trilha, é a mesma onde os dois estiveram anteriormente, ele faz sinal para Ana Júlia parar, e vê um pouco mais adiante o veículo daqueles homens. Aliás, o jipe está parado no mesmo lugar. Eles ficam esperando os homens aparecerem, acreditando que serão entregues a eles, e nada de surgirem.

– Se os índios nos salvaram, essa ideia não tem fundamento algum – reflete Cláudio.

Lembrou-se que saíram correndo abaixados para não serem vistos.

– Como ele sabe que os homens estão dormindo? Ana pergunta a Cláudio.

– Eles dormem. – Poli repete para os dois.

Somente neste momento Cláudio e Ana, ainda receosos de algum acontecimento indesejável, olham atentamente em direção ao jipe e veem os cincos homens dentro dele. Parecem estar dormindo. Ele a segura pelos braços fazendo-a parar, pedindo para não fazer barulho.

Os índios continuam caminhando normalmente e riem dos dois. A cada segundo eles se aproximam ainda mais do veículo, olhando os homens lá dentro, vendo-os com os olhos semiabertos, parecendo estar dormindo. Os dois andam na ponta dos pés para não acordá-los.

Então, Ana Júlia observa no pescoço de um deles algo estranho, parecido com uma seta, como se tivesse sido atirada por uma zarabatana. Ela mostra para Cláudio e os dois se aproximam para ver melhor, confirmando a situação.

Todos eles têm essa pequena seta espetada no pescoço.

Cláudio chama Poli e pergunta como fizeram aquilo. - diz Ana.

– Vocês não usam zarabatana...

– Vocês, deuses, fizeram isso...

Cláudio e Ana Júlia, espantados com essa revelação, falam ao mesmo tempo:

– Nós?

– Sim, não lembram? Tasorenka apareceu.

– Tasorenka apareceu? Como? Não me lembro de nada além daquele momento quando vocês nos salvaram.

– A última lembrança é estar fugindo deles, depois dormimos, e só acordei de manhã.

– Os dois dormiram, depois abriram os olhos. Veio Tasorenka e vocês mandaram a gente segui-los, levaram os índios até a planta, com veneno para fazer zarabatana com seta, com néctar da flor nativa.

Os dois completamente perdidos naquela narrativa do índio, não se lembrando de nada, concluem que eles estão inventando essa história.

– Vocês levantaram, estenderam os braços para o céu concentrados, de repente veio um filete de luz que foi envolvendo o corpo de vocês. Começaram a falar em nosso idioma pedindo para fazer zarabatana, e mostraram flor nativa venenosa.

Eles ainda continuam incrédulos diante daquela narrativa.

– Como mandamos fazer veneno? Ficamos em transe? Isso parece fantasia...

– Não pode ser apenas imagem...

O índio continua:

– Prepararam o veneno, colocaram na ponta da seta, em seguida todos nós voltamos para o local onde os capangas estavam acampados.

Cláudio e Ana Júlia, sem saber o que dizer ou fazer, ficam ouvindo, espantados com aquela história.

– Fizemos tudo isso? Credo! Isso está me deixando com medo!

– Não posso dizer o contrário, não me lembro de nada disso, digo mais uma vez...

Poli continua:

– Chegamos ao local, cercamos a casa, eles estavam cochilando, caminhamos silenciosamente, rodeamos todos eles. Vocês chamaram a luz do céu e fizeram a lareira apagar. – Os homens acordaram e saíram gritando, com arma em punho, olhando para todos os lados sabendo que algo estava errado. Nós aproveitamos a confusão, estávamos abaixados e atiramos as setas nos homens acertando o pescoço deles. Depois de atingi-los ficamos esperando fazer efeito. Quando eles caíram, colocamos todos de volta no carro, amarramos com a corda do jipe e fomos embora. Chegando ao nosso acampamento, vocês foram dormir e a luz voltou ao céu.

Cláudio cochicha no ouvido de Ana Júlia:

– Por favor, me belisque porque acho que estou louco. Nós fizemos tudo isso?

– Somos dois malucos então, lembro-me de que fomos dormir e acordamos com o sol nascendo.

Cláudio pergunta:

– Eles estão mortos?

– Veneno de planta nativa, mortos-vivos – responde Poli.

– Estão vivos, mas mortos?

Ana Júlia fica mais assustada com a situação:

– Credo, eles não vão acordar nunca?

Poli continua:

– Sim, mas vai demorar muito, Tasorenka diz que não vão morrer. Veja os olhos deles, estão meio abertos, estão vendo a gente, no entanto não podem fazer absolutamente nada. Estão imobilizados pelo veneno.

Os dois ficam perdidos com aquela situação, sentem vontade de acordar os homens, contudo, têm receio de fazer isso. Dessa maneira, todos continuam a caminhada, deixando-os naquele lugar, protegidos pela carroceria do veículo, sem saber quando vão voltar ao normal, pelo menos sabem que não vão morrer.

Cláudio relembra que os cinco capangas não foram nem um pouco amigáveis com ele e Ana Júlia. Caminhando em frente e de vez em quando olhando para trás, todos continuam a jornada em direção ao provável lugar onde estão escondidos os pergaminhos.

O dia está maravilhoso, ensolarado, muitos animais silvestres passam por eles, os pássaros sobrevoando o lugar, todo esse espetáculo anima ainda mais a caminhada. O barulho das águas vindo de algum rio, ou riacho; o suave balouçar dos galhos das árvores combina perfeitamente com a harmonia da Natureza.

A jornada não é tão simples porque precisam atravessar grande parte daquela floresta, mas com esse ambiente agradável, nem sentem cansaço ou desagrado com a situação. Depois de algum tempo chegam finalmente ao rio, aquele barulho das águas fica mais forte, porque estão diante das suas margens.

Os índios começam a cruzar o rio com a água rasa, chega apenas aos joelhos, todos fazem o mesmo e, finalmente, após a travessia, começam a subir alguns rochedos poucos metros adiante da margem, para chegar ao destino.

São algumas rochas bem grandes, permitindo uma subida segura e perfeita para se apoiarem. Sentem o calor do sol, a essa altura bem forte, mesmo assim continuam a caminhada para conseguir realizar o objetivo. Cláudio e Ana Júlia sentem a sensação térmica no corpo, mas a finalidade é mais forte do que isso, desse modo eles precisam aguentar aquela maratona. No entanto não veem a hora de terminar tudo isso com sucesso, por estarem a vários dias buscando algo cuja existência só se ouviu falar.

Os índios resolvem parar para um descanso escolhendo um lugar com sombra, suficiente para todos descansarem por algum tempo. Enquanto isso eles bebem água, se alimentam. Os indígenas se mantêm quietos, as únicas palavras são as mesmas de sempre. Eles cuidam muito bem dos dois. Porém, Ana Júlia ainda está impressionada com aqueles homens presos no jipe:

– Você viu aqueles homens? Os olhos deles se movimentavam normalmente, pareciam mortos-vivos. Eles estavam completamente aterrorizados com aquilo. Até fiquei com dó deles...

– Não senti dó nenhum, porque queriam nos torturar para conseguir algo que nem sabemos se existe realmente, estamos caminhando às cegas até agora.

– Acabei sentindo dó, no entanto quero distância deles, não tinham nada de bom.

Após essa pausa, todos continuam a jornada, caminham por cerca de dois quilômetros, parando diante de uma densa mata rodeando outra montanha. Todos a contornam guiados pelos índios, pelo lado direito, entram por entre os arbustos e caminham até ficarem diante de algumas rochas menores. Os indígenas empurram galhos pequenos, parecendo ter sido colocados estrategicamente naquela posição, depois removem outra pedra menor para conseguir entrar no local.

Esse lugar parece ter sido visitado há muito tempo, porque não há qualquer sinal de movimento daquelas rochas no solo. Se alguém as tivesse movido, elas deixariam marcas, e os arbustos grandes mostram que ninguém mexeu neles desde que brotaram e cresceram.

Eles caminham cuidadosamente por aquela pequena passagem estreita, com paredes feitas pelas próprias rochas, até chegar a um salão. Lá dentro, como não tinha muita profundidade, não há escuridão total, podem-se ver alguns pontos iluminados por pequenas brechas no teto do local, iguais àqueles que viram dentro da outa caverna. Com certeza, os fabricantes são os mesmos, e isso acaba permitindo ver o interior dessa nova caverna.

Apenas Poli segue adiante, enquanto os demais ficam do lado de fora guardando a entrada. Ele os leva até um determinado lugar, onde move uma rocha camuflando a entrada.

– Você tem vindo aqui? – pergunta Cláudio.

– Nunca, é proibido...

– E como sabe de tudo isso, se nunca veio aqui? – questiona Ana Júlia muito desconfiada.

– Proibido vir aqui. Imperador passa tradição para escolhido, e continua até deuses voltarem. Ele mostra desenho na areia, a gente memoriza e agora estamos aqui.

A seguir, ele aponta para Cláudio e Ana, pedindo para seguirem adiante. Afasta-se do local para se juntar aos outros do lado de fora. Os dois caminham até certo ponto para ver se é fantasia ou realidade. Acreditam que o pergaminho está ali dentro, estão ansiosos, pois finalmente vão tocar o objeto desejado.

Um facho de luz ilumina diretamente alguma coisa colocada sobre um determinado ponto, fazendo-os enxergar melhor, e param estupefatos ao ver algo. Diante deles, sobre algumas rochas, há dois objetos totalmente envoltos em couro. Sem acreditar (mas acreditando) no que está vendo, Ana segura o braço esquerdo de Cláudio, parando-o. Bem diante deles, veem algo parecido com uma espécie de altar, não muito cheio de parafernálias, mas com o suficiente para abrigar aqueles pacotes de peles.

Por instantes ficam maravilhados, ansiosos, sem saber o que fazer, e após passar esse momento inicial de expectativa, se aproximam do santuário.

Quanto mais perto vão chegando, mais o coração bate forte, eles transpiram e a respiração se torna ofegante. Ficam de frente para os dois embrulhos. Cláudio e Ana Júlia esticam o braço ao mesmo tempo e abrem o couro, cada qual um deles, para saber qual o conteúdo daqueles pacotes; eles estão envolvendo alguma coisa.

Quase desmaiam com a visão seguinte. Cláudio é o primeiro a falar:

– Finalmente, aqui estão eles...
– Nem acredito, são eles mesmos.
– Eles existem realmente. Depois de tudo o que passamos, encontramos.
– Nossa! Nem consigo acreditar nisso!
– Tem algo escrito na capa, veja o desenho de Machu Picchu ao fundo, e do Condor voando.
– Magnífico!

Agora acreditam, não é mais apenas uma suposição ou fantasia, eles existem, estão vendo o inacreditável: lá estavam os dois pergaminhos.

Ana Júlia repete:
– Eles existem! Estão bem aqui!

Cláudio se mantém calado por instantes, não está acreditando na sua visão. Tem a impressão de continuar dormindo, pronto a acordar a qualquer momento. Mas acaba dizendo:

– É exatamente igual aos dos meus sonhos. Não pode ser! Eles existem de verdade.

Uma imensa alegria o contagia, ele abraça Ana e ela retribui o gesto de felicidade. Os dois ficam parados olhando para os pergaminhos. Todo aquele suspense do momento se foi, diante dessa situação ficam como se esperassem algum tipo de acontecimento surgir daqueles livros, ficam sem tocá-los, veem cada detalhe possível de ser visto a distância.

Cláudio finalmente diz:

– Ana, olhe os nomes escritos nos pergaminhos, eu concordo com você, são eles. Não consigo traduzir essas palavras, mas pelos desenhos são eles.

– Eu também não consigo traduzir, mas com certeza são eles, não é sonho, Cláudio, estou aqui vendo os pergaminhos. São os dois mesmo, estão escritos provavelmente no dialeto quíchua.

Somente nesse momento ele desperta acreditando ser real. Aproxima-se, passa a mão sobre o pergaminho, tateando cada detalhe talhado na capa.

– Deve ser o Sophirenka – diz Cláudio.

No movimento seguinte, Ana Júlia retira toda a cobertura do outro pergaminho para vê-lo e repete os mesmos gestos de Cláudio, tateando-o, e diz:

– Aqui deve estar escrito: Katastasinka.

– Gostaria de saber o significado dessas palavras. Mas de onde tiramos isso?

– Como dissemos essas palavras?

Os dois se assustam ao falar o título dos pergaminhos e ficam parados, pois a expectativa é grande, a ansiedade, algo indescritível. Eles olham, sorriem e falam ao mesmo tempo:

– Amacenka, Tasorenka.

Ouve-se um estalo, eles se assustam. Logo em seguida, uma energia bem fina e sutil começa a se desprender do Sophirenka envolvendo Cláudio, e no Katastasinka acontece o mesmo com Ana Júlia. Os índios entram rapidamente após ouvir o estalo, e ficam vendo aquela cena maravilhosa de a luz envolver os dois.

Ela os envolve fazendo movimentos circulares ao redor do corpo de ambos, como se os estivesse avaliando. Eles se ajoelham e ficam sentindo aquela energia revigorando-os.

Poli, impressionado com aquela visão, diz:

– A luz Tasorenka desceu do céu ontem.

Quando a luz os envolve completamente, duas outras imagens se projetam sobre a capa de cada pergaminho. Naquele que tem o Condor, uma imagem masculina, parecendo ser Manco, e a feminina surge sobre o outro pergaminho, é Mama. Os índios ficam extasiados com aquela visão magnífica diante dos espíritos deuses, e deuses de carne e osso. Os quatro se movimentando e se dividindo como espírito e corpo.

A cena dura alguns minutos, sempre com a luz envolvendo-os, Cláudio e Ana Júlia apenas sentem algo diferente, não têm a noção completa dos acontecimentos.

O corpo de ambos fica preenchido por uma força extraordinária, eles acreditam vir dessa energia, no entanto os dois não conseguem ver Manco e Mama fazendo esses movimentos, como se quisessem incorporar a ambos. Somente os indígenas os veem.

Cláudio e Ana Júlia estão felizes, sentindo algo desconhecido em seus corpos, aquela energia revigorante os faz viver aquele momento completamente livre de quaisquer reminiscências do passado.

Os indígenas colocam as mãos no chão e os reverenciam, pondo a cabeça no solo permanecendo nessa posição, inertes, sem fazer qualquer movimento, repetindo as palavras de sempre.

Cláudio e Ana Júlia continuam olhando os pergaminhos, os índios viram a energia fluir, cada qual direcionada a um deles.

A imagem espiritual termina a sua função e isso faz Manco voltar para o pergaminho Sophirenka, e Mama para o Katastasinka. Nesse momento, a energia termina de ser projetada em direção aos dois e tudo volta ao normal como antes.

Cláudio, após uma pausa, diz:

– Nossa! Maravilhoso, nunca senti nada igual.

– Eu também. É como se eu estivesse sendo possuída por alguém maravilhosamente, energizada positivamente.

A energia os envolveu por completo fazendo-os sentir a mais agradável sensação de suas vidas até esse momento.

Finalmente Cláudio pega o pergaminho Sophirenka e observa todos os seus detalhes. Mais uma vez desliza as mãos sobre ele. Apalpa para sentir por meio do tato, enquanto faz isso sente aquela força energética que vem do pergaminho e fica agradavelmente feliz.

Ana Júlia faz o mesmo no outro pergaminho.

Observam a existência de um fecho em cada um dos livros, um tipo de tranca feita com diferentes metais, alguns deles desconhecidos de ambos. Poli diz:

– Ninguém pode abrir pergaminho sem o segredo dos deuses. Como são os deuses, somente vocês terão poder para fazer isso.

– E se alguém arrebentar os fechos?

Poli complementa:

– Vimos deuses espíritos, eles eram vocês espíritos. Foi magnífico.

– Espíritos? – pergunta Ana.

– Jamais devem romper qualquer uma das trancas sem o segredo. O mal virá e destruirá tudo ao redor.

A ansiedade e a curiosidade dos dois são evidentes, entretanto, nenhum deles pretende abrir o livro naquele momento, muito menos arrebentar as trancas.

Após terem sentido aquela energia saindo sorrateiramente dos pergaminhos, eles não veem a hora de poder abrir e conhecer o seu segredo. Cláudio pergunta a Poli em que lugar eles estão.

– Estamos no Peru, cerca de 200 quilômetros de Cusco.

Ana Júlia se assusta com a distância.

– O quê? Andamos 200 quilômetros a pé? – Não acredito que andamos tudo isso!

– Não sei quantos quilômetros tem aquela caverna, também caminhamos vários dias na selva com os índios e tudo mais – diz Cláudio.

– Mas valeu a pena, conseguimos os pergaminhos.

– E agora vamos ter que voltar tudo até a tribo.

Mas Cláudio não se importa com a caminhada, apenas fica feliz, pois os pergaminhos finalmente estão em seu poder.

– Eles estão aqui – abraça o pergaminho feliz da vida. – O importante é estarmos seguros e voltar para casa.

Poli e Ana dialogam:

– Vocês vieram de Machu Picchu, o Imperador estava acompanhando desde aquele momento que entraram na caverna com aquele senhor.

– Como sabe de tudo isso? – ela questiona.

– Era o nosso Imperador indicando o caminho.

Ana pergunta por que ele não os acompanhou até o fim.

– Essa era a obrigação de vocês.

– Teria sido mais fácil chegar até aqui – diz Cláudio.

– Qualquer um chegaria, por isso precisamos ter certeza.

– E nos deixaram sem saber de nada... – fala Ana Júlia.

– O verdadeiro guerreiro enfrenta a jornada até o fim, pouco importando quais serão os obstáculos. O falso guerreiro quer saber tudo para ficar mais fácil e não precisar fazer nada – Poli conclui.

Ana tem um pensamento rápido:

– O falso guerreiro cria imagem, e a imagem se diverte, ofende, deprime, por isso ele não é um guerreiro, é um aproveitador sem escrúpulos.

– Guerreiros não têm medo. Falsos guerreiros só vivem com medo. Nunca destroem a ponte que acabaram de atravessar.

– Sempre deixam o caminho da volta aberto, para o caso de enfrentarem alguma dificuldade – complementa Cláudio. – Pois assim desistem e voltam ao habitual, o medo.

O conhecimento daquele índio os faz ficar de boca aberta, e isso lhes dá mais força para continuar em frente, agora já conseguiram os pergaminhos, só lhes resta voltar para casa.

– Ana, eu posso sentir a felicidade deles em nos ver. Não sei dizer o porquê, mas com certeza estão felizes...

Assim, terminada essa missão de pegar os pergaminhos, começa a maratona de voltar para a tribo. Todo aquele itinerário, o rio, a floresta, é revivido e atravessado novamente, agora no sentido contrário, em cada lugar que eles reconhecem sentem estar mais próximos da tribo.

Após a longa caminhada, com intervalos para descanso, alimentação, beber água, eles finalmente chegam e são recebidos calorosamente por todos, sempre com o cântico Amacenka – Tasorenka. A tribo está toda enfeitada com diversos adornos coloridos, devem ter preparado alguma festa para a volta dos chamados deuses.

Os indígenas gritam de alegria ao vê-los de posse dos pergaminhos, "eles são os deuses" grita Poli, e depois faz o mesmo no seu dialeto. Todos acompanham, gritam, quase ensurdecendo os dois. Há muitas reverências, e a dupla as repete, eles sorriem para todos, agradecendo sem acompanhar a repetição das duas palavras. Poli repete para seu povo, no seu idioma, tudo o que os deuses Cláudio e Ana Júlia dizem, agradecendo a acolhida.

Um dos outros índios que os acompanharam conta a história dos cinco capangas, detalhando os acontecimentos, como se fossem coisas de deuses, todos vibram e a felicidade não tem limites, a certeza de estarem com os deuses certos aumenta cada vez mais. Enquanto ele fala, o índio tradutor vai passando para a dupla tudo o que está dizendo.

Poli termina falando sobre os homens que tentaram prendê-los. Eles foram dizimados por algo estranho que caiu do céu sobre eles, e agora a tribo está livre dos matadores.

O Imperador chama a ambos, inclusive o tradutor, e fala alguma coisa para ele traduzir.

– Por que ele não fala no nosso idioma? Ele falava muito bem na caverna – pergunta Ana.

Poli faz uma pausa e diz:

– A imagem do passado; da primeira vez ela traduziu para vocês sem perceberem e acreditaram que o Imperador falava o seu idioma.

Cláudio continua meio confuso com tudo isso, quer saber como souberam o nome escrito nos pergaminhos.

– Foram deuses que falaram nome dos livros para vocês.

– Impossível, na caverna era esse Imperador falando...

– Cláudio, ele está dizendo que Manco e Mama disseram o nome dos pergaminhos para a gente?

– Foi o que entendi também...

Poli interrompe a conversa dos dois:

– Imperador está pedindo para vocês guardarem algumas palavras deixadas no passado pelos deuses: no espaço que o pensamento cria em torno de si mesmo não existe amor.

– Ele está se referindo a nós dois? – pergunta Cláudio.

– O Imperador diz que passado está presente, mas o presente não é o passado.

– Então um de nós não ama realmente?

Ana Júlia participa da conversa:

– Será que somos nós três, eu, você e a Laura?

– O espaço divide o ser humano do seu semelhante e nele está todo o vir a ser, e a luta pela vida continua na agonia do medo.

– Cláudio, acho que é uma charada para a gente decifrar...

– Com certeza. Creio não precisarmos ficar matutando para decifrar agora, vamos guardar as palavras e quando surgir a oportunidade voltamos ao tema.

Cláudio parece estar cansado de tanto mistério e nada de concreto, só os pergaminhos agora em seu poder.

– Com certeza. Ela pega um pedaço de papel, a caneta e anota tudo.

Poli continua traduzindo as palavras do Imperador:

– A percepção espiritual é o fim desse espaço; o findar do eu.
– O que ele quer dizer com isso?
Poli pergunta e obtém a resposta:
– O relacionamento adquire um sentido completamente diferente, porque nesse espaço que não é criado pelo pensamento, o outro não existe, porque nós não existimos.
– Estou aqui, como não existo? – retruca Ana, e ouve a resposta:
– A percepção espiritual não é a perseguição de uma visão, conquanto possa ter sido santificada pela tradição. Ao contrário, é um espaço infinito onde o pensamento não pode penetrar.

Cláudio não compreende as palavras do Imperador, no entanto as aceita e vai tentar decifrá-las com Ana Júlia em uma nova oportunidade. Seu único interesse no momento são os pergaminhos e a volta para casa. Ele carrega um dos livros na sua mochila, Ana o outro.

Nessa noite as coisas transcorrem tranquilas, sem qualquer incidente. Poli se retirou da tribo indo até a cidade acertar a partida dos dois de volta para casa. Saiu durante o período da tarde com roupas do homem branco, sem detalhes indígenas.

Ele retorna de madrugada, quando Cláudio e Ana Júlia já estavam dormindo, nem viram a sua chegada.

Logo cedo, pela manhã, os dois são acordados pelas índias e ficam sabendo o horário da saída de ambos da tribo, e o horário de chegada ao aeroporto. Eles vibram de felicidade, um terno abraço entre os dois é selado por um beijo no rosto de Cláudio desferido por Ana Júlia. Ele retribui e novamente aquele clima de sensação amorosa surge, envolvido por uma ligeira tristeza pelo término da caminhada juntos.

No horário marcado, a tribo toda os acompanha até um local onde um veículo os aguarda para levá-los até o hotel próximo do aeroporto para retornar a São Paulo.

Despedem-se de toda a tribo, um por um, cumprimentando-os, apertando a mão de cada um deles, felizes com a estadia e a volta para casa. Os índios refletem a mesma felicidade e os reverenciam. Chegando ao hotel, está tudo pago e reservado.

A reserva foi feita por Poli no dia anterior, inclusive pagou as passagens de avião. No caminho Cláudio revela que, pela primeira vez nos últimos dias, não teve aquele sonho ao dormir de verdade.

– Então acho que conseguimos realmente... – diz Ana.

Instalados no hotel, foi reservado apenas um quarto, pois os índios acreditavam que estavam diante dos deuses, casados. Aceitam a reserva porque eles não ficarão por muito tempo naquele lugar, pois o avião parte dali a algumas horas.

Após o *check-in*, eles sobem ao quarto e caminham em direção a uma pequena mesa, ali colocam os dois pergaminhos. Eles ficam um pouco distantes, admirando a conquista. A tentação de abrir os livros é imensa.

– Conseguimos, aí estão os dois pergaminhos.

– Em nossas mãos, é incrível, Cláudio, jamais acreditei que existiam de verdade.

Agora, mais tranquilos, desembrulham os pacotes e olham novamente cada ponto do pergaminho, admirando o trabalho feito nas suas capas. Trocam ideias a respeito de todos os detalhes, inclusive o desenho que mostra uma imagem de Machu Picchu ao fundo com o Condor sobrevoando a cidade. Nos dois livros a cena do fundo é quase a mesma, a única diferença está nos animais, pois na outra capa estão desenhados a Serpente e o Puma.

– No Sophirenka algumas das casas ainda têm os telhados.

– O Katastasinka não tem, todas estão sem telhados.

Os pergaminhos parecem ter o desejo de serem abertos, pois emitem pequenos e quase imperceptíveis filetes de luzes, douradas e prateadas. Nenhum dos dois percebe esse detalhe sutil.

Eles ficam praticamente acordados por toda a noite, com a finalidade de esperar o dia seguinte, quando pegarão o voo da volta. Ficam sentados lado a lado, curiosos por saber o conteúdo e ao mesmo tempo desejando abrir apenas quando estiverem em casa.

– Qual será esse segredo? – pergunta Cláudio.

– Pela tranca que colocaram, alguma coisa deve existir de verdadeiro nisso.

– Não tem como abrir sem arrebentar esses metais. O interessante é a variedade deles, reconheço o ouro, a prata e o cobre.

– Esses que você falou, eu conheço, mas os outros metais, nem imagino quais sejam. E por que usaram mais de um tipo diferente?

– Lá na cidade não tem metal algum, eram somente pedras. No sonho também não vi nada parecido com metais. As armas deles eram feitas de madeira, bambu e cipó.

– O couro deve ser das lhamas, com certeza.

– Ana toda essa maratona e não sabemos como abrir esses pergaminhos. Esse tipo de fechadura... Veja como ela está entrelaçada, é algo completamente desconhecido.

– Parece uma tranca toda emaranhada com diversos pedaços de metal de diferentes tipos, entrelaçados como um labirinto. Não podemos forçar ou vamos estragar tudo.

– Nem tenho essa tentação de forçar a fechadura para abrir. Vamos encontrar o segredo em algum lugar.

– Cláudio, veja o material da capa e das páginas, ele é bem grosso. Mas quantos segredos estarão escondidos aí dentro?

– Estou com uma certa ansiedade. Quero abrir logo, ao mesmo tempo, prefiro fazer isso lá no laboratório. Temos mais recursos e aparelhos certos.

– Verdade. Vai ser uma expectativa sem igual, maior ainda que a anterior, quando não sabíamos se eles existiam ou se eram apenas história, fantasia.

– Quem sabe o William acaba nos fornecendo alguma pista para abri-los!

Eles praticamente passam o tempo todo acordados, namorando os pergaminhos, levemente frustrados por não saber como abrir nenhum deles. Estão sentados lado a lado e, sem perceber, Ana Júlia coloca seu braço direito no braço esquerdo de Cláudio, a cabeça no peito dele, ele a abraça pelo ombro. Ficam desse jeito sem pensar em mais nada além de olhar os livros.

Na madrugada o sono aumenta, e os dois acabam cochilando, nesse momento, sem perceberem, um dos livros, o Sophirenka, começa a emanar novamente aquele pequeno filete de energia dourada, e o outro de energia prateada.

Novamente Manco e Mama saem de cada um dos pergaminhos, ficam ao lado de ambos, olhando os corpos carnais, pois estão diante do seu novo corpo. Eles observam os dois cochilando, olham e sorriem.

Manco se manifesta:

– Finalmente, estamos de volta e o sucesso foi total na recuperação dos pergaminhos.

– Sim, agora tudo está chegando ao fim – Mama completa.

– No espaço que o pensamento cria em torno de si mesmo não existe amor.

– O espaço divide o ser humano do seu semelhante, e nele está todo o vir a ser, e a luta pela vida, na agonia e no medo.

– A percepção espiritual é o fim desse espaço; o findar do eu.

– O relacionamento adquire um sentido completamente diferente, porque nesse espaço, que não é criado pelo pensamento, o outro não existe, porque nós não existimos.

Cláudio acorda assustado, como se estivesse revivendo algum sonho, começa a repetir todas as frases do Imperador nesse momento. Ele olha para os pergaminhos, eles estão do mesmo jeito, quietos, sem energia alguma saindo deles, e não há qualquer espírito próximo dele e de Ana Júlia.

Então, ele percebe a cena: Ana Júlia está deitada com a cabeça no seu colo, dormindo, ele com a mão direita em seus cabelos como se a estivesse acariciando.

Fica olhando para o rosto dela, esquecendo-se do sonho, deixando fluir seus sentimentos. Eles são muito intensos, e se tornaram ainda mais a partir do momento em que encontraram os pergaminhos. Parece haver uma ligação indestrutível entre ambos.

Ele acaricia os cabelos de Ana Júlia e pensa:

– Eu te amo muito. É algo mais forte do que a minha própria vida. Tenho a Laura, minha esposa, nem sei o que fazer agora. Como vou conseguir vencer essa batalha interior?

Ele recorda da frase:

– No espaço que o pensamento cria em torno de si mesmo não existe amor... O espaço entre nós três? Ou qual será esse espaço?

Seus pensamentos ficam cambaleando entre dúvidas e incertezas, entre filosofias e conhecimento. Ele continua:

– É verdade. O espaço divide o ser humano do seu semelhante, e nele está todo o vir a ser, e a luta pela vida, na agonia e no medo. É justamente esse meu sentimento, de agonia, o medo de enfrentar o amanhã. Entretanto, como disse o índio Poli, o guerreiro falso tem medo, o guerreiro verdadeiro enfrenta as batalhas destruindo a ponte que acabou de atravessar.

Ele rememora aquele diálogo:

– A percepção espiritual é o fim desse espaço; o findar do eu. Qual será essa percepção espiritual? O relacionamento adquire um sentido completamente diferente porque, nesse espaço, que não é criado pelo pensamento, o outro não existe, porque nós não existimos.

Ele faz uma pausa para pensar naquelas frases, buscando as respostas certas.

– Como não existimos? Estamos vivos, eu, a Ana e a Laura, em casa. Nós existimos, sim...

Sem ele perceber, a energia dourada e a prateada se aproximam como se o continuassem avaliando, preenchendo cada parte do seu corpo. Depois de percorrer o corpo todo, elas voltam novamente ao pergaminho e este permanece sem qualquer mudança.

Cláudio, a essa altura, está novamente dormindo na mesma posição em que se encontrava antes, isso continua até serem acordados pela telefonista do hotel avisando sobre o horário de partir.

Eles levantam rapidamente se desvencilhando um do outro e correm para fazer as suas necessidades; Ana Júlia vai tomar um delicioso banho, nem se preocupa mais por ter acordado nos braços de Cláudio, aquilo parece ter se tornado rotina entre os dois.

Depois de se trocar, é a vez de Cláudio fazer o mesmo. Prontos para seguir em frente, e as mochilas arrumadas, com todas as coisas dentro, colocam os pergaminhos ajustando cuidadosamente para não estragar e seguem em frente.

Fazem o *check-out* e saem rapidamente para pegar o táxi que os aguarda.

O motorista os espera na frente do hotel para levá-los até o aeroporto, deixando-os no lugar mais próximo para fazer o *check-in* e partir para São Paulo num voo direto. Tudo transcorre normalmente durante o trajeto e embarque, levam as mochilas consigo no avião, não querem nem sequer pensar em perder aquelas joias que encontraram.

Como não entregam as mochilas no setor de bagagem, ficam com elas e as colocam na parte de baixo do assento dianteiro, protegendo-as com os pés.

Cláudio, ainda meio arisco pelos últimos acontecimentos, olha para todos os lados, concentrando o seu foco num detalhe, algo o faz ficar desconfiado, no entanto, acredita ser a sua imaginação.

Ana Júlia está feliz por retornar, mas triste por terminar aqueles momentos ao lado de Cláudio, não iria mais ter toda a atenção dedicada somente a ela. O sentimento de remorso invade ao mesmo tempo esse desejo, pois a amiga e esposa dele, Laura, tem preferência.

Cláudio, inquieto, inesperadamente diz:

– Ana, tem alguém seguindo a gente. Olhe discretamente, há um rapaz forte no banco de trás, na outra fileira, ele está nos seguindo desde o hotel. Veio num outro táxi, fiquei vendo esse tempo todo ele perto da gente, e sempre fica nos observando.

– Será que está nos seguindo ou é apenas coincidência? Quem sabe quer me paquerar! – diz ela rindo.

– Você ri, mas aposto mais na minha intuição.

– Se for verdade, o que pretende com a gente?

– Os pergaminhos. Quem sabe dessa nossa viagem?

– Somente a Laura e o William.

– Não acredito ser a Laura. Mas pode ser o William mandando alguém nos seguir para ver se conseguimos, e se vamos entregar os pergaminhos para ele.

– Ou para nos proteger...

– Como ele poderia saber onde estávamos se desaparecemos na cidade? Ninguém sabe onde estamos.

Durante o voo, de vez em quando olham na direção onde o rapaz está sentado. Ele permanece o tempo todo do voo sentado de olhos fechados, está tranquilo naquele lugar. Nada indica que a sensação de Cláudio tenha qualquer sentido.

Ana comenta:

– Deve ser algum restinho daquela bebida louca dos índios.

– Se for só isso, tudo bem, espero passar logo.

– Ficamos bem desorientados com aquela bebida. E todas as coisas que passamos, agora com esse marasmo, algum restinho ainda permanece incomodando.

– Acho que tem razão, vou me desligar, afinal, estamos dentro de um avião, e aqui é só proteger as mochilas que ninguém vai pegá-las.

Assim, a viagem transcorre sem mais problemas. Chegando ao destino, eles desembarcam no Aeroporto de Guarulhos, em São Paulo. Ansiosos com a chegada, Cláudio vai até o telefone público e consegue se comunicar com a esposa discando a cobrar. Ela fica radiante de felicidade e se prontifica em pegá-los, estão com muitas saudades um do outro, e sai rapidamente sem dizer mais nada.

Cláudio e Ana Júlia conseguiram levar apenas as mochilas nessa viagem, o restante da bagagem ficou em Machu Picchu, no hotel, pois não puderam voltar por causa da intensa jornada. Descem até o saguão aguardando por cerca de meia hora, ficam sentados, conversando, curtindo aqueles momentos de satisfação, cansados dessa maratona.

Aproveitaram para conversar durante esse tempo sobre a conquista dos pergaminhos e a felicidade de cumprir o trabalho, sem imaginar que está praticamente começando.

Param de conversar apenas quando Cláudio vê a esposa chegando. Todos os três sorriem de alegria. Os dois levantam e seguem na direção de Laura, ao se encontrarem dão um forte abraço para matar a saudade, pois ela não recebera mais nenhuma notícia deles até o telefonema da sua chegada.

Laura abraça fortemente o marido, depois a amiga, e diz:

– Oi, há quanto tempo não vejo vocês? Estava com saudades.

– Nós também – diz Ana Júlia.

– Finalmente, os dois sumidos voltaram... – Também estava com saudades de vocês.

Laura completamente aliviada com a presença dos dois, ainda sente aquele estado de expectativa, ansiedade e desespero pelo sumiço de ambos:

– Nossa! Não sabia mais o que fazer. Liguei para o hotel e informaram que o apartamento estava vazio desde a saída de vocês rumo a Machu Picchu. E que não haviam retornado de lá. Pensei no pior com aqueles abismos.

Cláudio diz que é uma longa história e Laura continua:

– Liguei todos os dias, de manhã, à tarde, até de madrugada, e nada. Já estava ficando desesperada, principalmente depois daquela semana que você ficou meditando e aconteceram todas aquelas coisas.

– Estamos bem, amor. A Ana foi uma excelente companheira, sempre topando a parada. Mas, em casa, eu conto tudo o que aconteceu.

Ana Júlia abraça novamente a amiga e também recebe um abraço de Laura, as duas sentem um toque de ciúmes. Uma por não ter o Cláudio mais ao seu lado em tempo integral, e a outra por tê-lo deixado viajar com a assistente, cujos sentimentos ela sabe quais são.

Os três caminham, carregando as benditas mochilas, e seguem rumo ao estacionamento, entram no carro de Laura e partem para a casa da Ana Júlia, falando o tempo todo sobre a jornada.

Ao chegarem, Ana desce do carro, pega a mochila, abre o zíper e entrega o pergaminho Katastasinka para Cláudio, marcando a manhã seguinte como o dia certo de abri-los.

Despedem-se. Laura e o marido continuam conversando durante todo o itinerário. Ele conta em detalhes a aventura, menos o quase romance com Ana Júlia, e acredita estar apenas começando. Ficam horas em casa falando sobre o assunto, fazendo Laura ficar maravilhada por saber de tantas coisas, lamentando não ter acompanhado os dois.

Ana Júlia em sua casa fica rememorando os momentos felizes ao lado do seu chefe e amigo. Sente-se culpada em determinados momentos, percebe a sua sensação de ciúmes ao vê-los se beijando e abraçando no aeroporto. Algumas lágrimas saem dos seus olhos, contudo, como a vida continua, ela vai precisar viver com esses detalhes. Pensa naquelas palavras sobre ela ter sido Mama e Cláudio, ter sido Manco.

— Fomos casados naquela época, e ainda continuamos sentindo o mesmo amor um pelo outro! Agora, seguimos direções diferentes...

Ela pega o papel onde havia anotado algumas frases do Imperador e começa a ler pensando nelas:

— No espaço que o pensamento cria em torno de si mesmo não existe amor. O espaço divide o ser humano do seu semelhante, nele está todo o vir a ser, e a luta pela vida, na agonia e no medo. A percepção espiritual é o fim desse espaço; o findar do eu. O relacionamento adquire um sentido completamente diferente porque, nesse espaço, que não é criado pelo pensamento, o outro não existe, porque nós não existimos.

Ela reflete:

— Verdade! Ele não existe, há um grande espaço entre, Cláudio e eu, esse espaço é preenchido pela Laura, sua esposa. Que tristeza saber disso. Ele ali comigo, todos os dias, e jamais será meu...

As lágrimas caem dos seus olhos, a tristeza é a única companheira nesse momento. Nessa noite, ela mal consegue dormir. Sonha com os acontecimentos, tem pesadelos com Laura brigando com ela pela posse de Cláudio.

Longe desse sofrimento todo, Laura pede para ver os pergaminhos e fica encantada por poder tocar tão preciosas obras de arte: maravilhoso.

– Então você estava certo sobre os pergaminhos. São dois realmente. O sonho foi obra dos próprios pergaminhos, ou como você disse anteriormente, reminiscência da vida em Machu Picchu antes de os moradores desintegrarem-se?

– Não tenho a mínima ideia sobre isso. Estou imensamente feliz por termos conseguido. Agora é tentar abrir e entregar para William, no entanto vou avisá-lo somente amanhã cedo.

No dia seguinte ele e Ana Júlia se encontram no laboratório para começar o dia de trabalho. Após um longo bate-papo sobre os acontecimentos das últimas semanas, eles pegam os pergaminhos que Cláudio guardou em uma das mesas da escrivaninha, depois de mostrá-los para a esposa no dia anterior, colocando-os lado a lado.

Nesse exato instante a campainha do laboratório toca.

– Quem será? Não estou esperando ninguém...

Antes de ele atender a porta para saber quem estava tocando a campainha, ele olha no monitor da câmera de segurança e vê William com dois homens, um deles é o mesmo rapaz do avião. Estranha aquilo, mesmo assim aperta o botão do automático para abrir o portão. O motorista de William entra, estaciona e eles seguem em direção ao laboratório.

Ao chegar, Cláudio os recebe na casa, porque para entrar precisam passar pelo corredor da mansão, eles se cumprimentam e William diz:

– Então, soube da sua chegada ontem, por que não me comunicou?

Cláudio em um tom bem desconfiado, antes de responder, fala:

– Por que você mandou esse cara seguir a gente?

– Não mandei seguir vocês, pedi para protegê-los, pois tem muita gente querendo os pergaminhos e eles farão qualquer coisa para consegui-los.

– E como sabia onde estávamos? Quem está querendo?

– Como disse na primeira vez em que conversamos sobre a foto da pintura: eu estive na tribo e tirei essa foto, eles permitiram ver apenas uma delas, dizendo que tinham outra, entretanto não podiam mostrar, nem me deixaram vê-la. Diziam ser algo, acho que um Tasorenka. E só os escolhidos poderiam fazer isso. Quando lá estive, negociei com o Imperador pedindo para me informar se aparecesse alguém procurando os pergaminhos. As pessoas que enviaria teriam a foto para confirmar que trabalhavam para mim, como havíamos combinado. Na véspera da sua partida para São Paulo, eles me ligaram e eu paguei todas as despesas do hotel, táxi e avião, e aqui estão vocês, sãos e salvos. Naquele mesmo dia mandei o Jerônimo voar para aquela cidade onde vocês estavam, e ficar protegendo os dois até chegarem aqui.

– Tudo bem! Aconteceram tantas coisas estranhas e quando percebi alguém sempre próximo da gente, estranhei, e essa foi mais uma das coisas esquisitas. Apenas coincidências! – diz Cláudio.

– Bom, quero ver esses tesouros para levar embora, aqui tem o seu dinheiro – William entrega três enormes malas trazidas pelos seguranças.

– Posso lhe mostrar, no entanto ainda não sabemos como abrir, se você souber, diga como fazer isso.

– Não sei dizer, nem mesmo sabia desse detalhe, porque nunca ninguém viu os pergaminhos. Só havia a lenda da sua existência.

– A Ana está no laboratório trabalhando nisso, íamos começar a pesquisar para tentar encontrar o segredo da tranca de abertura. Como você está por aqui, vamos ver o que conseguiremos...

Os dois caminham em direção ao laboratório, enquanto os seguranças ficam aguardando na porta, do lado de fora, num corredor entre a casa e o local de trabalho.

Ana Júlia cumprimenta William, estranhando a presença dele naquele momento. Cláudio lhe explica tudo sobre o rapaz do avião, ela ouve e depois continua observando os detalhes do livro com uma enorme lupa, numa tentativa de fazer qualquer descoberta sobre o modo de abrir sem quebrar a tranca.

William não se contém, toca os pergaminhos, fica sorrindo à toa. Quer segurá-los, mas Cláudio o impede, pedindo para aguardar mais um pouco.

Ana Júlia lê todas as coisas que encontrou sobre o fato, relembra o Chefe falando sobre os enigmas, sem qualquer objetivo positivo.

Cláudio pega um pequeno aparelho de raios X, foca no pergaminho Sophirenka e, a seguir, passa o aparelho por todo o livro sem encontrar qualquer coisa diferente ou algum modo de abri-lo.

Depois repete a mesma coisa com o outro, Katastasinka, e como o anterior, nenhum detalhe diferente. Nenhuma pista para abrir qualquer um dos pergaminhos.

William, ainda ignorando esse detalhe, está completamente alucinado com a chegada tão esperada:

– Que riqueza! Sou o único proprietário dessas obras de arte. Maravilha! Não tem preço algo dessa magnitude.

Cláudio acredita existir alguma coisa que deixaram passar, em algum lugar.

– Quem sabe está na foto!

Cláudio vira para William entretido com os pergaminhos e pergunta:

– Você trouxe a foto?

– Sim, está aqui comigo. Um momento, ela está na minha valise.

Ele abre a valise, revira os papéis até encontrar a foto.

– Pronto, aqui está – e entrega a Cláudio.

Ele pega a foto, Ana Júlia traz a lupa e começa a examinar todos os detalhes tentando encontrar algo. Como nos pergaminhos, nada mostra qualquer sinal escondido sobre a maneira de abri-los. William insiste para que ela continue observando tudo relacionado aos pergaminhos.

– Veja se consegue descobrir para sabermos o conteúdo deles. Pelo título indecifrável, não tenho a mínima ideia do que possa ser... Em qual idioma se basearam para escrever essas palavras?

– Bom, o título está escrito em um idioma desconhecido, nem quero imaginar o conteúdo dos pergaminhos. Sabemos apenas que um deles chama Sophirenka e o outro Katastasinka.

Ana Júlia continua indiferente à conversa e segue olhando com a lupa todos os detalhes dos pergaminhos e da foto à procura de alguma coisa indicando ser o segredo para abrir o produto.

– Cláudio, está difícil de saber, não tem nada que indique como abrir os pergaminhos. Não podemos forçar, pois os indígenas disseram que o mal se desprende dos pergaminhos.

– Eles não iriam deixar algo impossível de ser aberto, em algum lugar está o segredo de tudo isso.

Os dois ficam meio desanimados com a repentina parada. Agora, com o tesouro nas mãos, nem imaginam como abrir nenhum deles. Mesmo com essa situação adversa, William os incentiva a continuar e complementa:

— Não destruam nada. Quero os dois inteiros.

— Jamais destruiríamos algo dessa natureza. Nem sabemos dizer ao certo se, ao fazer isso, eles se desintegrariam ou algo assim.

William vê outra possibilidade:

— Ou, também, pode não acontecer nada...

— Existe essa chance.

Ana Júlia mexendo nos pergaminhos não se conforma:

— Incrível os incas terem deixado esses pergaminhos escritos. Ou serão desenhados? Pela história desse povo, eles nunca deixaram nada escrito.

— Não vamos especular as possibilidades. Tem de existir alguma coisa indicando como abrir.

Ela volta ao trabalho:

— Vamos refazer tudo que nos disseram, quem sabe deixamos passar a senha ou o código para abri-los...

— Espere! Estou lembrando das palavras do Imperador. Na hora não fizeram sentido, no entanto creio que elas têm algo a ver com os pergaminhos.

— É verdade. Naquele dia não fez sentido algum.

— Não me lembro de tudo, mas sei que você anotou as palavras dele.

— Sim, ontem à noite, em casa, fiquei repassando, frase por frase, tentando encontrar alguma coisa, tentando descobrir o significado.

— Conseguiu?

— Tive várias ideias sobre elas, no entanto, era apenas imaginação.

— Lembro-me apenas do trecho onde ele disse: "A mente cria a imagem, e a imagem..."

— Podemos unir essa à outra frase dele: é sobre o relacionamento adquirir um sentido completamente diferente porque, nesse espaço, que não é criado pelo pensamento, o outro não existe, porque nós não existimos.

William interrompe:

— Por mais que vocês tentem decifrar essas frases, não vejo qualquer relação entre elas e os pergaminhos, deve ter um sentido não relacionado com eles. Pode ser com vocês dois.

— Como assim? — Cláudio perguntou a William, que responde:

— O Imperador fala de relacionamento, não há qualquer relacionamento dos pergaminhos com vocês...

— Se somos os tais escolhidos, isso é relacionamento.
— Ele tem razão, Cláudio. Isso deve ser algo para despistar a nossa atenção dos pergaminhos, com certeza é outra coisa, algo tão evidente que ninguém imaginaria ser essa a chave do mistério.
— Lembro-me de você ter dito a ele que estava lá, e perguntou: como não existia?
— E ele respondeu que a percepção espiritual não é a perseguição de uma visão, mesmo tendo sido santificada pela tradição. Ao contrário, é um espaço infinito onde o pensamento não pode penetrar.
— O pergaminho é algo limitado, não um espaço infinito.
— Não sabemos qual é a intensidade do conteúdo dentro deles, pode até ser infinito, se for como imaginamos.
— Sim, o segredo do Universo.
William, experiente em enigmas antigos, diz:
— Em geral, os segredos dos antigos estavam sempre diante dos olhos dos pesquisadores, no entanto, como sempre, procuravam o impossível, o mais difícil, jamais eles reparavam nas coisas simples.
Eles ficam repetindo diversas vezes aquelas frases buscando algo concreto relacionado aos pergaminhos. William, sem compreender nada, continua interessado em ficar olhando os pergaminhos, admirando, encantado por tê-los conseguido.
— Nesse espaço que não é criado pelo pensamento, o outro não existe, porque nós não existimos...
— É um espaço infinito onde o pensamento não pode penetrar.
Pensativos, continuam fazendo um jogo de palavras, colocando-as de diversos modos diferentes, entretanto, todas as tentativas falham e não levam a lugar algum. Os pergaminhos continuam no mesmo lugar, sem modificar nada em sua estrutura, nem sequer abrir. Cláudio continua:
— O espaço não criado pelo pensamento. Espaço deve ser o conteúdo dos pergaminhos, não foram criados pelo pensamento.
— Deve ter ligação com os deuses dos índios.
— Pode ser. Nós éramos deuses para eles.
— Sim, devemos ser essa ligação, contudo, eles falaram do Tasorenka. O deus maior, o comandante dos mundos.
— O comandante dos mundos não é um espaço criado pelo pensamento, ele é um espaço infinito, onde o pensamento não pode penetrar.

– Isso mesmo. E agora? – pergunta William.

– Agora, não sei – diz Ana e os três caem na gargalhada.

– Pensei que havia descoberto algo...

Cláudio e William continuam rindo das palavras de Ana Júlia, e ela explica a sua frase.

– Eu também, mas não combina com o pensamento que tive.

E, assim, hora após hora, o tempo vai passando e nenhuma solução para abrir os pergaminhos. Eles acabam sentando em um sofá, no laboratório, e ficam olhando para eles, sem qualquer solução. Ana Júlia, cansada dessa maratona, não vê qualquer possibilidade de sucesso nesse momento.

– Acho melhor a gente deixar para amanhã, hoje a tensão foi enorme, e agora não consigo pensar em nada além do que fizemos.

William se recorda dos sonhos de Cláudio:

– Quem sabe alguém sonha com alguma coisa para facilitar nossa vida...

– Há alguns Elementais que sempre aparecem nos meus sonhos, espero vê-los com a solução.

William precisa sair para resolver alguns problemas pessoais:

– Bom, por enquanto vou deixar com vocês esse achado fantástico. Queria levar embora e colocar nas cúpulas, mas sem abrir não vale a pena, além de colecionar.

Dessa maneira eles voltam para casa, após esse dia interminável de tentativas e frustrações. Não existe nenhuma direção concreta para seguir e obter êxito. Ana Júlia volta para a sua casa continuando a pensar no achado.

Cláudio leva os pergaminhos consigo para a mansão, coloca os dois em uma mesinha da sala de visitas, senta em frente aos objetos, olhando concentradamente para eles.

Laura quando chega vê o marido sentado no sofá da sala, quieto, pensativo, se aproxima dele e pergunta:

– E aí, amor, vocês conseguiram alguma coisa com os pergaminhos? Abriram?

– Que nada, tentamos de tudo e não conseguimos abri-los. A tranca parece complicada, estudamos de todos os jeitos as possibilidades, no entanto, nenhuma delas abre aquele fecho.

Laura levanta e vai olhar os pergaminhos, confere cada detalhe, fica apaixonada pelos objetos, uma verdadeira obra-prima. Ela toca os dois, fica maravilhada com os desenhos nas capas. Passa os dedos nos metais da tranca e observa aquele emaranhado confuso feito para protegê-los.

– Tudo bem! Amanhã será um novo dia, e sei que você vai estar feliz da vida porque conseguiu abrir.

– Obrigado, amor. Você é fantástica.

Ela senta ao lado dele, os dois ficam abraçados sem dizer nada, o marido continua tentando pensar em algum jeito de abrir aqueles artefatos. Seus pensamentos continuam:

"Pelo jeito essa noite vai ser longa, provavelmente não vou conseguir dormir, porque estou ansioso demais, e a adrenalina a todo o vapor".

Por volta das 23 horas eles resolvem ir dormir, porque não há mais nada para fazer relacionado aos pergaminhos. Cláudio coloca os dois em um armário e, abraçados, eles vão para o quarto.

Ele consegue cochilar de vez em quando, no entanto acorda rapidamente, em alguns momentos, meio assustado. Sua expectativa de sonhar com alguma solução não dá certo, pois se ele mal consegue dormir, como vai sonhar?

Às quatro horas da manhã, levanta e vai até o jardim de inverno da mansão, senta em uma das cadeiras e fica observando o movimento do lado de fora. O dia está quase amanhecendo e nada de encontrar qualquer resposta. As pessoas começam a sair de casa para ir trabalhar.

Olha, em determinados momentos, para a estatueta do dragão e do mago, colocada em uma pequena mesinha ali dentro. A coisa é tão automática que nem ele mesmo sabe por que faz isso.

Laura, quando acorda, não vê o marido deitado, ela levanta e vai procurá-lo, encontrando-o no jardim de inverno, sentado e cochilando. Ela sorri e se preocupa ao mesmo tempo; pensa:

"Ele é muito determinado, e isso é bom, mas em certos momentos acaba me preocupando, Cláudio não vê outra coisa enquanto não soluciona seus problemas".

Coloca um cobertor sobre ele, não o acorda, dá um beijo em sua testa e vai trabalhar, após tomar o café matinal.

No horário de sempre Ana Júlia chega ao laboratório e não encontra ninguém, como ela tem a chave do portão de entrada e da porta do local onde trabalha, ela abre e começa as atividades, notando que os pergaminhos não estão no lugar onde foram deixados.

Pensa que, talvez, o chefe tenha levado a algum lugar para saber mais sobre eles, no entanto, para não perder tempo continua as pesquisas exatamente do mesmo ponto onde parou no dia anterior, além de outros afazeres com a empresa.

Algumas horas depois, Cláudio acorda com os raios solares em seu rosto, ele se dá conta de onde se encontra, levanta, vai até a cozinha comer alguma coisa, depois toma banho, pega os pergaminhos e volta para o laboratório, pois Ana Júlia já deve ter chegado há muito tempo, pensa ele.

Abre a porta, ela está sentada em frente ao *notebook* pesquisando.

– Bom dia. Caiu da cama ou fui eu quem acordou depois da hora? – ele ri.

– Acho que você dormiu demais. Pensei que tivesse saído cedo para ir a algum lugar saber informações dos pergaminhos.

– Até pensei nisso, entretanto ninguém sabe nada sobre eles. A maioria daqueles que trabalha nesse ramo via os pergaminhos como uma lenda, nada mais além disso.

Ele senta ao lado de Ana e ambos ficam olhando as suas pesquisas dessa manhã.

– Realmente, não encontro nada além do que já sabemos. Vamos precisar fazer algum malabarismo para conseguir abrir os pergaminhos.

– Na noite que passou eu acabei dormindo sentado na cadeira do jardim de inverno, e a Laura me cobriu. Nem vi quando ela entrou ou saiu, apaguei mesmo...

– Então você deve estar num bagaço... – e dá risada das próprias palavras.

– Até que não. Eu consegui descansar, apesar dos pesares.

– Conseguiu algo com os pergaminhos? Notei que você levou para casa.

– Fiquei horas olhando para os dois, como se esperasse algum milagre acontecer. Eles continuaram quietinhos, sem falar nada – só lhe restou rir dessa ideia.

– Acho que eles são mudos...

– Sabe, Ana, eu fico olhando a consistência das folhas, elas são grossas, apesar do volume do pergaminho não deve ter muitas páginas. Não sei qual é o mistério que existe! Deve ser algo do outro mundo.

– Mas qual mundo?

– Boa pergunta, a gente imagina as coisas e acaba vivendo a imaginação, querendo que ela seja verdade.

– Você acabou de mostrar a imagem que você tem sobre os pergaminhos. E a imagem se diverte, ofende, deprime, por isso estamos ficando praticamente desesperados, ansiosos por abri-los.

– Imagem, imaginação... Tem algo relacionado a isso, e deve estar naqueles enunciados do rei.

Ana Júlia pega as anotações e eles leem tudo novamente; Ana vai dizendo:

– A mente vê por meio da imagem criada, no seu caso, a imagem sobre o conteúdo dos pergaminhos. O conteúdo da consciência é constituído por uma série de imagens, todas elas inter-relacionadas entre si. Elas não estão separadas, mas inter-relacionadas.

Cláudio, ao ouvir essas palavras, sente algo diferente, ela também leva um susto ao vê-lo ficar pálido de repente.

– O que aconteceu? Está tudo bem?

– Maravilhosamente bem. Veja. A mente tem várias imagens sobre tudo o que passamos para encontrar os pergaminhos, certo?

– Correto, ainda não sei aonde quer chegar...

– Calma, eu estou associando as imagens como ele disse. Todas elas estão inter-relacionadas umas com as outras.

– Sim, posso ver isso, realmente todas estão relacionadas com o nosso objetivo.

– Elas não estão separadas, mas inter-relacionadas, compreende? – ele sorri de felicidade, parecendo ter descoberto alguma coisa ainda não captada pela assistente.

– Ainda não cheguei aonde você está, continue...

– Qual foi a coisa que mais ouvimos durante essa maratona que fizemos?

– Ouvimos poucas coisas, pois a maior parte do tempo nós ficamos sozinhos. No entanto, além desses enigmas do rei, ficamos ouvindo as palavras: Tasorenka e Amacenka.

— Exato, e aí está. Essa é a chave do problema. Tenho certeza disso. As palavras dos índios da tribo são a chave dos pergaminhos.

— Será? Acho que você pode ter razão, o William disse ontem que os pesquisadores sempre procuram o mais difícil, e em todas às vezes as respostas estão diante dos olhos e ninguém vê.

— O espaço vazio de Amacenka e Tasorenka, os deuses deles.

Ana Júlia se empolga com esse detalhe porque, se os índios veneram esses deuses, e eles foram os criadores do Mundo, então nada melhor do que eles enviarem o segredo para abrir os pergaminhos.

— Ele disse o seguinte: "A mente não presta atenção a qualquer ideia diferente daquilo que está vendo e sentindo. O foco está onde os olhos se concentram".

— Muito inteligente quem elaborou essa chave, ele conhecia a mente humana e sabia que nos concentramos naquilo que estamos vendo, por isso deixamos de ver...

Cláudio arregala os olhos, parece ter descoberto algo: essa deve ser a chave para abrir os pergaminhos.

Os dois, como se tivessem combinado, levantam rapidamente da cadeira, caminham em direção aos pergaminhos colocando-os lado a lado sobre a mesa do *notebook*.

Cláudio se afasta um pouco e diz:

— Durante toda a nossa estadia na tribo, os índios ficavam repetindo duas palavras, nos cânticos, nos gritos, em todos os momentos.

— Sim, Amacenka e Tasorenka.

— Só podem ser essas palavras o segredo para abrir os pergaminhos, não existe nada além disso...

— Agora, nossos olhos parecem estar se abrindo de verdade, deixamos de lado a imaginação, apesar de ainda ser imaginação essa ideia.

— Sim, não temos mais as imagens dos pergaminhos, agora eles são reais.

— Bom, não custa tentar fazer isso. O máximo é continuar na mesma.

Os dois começam a dizer as palavras juntos, no início meio timidamente, depois se empolgam e falam mais alto, e para seu encanto flui uma fina silhueta de luz dos pergaminhos. Eles sorriem.

— Isso! Conseguimos! Vamos repeti-las. Deve existir alguma ligação entre as palavras, a nossa voz e os pergaminhos.

Enquanto isso William sai da sua casa e se dirige novamente para o laboratório de Cláudio, com a finalidade de saber as novidades. No laboratório, o telefone toca desconcentrando os dois do seu objetivo.

– Droga, justo agora!

– Deve ser o William ligando, ele também está ansioso para abrir os pergaminhos.

Cláudio atende e fica admirado pela premonição da Ana Júlia. William diz que está indo para a casa dele para saber das novidades. Então Cláudio, ao comunicar para a sua assistente, diz que prefere esperá-lo, porque não quer ser interrompido depois que começar essa tentativa de abrir as trancas.

Eles ficam olhando os pergaminhos enquanto fazem comentário sobre essa ideia, aguardando a chegada de William, e isso demora algum tempo até ouvirem a campainha.

Cláudio corre para atender, conta rapidamente a descoberta, mas fala da incerteza. Então os três se preparam para começar a repetir as palavras, estão ansiosos, não veem a hora de conseguir esse objetivo.

William, mesmo interessado e ansioso, se afasta com medo das consequências, elas podem não ser agradáveis. Ele conhece o poder de alguns povos ao lançar encantos nas tumbas, trabalhos, sarcófagos, etc. Se os dois estiverem errados quanto à chave dos pergaminhos, alguma maldição recairá sobre quem está tentando abrir, no entanto, se estiverem certos, eles conseguirão.

Cláudio e Ana Júlia começam a repetir as palavras, no início com timidez, em tom baixo, sem muita energia. Entretanto, como os pergaminhos parecem dar algum retorno ao pequeno comando, como se estivessem sendo estimulados a abrir, os três veem sair, aos poucos, um filete de luz. Com essa conquista inicial, eles começam a falar com mais energia e repetem-nas em tom alto e forte, convictos de conseguir alcançar o objetivo.

A situação é progressiva, conforme entoam essas palavras, elas fluem com mais energia, e vibram em direção aos pergaminhos que respondem ao chamado emitindo fachos de luz, cada vez mais fortes, ainda inconstantes, dirigidos para todos os lados.

Wiliam, observando, não se contém e diz:

– Vocês dois precisam fazer isso acreditando, com toda a energia que puderem. Façam com força, acreditem, tenham vontade, eles querem abrir, mas ainda não conseguiram receber plenamente a energia de vocês.

Um ligeiro momento de expectativa toma conta dos três. Cláudio e Ana Júlia agora se concentram e dedicam toda a energia ao objetivo. E, com a insistência, após uns 15 minutos, os filetes desaparecem e uma luz dourada sai do pergaminho Sophirenka, espalhando-se pelo ambiente.

Eles se afastam assustados e param a cantoria das palavras. O facho de energia faz menção de desaparecer, rapidamente voltando ao pergaminho.

Os três ficam sem qualquer ação, até William pedir para os dois continuarem, pois parece estar surtindo efeito essa cantoria.

– Continuem, eles obedecem ao seu chamado. Continuem...

– Nossa! Isso foi intenso, fiquei apavorada com aquela luz dourada, não conseguia enxergar nada além dela.

Cláudio e Ana Júlia ficam hesitantes por alguns momentos, olham-se, dão as mãos, criam coragem, pois algo tão esperado durante tanto tempo não poderia ser abandonado naquele instante.

Aproximam-se dos pergaminhos e, munidos de forte convicção, de mãos dadas, cada qual coloca a outra mão que está livre acima dos pergaminhos, sem encostar, e começam novamente o cântico com mais fé e intensidade na conquista do objetivo.

O pergaminho, após alguns minutos daquele cântico, volta a expelir energia dourada do Sophirenka e a prateada do Katastasinka, preenchendo todo o recinto, eles se empolgam ainda mais e entoam as palavras com mais intensidade.

A energia penetra pelas mãos de ambos que está sobre os pergaminhos, vai envolvendo o corpo dos dois, e a tranca do livro dourado estala fortemente destravando por completo, abrindo em seguida. Eles continuam, sorriem e ficam com os olhos estatelados. No entanto, não param de falar. Um dos pergaminhos está aberto, a curiosidade de ler é intensa, mas têm receio que, ao tentar parar de cantar, o pergaminho trave novamente.

Descoberto o segredo sobre a abertura da fechadura, eles resolvem seguir adiante. Param de cantar e a tranca continua aberta.

Eles se abraçam, os três ficam comemorando a abertura de um dos pergaminhos, sentindo a intensidade daquela energia dourada e prateada impedindo-os de ver o conteúdo do livro, envolvendo completamente Cláudio e Ana Júlia, além de preencher o local onde eles se encontram.

A luminosidade continua fluindo, a capa se abre mostrando a primeira página. Os três esticam a cabeça para ver, no entanto, apenas uma luz clara se projeta da página iluminando a si mesma, como se fosse um abajur. Eles aproximam a cabeça lentamente, passo a passo, até ficar ao alcance dos seus olhos o que está escrito nele.

Cláudio toca o pergaminho, ele continua aberto, iluminado, segura na capa com a mão esquerda, para poder virar a folha com a direita e ver o seu conteúdo.

Na primeira página não tem nada escrito, é apenas uma página em branco iluminada por essa pequena luz. Ana Júlia também está ansiosa, quer ver logo o conteúdo da escrita.

Tomada de coragem, ela toca sem querer no meio da primeira folha, pensando em virar a página. Seus dedos, ao penetrarem na folha, desaparecem da sua visão, Ana Júlia puxa rapidamente a mão com medo.

– Doeu? – pergunta William.

– Não. Senti algo fantástico nos dedos. Tirei porque fiquei com medo.

Cláudio, vendo aquilo, faz o mesmo, e fica dando risada ao ver sua mão desaparecendo dentro da página:

– É bom demais, coloque de novo, Ana, sinta...

– Vendo que não aconteceu nada de mais com Cláudio, ela repete essa tentativa e deixa a mão dentro da página. Os três ficam rindo, mas William ainda não se atreve a fazer o mesmo.

Eles não veem a mão, apenas o próprio braço, a munheca, e as mãos desapareceram do foco visual, envolvidas pela obscuridade branca daquela página, como se estivessem cobertas por uma nuvem esbranquiçada que se projeta permanecendo somente sobre elas.

Os dois nem se assustam com isso, nessa brincadeira notam que a energia dourada continua saindo com grande intensidade. O local fica completamente dourado, com filamentos prateados, no entanto o outro pergaminho continua fechado, mas emite os filamentos prateados.

Cláudio e Ana Júlia parecem estar cobertos de ouro, sorriem da cena. Os seguranças, sem perceber nada, continuam na sua missão de guardar o local, do lado de fora, não imaginando o que pode estar acontecendo lá dentro.

Os dois tiram as mãos e viram a página do pergaminho, entretanto a energia esbranquiçada também flui na segunda página, e por ser muito forte impede qualquer visão do seu conteúdo. Parece uma nuvem bloqueando o espaço infinito.

Enquanto isso, Laura está trabalhando na empresa sem saber dos acontecimentos, preocupada por ter visto o marido dormindo no jardim de inverno. A sua cabeça está focada na curiosidade de saber se eles conseguiram abrir os livros.

Ela pensa:

"Será que eles conseguiram? Estou sentindo uma sensação diferente, acho que sim..."

Sem esperar qualquer notícia, ansiosa, liga para o marido. O telefone toca no laboratório, os dois se distraem ao ouvir o aparelho tocar, Cláudio fica sem muita vontade de atender, mas pensa que pode ser algo urgente e tira o fone do gancho, ouvindo a voz de Laura.

– Oi, amor, vocês conseguiram abrir os pergaminhos?

– Sim, um deles, mas depois eu ligo, agora está acontecendo algo fantástico. Mais tarde conto tudo.

– Sério, conseguiram ler o conteúdo?

– É algo extraordinário, sai uma luz dourada do pergaminho Sophirenka, o outro continua fechado emitindo fachos de luz prateada.

– Diga logo, qual o conteúdo dele?

– Não sabemos dizer.

– Como assim? Está escrito em qual idioma?

– Está tudo em branco.

– Ok! Depois você me conta tudo, quero saber os detalhes. Fiquei preocupada por ter dormido no terraço.

– Estava sem sono, fui lá apreciar a paisagem e acabei dormindo. Mas estou bem.

Eles se despedem e desligam o telefone.

Cláudio volta ao pergaminho, ao lado de Ana Júlia, após perceber uma ligeira diminuída da luz quando o telefone tocou, agora conseguem ver o conteúdo daquela página. Espantados, viram a folha para a seguinte, e mais outra.

– Não pode ser! Todas as páginas estão em branco, cheias dessa fumaça branca, não tem nada escrito.

– Impossível! Não haveria tanto segredo por páginas em branco.

Nesse momento, Cláudio pensa nas palavras do Imperador:
"É um espaço infinito onde o pensamento não pode penetrar".

– As páginas são espaços infinitos.

– Pode ser, porque ainda não conseguimos revelar seu conteúdo... Quem sabe...

– Elas possuem espaço infinito por não ter nada escrito, o pensamento jamais vai conseguir penetrar.

– Espaço infinito é o vazio. Será o vazio das páginas? Mas elas são limitadas, não infinitas.

– Não existimos, nem existe nada. Isso está correto, não há nada no pergaminho que abrimos.

– Deve ser isso. Ele está vazio.

William interrompe o diálogo dos dois:

– Não, ele está aparentemente vazio. Pela minha experiência, os antigos não mentiam, e se existem os pergaminhos, tem algo escrito neles, precisamos apenas saber como ler.

– Agora mais essa! O pensamento não pode penetrar...

– Não existimos.

Enquanto pensam e ficam tentando decifrar o enigma, a luz dourada se projeta em direção aos dois, envolvendo-os, enquanto o filamento prateado complementa o envoltório dourado formando frisos.

Enquanto isso, William se afasta dos dois, com receio de algo estranho acontecer, ainda não se convenceu de estar seguro.

– O relacionamento adquire um sentido completamente diferente, porque, nesse espaço, provavelmente no pergaminho, que não é criado pelo pensamento, o outro não existe, porque nós não existimos.

– O outro? Será o outro pergaminho? Mas ele está fechado, emite apenas esse filete de luz prateada.

– Deve ser outra coisa, não o pergaminho Katastasinka. Porque nós não existimos... Não existimos...

– Ele fala do relacionamento. Será nosso relacionamento?

– Pode ser. Mas será o atual ou o daquela época?

– A percepção espiritual não é a perseguição de uma visão.

William se manifesta pessimista, no entanto, sabe que segredos demoram a ser revelados:

– Acho que não vamos conseguir encontrar tão cedo esse segredo.

Cláudio fica andando de um lado para o outro, enquanto Ana Júlia se entretém olhando as páginas novamente. Fica brincando de colocar as mãos e vê-las sumir na nuvem esbranquiçada, e procura acalmar a situação:

– Precisamos ter calma, não é uma coisa simples que qualquer um possa encontrar. Tem algo nesses pergaminhos, vamos descobrir o segredo, custe o que custar.

O tempo passa rapidamente, mais uma vez eles são vencidos pelo cansaço. William volta para a sua casa na esperança de os dois encontrarem o segredo, pois não vê a hora de levar os pergaminhos embora, com todo o segredo revelado.

Naquela noite, após a chegada de Laura, ela vai direto para o laboratório. Cláudio e Ana contam tudo o que aconteceu durante a experiência de abrir o pergaminho. Ela vibra com a descoberta e os acalma, fica ansiosa para ver as luzes, contudo, como todos estão cansados, eles resolvem deixar para o dia seguinte, quem sabe com mais sucesso no desvendar do mistério.

Laura observa a tranca dos pergaminhos travada novamente. Qualquer que seja o encanto colocado sobre eles, isso a deixa entusiasmada por saber as novidades, e quem sabe eles possam revelar algo interessante.

Os três caminham até a cozinha com a finalidade de se alimentar, pois com o decorrer das horas, durante o dia, Cláudio e Ana nem se lembraram de comer qualquer coisa. Estão com fome e cansados. Após um jantar formal eles pedem para Ana Júlia dormir na casa, tem o quarto de hóspedes à sua disposição, pois o horário da meia-noite se foi há muito tempo.

Ela concorda, pois está cansada para ir embora naquela hora. Todos desejam boa noite, ela segue na direção do quarto de hóspedes, que fica ao lado da sala de visitas, eles adormecem rapidamente.

Do lado de fora da mansão tem um carro estacionado, com o motor desligado, e duas pessoas dentro. Elas estão aguardando as luzes da mansão serem apagadas, pois pretendem fazer algo lá. Mal veem isso acontecer, o passageiro desce rapidamente do carro, ficando o outro no volante. O homem parece um gato para subir no muro, saltando e se agarrando nos galhos de alguma árvore que cercam a propriedade em toda a sua extensão.

No silêncio total da madrugada, com os donos da casa dormindo, e a assistente fazendo o mesmo, esse vulto vestido com roupas escuras chega à parte superior do muro e salta pulando no jardim.

Continuando a caminhada, se desvencilha de todas as câmeras de segurança do local. Ele parece conhecer perfeitamente onde elas foram instaladas.

Silenciosamente, mistura-se nas sombras da noite, caminhando por entre as árvores do jardim, seguindo em direção ao laboratório. Como um exímio ninja, ele escala facilmente a mureta entre a casa e o laboratório.

E quando tenta abrir a porta, tudo em absoluto silêncio, não o consegue porque a fechadura está trancada, então mexe nos seus apetrechos dentro de uma pequena bolsa em sua cintura e pega uma micha, encaixa no bocal da chave e começa a movimentar até conseguir ouvir o estalido da abertura.

Ainda em completo silêncio e caminhando bem devagar ele vira a maçaneta e abre, entrando a seguir. Acende uma lanterna pequena que trouxe e sai à procura dos pergaminhos, vendo-os sobre a mesa do laboratório.

Com o cansaço ninguém se lembrou de guardá-los no armário e acabaram deixando sobre uma das mesas.

Iluminando os pergaminhos, ele se aproxima cautelosamente, entretanto, quando ele pega o pergaminho Katastasinka, sem querer esbarra em alguma coisa fazendo um objeto cair no chão.

A única pessoa que escuta o barulho é Ana Júlia, fazendo-a despertar assustada. Sem saber se é sonho ou se ouviu mesmo algum barulho, ela levanta, acende a luz do quarto onde se encontra, sai e caminha no escuro, sonolenta, até o laboratório para ver o que aconteceu.

Quando entra no local de trabalho, não consegue enxergar nada por causa da escuridão, ela tenta acender a luz e, ao se aproximar do botão para iluminar tudo ali dentro, o vulto a vê passar. Percebendo que Ana vai acender a luz, rapidamente ele desfecha uma pancada em sua cabeça, fazendo-a desmaiar.

O corpo todo sente o baque da pancada, ela desmaia, os olhos fecham, perde a resistência e cai completamente atordoada, desacordada. O vulto sai rápida e sorrateiramente, da mesma forma como fez para entrar. Vai embora rapidamente com apenas um dos pergaminhos nas mãos. Percorre o jardim olhando para todos os lados, pula o muro da mansão e entra no carro mandando o motorista sair rápido dali. Ele continuava aguardando do lado de fora com o motor ligado.

No dia seguinte, Cláudio e Laura acordam normalmente, levantam, tomam banho e seguem direto para a cozinha para tomar o café matinal. Após a refeição, ela leva o café para Ana Júlia, bate levemente na porta, e como ninguém responde, nem faz qualquer barulho, ela abre a porta, vê a cama desarrumada e o local vazio. Não a encontrando no quarto, sorri e pensa:

"Ela possivelmente acordou cedo e foi ao laboratório".

Volta para a cozinha com a bandeja do café. Cláudio, ao vê-la, pergunta:

– Ela não quis café?

– Não tem ninguém no quarto, provavelmente correu para o laboratório.

Os dois riem da situação e vontade de Ana.

– Ela abraçou o caso. Isso é bom, por se dedicar tanto.

Perguntam para a cozinheira Zulmira se ela viu Ana Júlia nessa manhã, e ela também diz não ter visto. Eles riem da situação acreditando que ela está no laboratório pesquisando.

– Estou ansioso também para descobrir logo esse segredo e saber qual o mistério.

– Essa é boa, descobrir o segredo para saber o segredo – Laura ri das próprias palavras.

Cláudio termina de tomar seu café e após a refeição matinal os dois seguem direto para o laboratório, pois está quase na hora de Laura ir trabalhar. Ao chegar ao local, todas as luzes continuam apagadas, sinal de que Ana não está ali.

Laura é a primeira a se manifestar:

– Onde será que ela foi?

Cláudio acende a luz e vê somente um dos pergaminhos sobre o balcão. Leva um susto enorme.

– Onde está o outro pergaminho?

Laura corre para procurar, pois acredita que ele deve ter caído no chão.

Nesse momento escutam um gemido, ele se repete fazendo os dois correrem na direção daquela voz. Encontram Ana caída, tentando se levantar com a mão na cabeça, no local por onde escorre um filete de sangue; ela continua gemendo.

Cláudio a ampara e carrega para a sala, colocando-a no sofá. Laura faz os primeiros socorros, depois pergunta o que aconteceu. Eles notaram a falta de um dos pergaminhos.

Ana Júlia, com a mão na cabeça e entre gemidos, fala:

– Não sei, ouvi um barulho de madrugada – fazendo caretas de dor – escutei alguma coisa caindo, fui ver o que era e levei essa pancada na cabeça, como vocês podem ver. Nem sei dizer quem fez isso...

– Tudo bem. Esperem aqui, vou verificar o que aconteceu.

Cláudio volta rapidamente ao laboratório seguindo direto para ver os livros, para sua surpresa realmente não encontra o Katastasinka, só o Sophirenka caído no chão. Pensa na possibilidade de ainda encontrá-lo na casa, porque a pessoa se apavorou ao ver Ana, saiu correndo, e pode ter deixado cair o outro também.

Vasculha por todo o laboratório sem encontrar o Katastasinka. Ele volta para a sala onde elas estão e conta as novidades com o pergaminho Sophirenka na mão.

– Deixaram este, mas levaram o outro.

– Quem pode ter feito isso? – pergunta Laura.

Ele liga para William e fala dos acontecimentos, fazendo-o vir rapidamente, enquanto Laura cuida de Ana Júlia. Ao chegar, ele fica agitado pelo roubo do pergaminho, no entanto, feliz porque ainda tem um deles.

Ana Júlia permanece deitada no sofá para se recuperar do acontecimento, com gelo dentro de uma toalha para desinchar o local da pancada.

Laura, preocupada com a amiga, diz:

– Acho que vou mais tarde, a Ana não está bem.

– Não. Pode ir. Estou bem, a dor passa logo. Obrigada.

Laura na sua rotina diária vai trabalhar normalmente, pois não tem mais nada a fazer dentro das suas possibilidades, enquanto Cláudio e William continuam tentando descobrir alguma pista sobre o intruso da noite.

Verificam tudo o que podem, mas não há qualquer sinal de mais alguma coisa faltando.

Cláudio chama a polícia. Os policiais vasculham toda a casa, o laboratório, o jardim e não encontram nem sequer um fio de cabelo diferente, ou qualquer impressão digital para conseguir uma pista. Quando terminam de vasculhar o lugar, eles começam a ir embora.

Perguntam se Cláudio quer alguma proteção durante os próximos dias, mas ele não aceita e agradece aos policiais que se prontificaram em avisá-lo se conseguirem encontrar algo.

Terminando a agitação do momento, as coisas parecem voltar ao normal do dia a dia. Cláudio e William seguem direto para o laboratório. O pergaminho Sophirenka está completamente travado, Cláudio sente a necessidade de abri-lo, principalmente se ele contém algo escrito.

Então começa a fazer o cântico, sem conseguir êxito. Pede ajuda para William, e os dois chegam a gritar as palavras, sem qualquer resultado. Tudo em vão, eles não têm força suficiente no seu canto para entoar as palavras mágicas. Precisam de Ana Júlia nesse dueto com Cláudio, porém, ela necessita descansar por mais algum tempo, ainda está com dor de cabeça por causa da pancada.

Nesse dia nada mais foi feito. Eles aguardam a recuperação da jovem, e William volta para a sua casa pedindo para Cláudio chamá-lo no caso de obter algum sucesso na empreitada.

O pergaminho está quieto, inerte, sem qualquer movimento, a pequenina luz que saía não se apresentou mais. Agora ele é apenas um livro antigo, sem qualquer sinal de vida.

Estando a sós, Cláudio entra na sala onde Ana está e começam a conversar.

– Está se sentindo melhor? – fala olhando por entre os cabelos para ver como está a região onde levou a pancada.

Ana Júlia, fazendo careta, se ajeita para ele poder ver melhor:

– Sim, ainda dói um pouco, mas está tudo bem, se quiser podemos prosseguir na pesquisa.

– Não, não senhora. Quero você inteira para fazer isso.

Ana Júlia sorrindo solta uma piada:

– Guloso!

– Quê? Ah! Não é nada disso...

Ela ri bastante da brincadeira, mas faz careta pela dor; sente algo realmente excitante naquele momento, e apesar de terem ficado tantos dias perdidos, o clima era outro. Não tinha como pensar em nada, além de sair daquele lugar.

Há verdadeiramente um envolvimento entre os dois, isso pode ter sido fortalecido ainda mais pelo pergaminho. Eles seguram esse impulso de se atirar nos braços um do outro, no entanto, os olhos não mentem e o coração os entrega.

Para disfarçar, recordam os momentos de beberem o kamarãpi e perder a consciência, ficando sem saber se fizeram algo além de dormir. A torcida de ambos é por não ter feito nada, pois fazer algo sem lembrar depois não adiantava muito.

– Desculpe, mas ainda penso naquele dia da bebida. Sinto-me envergonhada de ficar sem nenhuma peça de roupa.

– Eu também. Não vou dizer que não gostei de ver você, mas é embaraçoso. Será que fizemos algo além de dormir?

– Não sei dizer. Lembro-me apenas de acordar ao seu lado, nós dois sem roupa, nada mais.

– Já estávamos sem roupa antes, por isso a dúvida. Quando acordei estava abraçando você.

– Pena que não vi essa cena, nem senti, estava apagada... – ela dá uma risada meio tímida.

Eles começam a entrar num clima de envolvimento com o instante e as memórias. Procuram se controlar de todas as maneiras.

Ana Júlia, não aguentando a situação, diz:

– Acho melhor a gente voltar para o laboratório para fazer a pesquisa, caso contrário... Não quero trair minha amiga Laura.

– Nem eu, entretanto sinto algo especial por você.

– Eu também sinto.

– Será que fomos realmente Manco e Mama?

– Não posso afirmar, mas alguma coisa parece ter sentido – ela acha engraçada a sua fala.

Ana levanta, caminha em direção ao laboratório para interromper aquela conversa, que poderá trazer algo desagradável ao relacionamento dela com o casal.

Cláudio levanta e faz o mesmo, meio a contragosto. Coloca o pergaminho de volta no balcão, os dois ficam lado a lado, dão as mãos e começam aquele cântico tradicional.

Amacenka – Tasorenka – repetem durante vários minutos, concentrados apenas nesse objetivo, até o pergaminho destravar a fechadura, abrir novamente e começar a projetar aquela luminosidade dourada. Estão apenas os dois ali dentro, e a energia parece ter vindo com intensidade não tão forte.

A energia dourada emite um filamento de luz direto na cabeça de Ana Júlia, fazendo o local desinchar na hora e o tecido cicatrizar. Eles arregalam os olhos. O brilho dourado faz os dois parecerem deuses dourados.

Começa a haver um movimento naquela nuvem esbranquiçada da primeira página do pergaminho, vindo de dentro, um minúsculo rodamoinho esverdeado começa a se formar, se elevando gradativamente. Ele vai aumentando de intensidade até projetar diante deles uma tela formando uma frase luminosa.

Surpresos, os dois param de falar as duas palavras, olhando fixamente para aquela luz esverdeada, enquanto ela vai juntando algumas letras, eles esperam terminar para saber o seu conteúdo; finalmente conseguem ler:

"A imagem não é a perseguição de uma visão, conquanto possa ter sido santificada pela tradição. Ao contrário, é um espaço infinito onde o pensamento não pode penetrar".

– Está vendo o que estou vendo?

– Com certeza, Ana. Ele está mencionando o outro pergaminho e escrevendo as mesmas coisas que nos disseram o Imperador e o Rei Dourado.

– Então não conseguimos decifrar nada até agora. Será que precisamos decifrar o que está escrito?

Entretanto, antes de fazer qualquer coisa, o pergaminho projeta uma nova frase ao lado da primeira:

"Neste espaço que não é criado pelo pensamento, o outro não existe, porque nós não existimos".

– Cláudio, se os pergaminhos não existem, não há necessidade de nos preocuparmos com eles.

– A imagem criada por nós foi compreendida e deixamos de lado, começando a ver a realidade dos pergaminhos.

– Isso funcionou bem, até conseguirmos abrir este aqui.

Pensam um pouco mais antes de dizer qualquer outra coisa. As frases desaparecem da mesma forma como surgiram. Eles memorizaram, porque não têm diferença das outras que ouviram nos lugares por onde andaram. Ana Júlia continua a associação com as palavras:

– O pensamento não pode penetrar por o espaço não ter sido criado pelo pensamento.

– Sim! Não existe, porque não existimos. Antes éramos Manco e Mama, agora somos Cláudio e Ana Júlia, na verdade não existe nenhum dos quatro?

– São apenas corpos carnais com nomes próprios.

– Nomes são pontos de referência para as coisas, não são as coisas em si.

– Não é a perseguição de uma ilusão...

– Os pergaminhos existem, nós os trouxemos. Os dois estavam aqui.

– Mesmo tendo sido santificados pela tradição, creio que ele está se referindo aos índios santificando os pergaminhos.

– Não sei, não! É um espaço infinito, onde o pensamento não pode penetrar.

– Deve existir muita sabedoria nesse pergaminho, mas o pensamento não pode penetrar.

– Neste espaço, que não é criado pelo pensamento, o outro não existe, porque nós não existimos. Acredito estarmos indo na direção certa, Ana.

– Se o Sophirenka está por aqui sem o Katastasinka, ele deve estar querendo dizer que sem o outro ele não tem os mesmos poderes, e o outro muito menos, porque não estamos com ele.

– Tem sentido. O conteúdo dessa consciência, provavelmente dos pergaminhos, é constituído por uma série de imagens, as quais ainda não conseguimos ver. E todas elas inter-relacionadas entre si. Elas não estão separadas, mas inter-relacionadas.

– Cláudio, os pergaminhos trabalham perfeitamente quando estão juntos. Sem esse inter-relacionamento, eles têm pouco valor.

– Ontem vimos toda a força dos dois juntos, aquela luz prateada fazia a dourada ter mais intensidade, agora vimos pouca força nessa projeção, e sem a energia prateada.

– Estamos rodando em círculos... Ele deve estar dizendo que os dois pergaminhos devem sempre ficar juntos. No caso de separá-los, nenhum dos dois tem poder total, apenas parcial, não existe, porque não existimos.

– Quem poderá existir devem ser Manco e Mama, afinal eles os levaram embora da cidade e esconderam. Ou seja, o nosso possível poder não existe com os dois separados. Precisamos recuperar rápido aquele pergaminho.

Ana Júlia concorda com ele, mas coloca uma ressalva:

– O pensamento não tem o poder de penetrar nenhum dos pergaminhos. Não foram criados pelo pensamento?

– Talvez, pelos deuses?

– Isso deve ser fantasia. Imagem criada pela mente.

– Provavelmente. E se os deuses os criaram...?

– Se eles o criaram devem ter poder para recuperá-los!

– Não sei não. Eles agora estão separados, precisam estar próximos e inter-relacionados para surtir efeito.

– Acho muito cômodo pedir tudo aos deuses. Eles sempre deixam tudo pronto, só precisamos desvendar o segredo da mesma forma como descobrimos os pergaminhos e conseguimos abrir o Sophirenka.

Enquanto os dois tentam decifrar aquele enigma, em outro local, um grupo de pessoas comandadas pelo ladrão de antiguidades, Carlos, recebe o pergaminho Katastasinka das mãos do capanga que o roubou do laboratório.

Ele o entrega ao chefe, Carlos, o pergaminho que conseguiu roubar.

– Onde está o outro pergaminho? – pergunta raivoso ao capanga.

– Chefe, quando peguei esse livro, alguma coisa caiu no chão e a mulher acordou, precisei bater na cabeça dela para fugir.

– Droga, vocês não fazem nada direito.

– Desculpe, chefe.

– Desculpe coisa nenhuma. Quero o outro em minhas mãos.

– Hoje à noite vamos voltar lá e pegar o outro.

– E ai de você se não trouxer esse pergaminho...

Carlos pega o Katastasinka com delicadeza e o coloca sobre uma mesa. Examina de todos os lados, a capa, contracapa, procura algum jeito de abri-lo, sem nada encontrar além da fechadura impossível de ser aberta.

Vira o pergaminho de lado tentando espiar as folhas, elas não cedem, estão bem apertadas por causa das capas e da tranca. Solta um palavrão e dá um soco na mesa.

– Como é que abre essa merda? – pergunta ao capanga.

– Não sei, chefe, eu nem tive tempo de pegar os dois pergaminhos porque a mulher acordou e eu precisei fazê-la dormir novamente.

– Tem muito dinheiro em jogo. Vocês três – aponta para os capangas –, voltem lá e vasculhem tudo, procurem algum papel com o segredo. Quero saber como abrir essa fechadura, ou arrebento isso aqui para ver o que tem dentro dele. Perco a grana que me ofereceram e acabo com vocês, ou – pensa melhor e balbucia – quem sabe, talvez eu consiga poderes com isso.

Os três saem rapidamente da mansão para acatar as ordens do chefe. A noite está chegando, mais algumas horas e o entardecer vai embora com o sol desaparecendo no horizonte. Pegam um dos automóveis, ajeitam as armas nos coldres e seguem armados para o laboratório. Nesse horário, provavelmente Cláudio está trabalhando e isso pode complicar tudo.

Ele e Ana Júlia continuam entretidos com o pergaminho Sophirenka e os enigmas, cuja solução parece não existir.

Ficam tentando adivinhar, fazendo associações com diversas coisas, mas, nada disso parece ter qualquer coisa a ver com o enigma.

Já acreditaram ter descoberto como decifrar o enigma em várias oportunidades, no entanto, como ele continua aparecendo, nenhuma delas foi a correta.

Algum tempo depois, os ladrões chegam bem perto da casa de Cláudio, desligam o motor, descem do carro, verificam mais uma vez se as armas estão carregadas, empunham-nas e caminham olhando para os lados, verificando se tem alguém por perto. Como está tudo vazio no conjunto residencial, nem uma vivalma na rua, continuam a caminhada, e escondem-se por entre alguns arbustos esperando o anoitecer.

Nesse ínterim, Laura chega do trabalho, toma banho e vai ao laboratório ver o que os dois estão fazendo. Ao se aproximar, vê por debaixo da porta uma luminosidade dourada, fica ansiosa para ver o que é e entra rapidamente para ver essa novidade que o marido falou. Seus olhos se arregalam com aquela visão extraordinária da energia dourada:

– É fantástico! É algo inexplicável. Que maravilha, nunca tinha visto nada igual! Bem que você falou...

Cláudio, vendo a esposa chegar, fica feliz e pede para Laura se aproximar:

– Venha, chegue mais perto, sinta a energia emanada pelo pergaminho. E ele está sem a sua total força por causa do outro que foi roubado.

– Eles funcionam com força total apenas quando estão juntos. – completa Ana Júlia.

Laura se aproxima dos dois, eles ficam saboreando aquele momento de êxtase, felizes de sentir algo indescritível. Laura também sente aquela energia, diferentemente de William que nada sentiu.

As duas estão segurando o braço de Cláudio, cada uma de um lado, nem percebem esse detalhe, apenas seguram o braço dele, mostrando a enorme ligação existente entre eles.

Estão tomando um verdadeiro banho de energia dourada, ela envolve os três, entrelaçando-os como uma só unidade.

Ao anoitecer, os ladrões saem do esconderijo provisório, escondidos entre alguns arbustos, do lado de dentro, perto do muro, e seguem em direção ao laboratório de Cláudio para pegar alguma anotação sobre a maneira de abrir o pergaminho Katastasinka, e carregar o outro com eles.

Dessa vez não ouve muita discrição dos capangas, e eles são focalizados caminhando no jardim pelas câmeras de segurança da casa, Cláudio os vê, alertando as duas mulheres.

– Devem ser os caras que roubaram o pergaminho, agora voltaram para pegar o outro. Eles estão muito bem armados.

– E agora, o que vamos fazer?

– Vamos nos esconder em um dos quartos e fugir pela janela – Ana Júlia diz.

No entanto, ao tentar sair para se esconder, a porta do laboratório tranca automaticamente. A luz dourada desaparece deixando em seu lugar uma película transparente, como se fosse uma cortina invisível ao redor dos três e do próprio pergaminho. Essa película impede que alguém os veja, ela os torna invisíveis.

– É exatamente igual àquela cobertura que cercou os habitantes da cidade quando começaram a desintegrar.

Cláudio, então, desiste de tentar sair, volta para ficar perto das duas mulheres dentro da película que os envolve e diz:

– O que aconteceu com esta porta? Não temos tranca automática, como ela fechou sozinha? E agora?

– Será que vamos desintegrar?

Laura não concorda com essa ideia:

– Não acredito, o pergaminho está nos protegendo.

– Eu acho que foi o pergaminho quem fez isso. A cor dourada desapareceu e a porta trancou.

– Verdade, você tem razão, Ana. Acho que eles não vão conseguir ver a gente. Não sei como conseguirão entrar, se a porta está trancada!

– Vocês duas estão certas, ele está tentando nos proteger e proteger a si mesmo. Essa película encobre até o próprio pergaminho.

Laura, espantada ao ver o pergaminho, diz:

– Olhe o pergaminho! Veja como ele está criando essa cortina ao nosso redor.

– Vamos ficar juntos, acho que está tentando nos proteger com algo invisível.

– Creio que erramos de novo, Ana, se isso não é poder, imagina quando os dois estiverem juntos...

– Nem quero imaginar isso...

Eles olham e continuam vendo uma espécie de nuvem envolvendo-os. Parece um gel transparente.

Observam quando os ladrões abrem facilmente a porta do laboratório, pela câmera de segurança, mas ao olhar para a porta do lado de dentro ela continua trancada. No monitor de segurança do laboratório, os três bandidos estão ali dentro junto com eles, mas não conseguem vê-los além da imagem no monitor.

Cláudio faz sinal com o dedo para as duas mulheres se manterem em silêncio, continuando a observar o movimento dos ladrões que parecem não vê-los. A câmera não consegue acompanhar o movimento deles ali dentro, direcionada apenas para a porta, assim os três ficam esperando eles saírem.

Os três podem ver os capangas andando sorrateiramente na ponta dos pés, mas não são vistos por eles. Veem quando se aproximam da mesa, olham ao redor, examinam tudo, pegam alguns folhetos e o pergaminho, saindo a seguir rapidamente daquele lugar.

Os capangas correm em direção à rua, pulam o muro, entram no carro, saem cantando pneus, se afastando rapidamente dali. Cláudio, Laura e Ana Júlia, espantados, ficam admirados porque continuam vendo o pergaminho no mesmo lugar de antes, estão sem saber o que os ladrões levaram.

Ao desaparecer a película, correm para ver o que eles carregaram, os papéis das pesquisas foram levados pelos ladrões, mas o pergaminho ficou no balcão onde o haviam deixado. Cláudio sem entender a situação fica admirado por ter visto os capangas levarem o pergaminho, mas ele continuava no mesmo lugar de antes.

– Puxa! Nós escapamos por pouco, eles estavam muito bem armados. Quem eram aqueles homens? O que eles levaram?

– Temos as imagens deles na gravação da câmera de segurança. Apesar das máscaras, existem alguns processos modernos que identificam os traços do rosto e do corpo, quem sabe podemos ter sorte e descobrir quem eram? – Laura conhece bem esses programas de computador.

Ana Júlia pergunta:

– Para quem eles trabalham?

– Bom, não tem nada mesmo naqueles papéis, ainda bem, o pergaminho continua aqui.

Laura ainda estranhando tudo ali dentro, fica mais encantada, apesar de assustada com o pergaminho, olhando-o admirada:

– Essa cortina toda foi formada pelo pergaminho? Ele deve ter muito poder.

– Será? Antes de você entrar estávamos achando que ele não tinha mais qualquer poder por causa da ausência do outro e das frases que ele escreveu.

Ana Júlia não tem muita certeza sobre isso:

– Se o pergaminho tem muito poder, por que não agiu na noite anterior quando roubaram o outro?

– Provavelmente porque não estávamos aqui com eles. Parece que o pergaminho abre apenas com o som das nossas vozes.

Os três ainda assustados voltam para a mansão, sob o efeito dos acontecimentos, bebem suco de laranja e continuam a conversar sobre os fatos, agradecendo por não terem levado o outro pergaminho.

Agora, para não haver mais surpresa, Cláudio o escondeu dentro do cofre que mantém no laboratório.

Há alguns quilômetros de distância da casa de Cláudio, Carlos está na sua mansão esperando ansiosamente seus comparsas voltarem com o outro artefato e a missão cumprida; não vai aceitar nenhum fracasso. Ele calcula que devem estar chegando a qualquer momento, pois faz algumas horas que saíram, já deu tempo de fazer o serviço para recuperar o outro pergaminho e trazer alguma dica sobre como abrir os dois livros.

Como o esperado, eles chegam ao esconderijo pouco depois, entregam os papéis em suas mãos, contudo, quando um deles estende o braço com o pergaminho, este começa a se desintegrar até não restar nada. O pergaminho desaparece, deixando todos eles boquiabertos com o fato inesperado, sem saber o que dizer ou fazer. Com o susto, eles pulam para trás, com receio do que possa acontecer. Carlos também leva um susto:

– Droga! Vocês só fazem merda! Que foi isso?

– Não sei, chefe, era o outro pergaminho que pegamos. Estava na mesa do laboratório, no mesmo lugar onde pegamos esse aí.

– Pegaram como? Ele desapareceu bem na minha frente.

Sem falar nada, todos ficam quietos de cabeça baixa, não entendendo absolutamente nada daquilo. E meio receosos com aquela coisa desintegrando-se.

Carlos pega os folhetos e vai direto ao pergaminho Katastasinka.
– Vamos ver se tem alguma coisa aqui.

Assim, começa a ler aqueles folhetos até encontrar um deles escrito: palavras mágicas para abrir os pergaminhos.

– Palavras mágicas. Cadê essas palavras mágicas? Aqui está, devem ser estas palavras esse tal segredo do pergaminho. Afastem-se, vou falar essas coisas aqui, não sei o que significam, mas se abrir o pergaminho está bom demais. Agora, vou ter muito poder.

Começa a falar em voz alta: Amacenka – Tasorenka. Sem conseguir êxito na tentativa, ele pede para todos começarem a falar aquelas palavras junto com ele.

Os capangas ficam sem graça de ficar repetindo aquelas coisas, se considerando um bando de idiotas. Eles falam baixo, e são repreendidos pelo chefe, que exige mais energia quando estiverem falando.

Com a repetição, por mais de dez minutos, começam a sentir um tremor na casa toda. Todos param de falar, menos Carlos, gritando para continuarem. Acredita estar conseguindo abrir o pergaminho.

– Se alguém parar agora, eu acabo com vocês, continuem.

Apesar das muitas tentativas de repetir as duas palavras, eles não conseguiram fazer o pergaminho nem sequer se mexer.

Carlos, com raiva, sem conseguir êxito, pega um martelo e começa a bater na fechadura, cada vez com mais intensidade. Após algumas pancadas ela rompe o anel de cobre e, em poucos minutos, uma fumaça escura começa a sair do metal do pergaminho, ela se espalha por todos os lados, no entanto, ele continua fechado.

Carlos para de martelar e fica olhando a fumaça. Ela vai envolvendo o lugar e, com o decorrer do tempo, sem afetar ninguém agressivamente, aquilo acaba fazendo-o empolgar-se ainda mais com a situação. Ele sente uma forte e intensa energia dominando seu corpo e solta uma gargalhada. Todos os demais voltam com o cântico.

Eles repetem com voz mais forte essas duas palavras, mesmo sem ter qualquer valor, enquanto os outros comparsas do lado de fora da mansão ouvem, prestam atenção, olham um para o outro, se assustam, não compreendem nada, mas continuam quietos nas suas funções de proteger o lugar.

A neblina escura, tenebrosa ali dentro, impede qualquer visão de algo; Carlos, empolgado, não percebe a sua fisionomia se transfigurar. A fumaça o envolve e penetra por suas narinas fazendo-o adquirir um formato de homem idoso completamente cheio de rugas. Os capangas ali dentro também são envolvidos e se tornam mais fanáticos pelo chefe.

O pergaminho não abriu e ele não viu isso acontecer no laboratório, portanto nem imagina o que está diante dele. E a fumaça dessa vez, ao invés de ser prateada, sai escura do fio feito de cobre, espalhando-se pelo local. Depois de envolvê-lo, o pergaminho Katastasinka interrompe a projeção e a nuvem desaparece.

Carlos, sem entender nada, procura repetir as palavras, sem sucesso. Fica com raiva, nervoso, irritado, sem perceber esses sentimentos como resíduos dos efeitos da fumaça que o envolveu.

Pega todos os papéis que seus homens trouxeram e continua lendo, procurando alguma resposta para os acontecimentos daquele instante.

Enquanto isso, no laboratório, eles continuam tentando decifrar o segredo daquele enigma. Acreditam ter conseguido revelar apenas uma pequena parte nas vezes anteriores, porém, como saíram mensagens do pergaminho, eles não têm mais consciência de ser o que imaginavam anteriormente; Cláudio relembra, pensando:

"O relacionamento adquire um sentido completamente diferente, porque nesse espaço que não é criado pelo pensamento, o outro não existe, porque nós não existimos. A percepção espiritual não é a perseguição de uma visão, conquanto possa ter sido santificada pela tradição. Ao contrário, é um espaço infinito onde o pensamento não pode penetrar".

– Quem sabe vamos acabar descobrindo como unir novamente os dois pergaminhos? Eles não podem ficar separados, disso eu tenho certeza. No meu sonho com Machu Picchu, os homens foram envolvidos pela energia dourada e penetraram no Sophirenka, e as mulheres, a prateada e penetraram no Katastasinka.

Laura presta atenção no marido, e está curiosa para saber mais:

– Por que será? Se as mulheres estão dentro do pergaminho, seja qual for o formato, o que vai acontecer ao terem sido separadas da energia dourada?

Cláudio explica, relembrando os acontecimentos anteriores:

– Os corpos dos casais foram separados quando se desintegraram, misturando cada elemento do corpo carnal à energia respectiva do Universo. Não sei qual o segredo que restou nos pergaminhos, entretanto eles devem se inter-relacionar de alguma maneira, e essa pode ser a nossa deixa para conseguir encontrá-lo.

– E os espíritos? – pergunta Ana Júlia.

– Os espíritos desapareceram, não sei para onde foram, mas com certeza não estão dentro dos pergaminhos.

– O Mago disse que eles não podem ser separados, porque isso traria malefícios, em vez de benefícios.

– Que tipo de benefícios e malefícios poderiam trazer?

– Se ficaram centenas de anos escondidos, será que estavam desativados e não produziam nada, ou que tipo de coisa os fez ficar inativos?

– Não conseguimos ler nada em nenhuma das páginas do pergaminho, no entanto ele projetou em nosso idioma duas frases diferentes.

Laura fica observando o diálogo entre os dois, era interessante a maneira como se entrosavam no trabalho, eles se completavam.

E os dois continuam, com Cláudio falando:

– Acho que eles mantêm toda a energia do corpo espiritual dos habitantes, é a única explicação para continuarem a existir.

– Corpo espiritual? – pergunta Ana Júlia.

– Sim, quando uma pessoa morre, a sua individualidade fica aprisionada nos componentes do corpo espiritual, junto com a mente, pois o corpo carnal se desintegra.

– Já ouvi algo dessa natureza.

– Só pode ser isso – reforça Cláudio.

Laura então participa dizendo:

– Você está querendo dizer que todos os moradores da cidade estão vivos dentro dos livros com seus corpos espirituais?

– Sim, é isso mesmo, eles são formados por energia, e é a mesma quando eles deixaram seus corpos materiais e penetraram no pergaminho.

O Sophirenka interrompe o diálogo emitindo novamente aquela luz dourada envolvendo os três. A aparência de todos se torna luminosa, brilhante, com uma tonalidade dourada. As mentes de Cláudio e Ana Júlia recebem mensagens da luz verde vinda do centro da nuvem esbranquiçada do pergaminho, enfatizando o perigo de o Katastasinka ser aberto:

"Ele pode trazer malefícios se for aberto quando está sozinho, pois a sua força se transforma e libera a energia negativa acumulada nos metais, e ela substitui a energia prateada".

Cláudio quer saber como isso é possível.

"As partículas de energia do corpo dos habitantes se desintegraram. O negativismo eliminado por eles durante a vida material, após a purificação, foi acumulado nos metais da tranca do Katastasinka. Cada um deles tem uma energia distinta e ela se projetará fortemente em quem forçar a abertura, causando delírios terríveis. E todos que se aproximarem do pergaminho serão sobrecarregados com a energia nefasta."

Ana Júlia pensa:

"Por que a diferença entre ouro e prata?"

A mensagem do pergaminho surge:

"Para o Universo não existe diferença entre ouro e prata, nem entre o diamante e o pedregulho, cada qual tem a sua função. Para a Natureza é tudo igual".

– Nossa! Ele adivinhou meus pensamentos...

Laura não sabe o que fazer, ela está completamente deslumbrada com toda essa informação, e maravilhada, pois tudo está vindo de um livro. No entanto, lamentando a situação, ela precisa continuar a sua rotina diária, e a contragosto deixa os dois trabalhando. Sai encantada com o progresso dos descobrimentos, mas preocupada com os novos acontecimentos, mas ela tem alguns afazeres na empresa e não pode deixar esses assuntos para depois.

Ana Júlia e Cláudio continuam recebendo as mensagens do pergaminho:

"Se o Katastasinka não for aberto corretamente, ele se tornará muito perigoso para quem estiver próximo".

– Quem roubou não conhece os segredos e vai tentar abrir de qualquer jeito. Precisamos achar rapidamente o pergaminho para juntá-los e escondê-los.

– Será possível esse pergaminho mostrar o lugar onde está o outro?

– Vamos tentar. Mas acho que ele não tem GPS...

Eles voltam à seriedade e começam a entoar o cântico, e na emissão da luz dourada condensa-se uma nova mensagem.

"A luz sem o seu reflexo nada pode conseguir."

– Eu acho que ele não pode fazer nada, está em nossas mãos resolver esse problema.

– O reflexo do Sophirenka é o Katastasinka.

– Só pode ser.

Enquanto isso acontece, Carlos na sua mansão passa a ter um aspecto horripilante, se transformando completamente, ao ter estimulado um tipo de energia vermelho-escura, e agora está sendo manipulado por ela. O local adquire uma tonalidade colorida de mesma intensidade. Os seguranças ficam mais fortes, com cara de poucos amigos. A energia degradante é intensa, todos são preenchidos por ela, sem qualquer controle pessoal.

Estão entregues nas mãos de Carlos, e este submisso aos poderes do pergaminho Katastasinka, preparado pela ruptura do cobre, deixando quem se aproxima dessa energia completamente dependente do seu poder.

A fria energia provoca arrepios, medo, entretanto ela oferece força e coragem para Carlos. O anfitrião recebe mensagens vindas da energia, e começa a elaborar planos para colocar em prática, todos eles voltados aos negativismos, além do seu conhecimento.

Esse tipo de energia negativa se mantém concentrada no fecho do pergaminho, a partir do momento em que os moradores de Machu Picchu se purificaram. Acumulada nos anéis de metais, cada qual com a sua função, e agora, como o único metal rompido foi o cobre, ela se manifesta em toda a sua intensidade.

Carlos começa a falar em um idioma completamente desconhecido, inclusive por ele mesmo. Sua mente absorve e projeta energia vermelho-escura, saindo um filete avermelhado para doutrinar alguma pessoa. Entretanto somente ele o vê, por ser completamente invisível para os demais.

A energia continua fluindo, a cada minuto torna-se mais forte, intensa, projeta-se no solo e forma redemoinhos ininterruptos. Diante de Carlos, os seus movimentos começam a se materializar, formando uma figura grotesca. Ela sai diretamente da capa do pergaminho reintegrando-se por meio dessa energia, no início sem qualquer definição, mas com a continuidade, ele pôde ver que é um animal rastejante, uma Serpente, de aproximadamente quatro metros de extensão, tendo uns 40 centímetros de espessura, é enorme.

A energia vermelho-escura continua em atividade, a todo o vapor, e enquanto a Serpente fica se movimentando nas ondulações do seu corpo, a energia vermelha começa a projetar um novo rodamoinho, e outro animal vai sendo formado por ela; assim como o anterior, termina com um animal feroz, um Puma, com dois metros de comprimento e aproximadamente 200 quilos.

Os animais têm olhos brilhantes, avermelhados, cores escuras, garras fortes e firmes, mostram-se agressivos.

Os dois animais se projetaram da capa do pergaminho sendo praticamente materializados diante de todos os presentes em verdadeiras feras, com olhar aterrorizante, mostrando muita agressividade na sua postura. O Puma rosna e solta grunhidos terríveis, a Serpente um silvo forte e penetrante, ambos se estabelecem diante do pergaminho, permanecendo ao lado de Carlos, protegendo-o.

Ele, ao ver os animais formados, sentiu medo, pois não sabia o que pretendiam fazer, até chegou a se afastar um pouco, com menções de correr para longe dali, no entanto, ao vê-los ao seu lado, quietos, o Puma à sua frente e a Serpente envolvendo seu corpo sem atingi-lo, ele compreende que o objetivo deles é protege não somente ele, mas o pergaminho também.

Assim, a sua mente passa a ser dominada pela energia vermelha em toda a sua intensidade. Recebe instruções e emite a informação aos seus capangas:

– Nós devemos capturar Laura, a esposa do Cláudio. Ao fazermos isso, ela será a nossa força nos dois mundos. Além dela, os escolhidos devem desaparecer para sempre, porque somente com esses feitos tudo se concretizará.

O objetivo de pegar Laura é quebrar a força entre Cláudio e Ana Júlia, em virtude do triângulo existente entre os três. Ao fazer isso o casal inca, Manco e Mama, desaparecerá para sempre, e em seu lugar vai ficar a Rainha Laura comprometida com o pergaminho Katastasinka.

– Seremos imbatíveis – diz Carlos.

O local continua completamente preenchido pela energia vermelho-escura. Entretanto, seu poder ainda não é total porque o Sophirenka precisa ser anulado, além de Cláudio e Ana Júlia desaparecerem, permanecendo apenas Laura.

Então, essa missão começa a ser colocada em prática por Carlos e seus capangas, cujo objetivo deve ser o de sair em busca das três pessoas e do Sophirenka. Ele terá poder total para transformar todas as coisas em riqueza, e ninguém conseguirá detê-lo ao lado de Laura e do Katastasinka.

O filete de energia avermelhado vai se projetando e, no seu avanço, segue na direção da cidade, onde se encontra o pergaminho Katastasinka, penetrando ao mesmo tempo em todos os habitantes dessa região. Até o próprio dia forma nuvens no céu, encobrindo o brilho do sol, mantendo o clima nublado e sujeito às tempestades de Carlos.

A energia penetrou, inclusive, nos seguranças e continuou pela rua preenchendo todas as pessoas pelas quais passa. Elas, como os capangas, adquirem um formato físico diferente do normal. A fisionomia se transforma, integrando traços fortes de negativismo, com rugas, mostrando estarem preenchidas por uma atividade intensa.

Os dois animais mantêm-se próximos do pergaminho vigiando-o e protegendo. São assustadores. A Serpente com o seu silvo penetrante, e o Puma e seu grunhido aterrorizante.

Por onde a energia passa, faz as pessoas manter um falso sorriso, mostrando uma fisionomia agradável para enganar as demais, no entanto, os olhos refletem a vibração negativa da agressividade. Elas estão sendo preparadas para agir contra todos os adversários de Katastasinka.

Carlos chama os capangas e pede para irem buscar Cláudio, Ana Júlia e o pergaminho Sophirenka, a pedido de Katastasinka. Não aceita qualquer falha na missão, com o risco de morte para todos os fracassados.

Ele não poderá deixar os dois pergaminhos juntos, e, se estiverem próximos, precisará afastar Cláudio e Ana Júlia dos dois, porque há o entrelaçamento entre eles e tudo se estabelecerá perfeitamente com o grupo unido.

Para concretizar a profecia, há necessidade de manter todos os três juntos, no entanto, Carlos deve impedir o casal de ficar repetindo as palavras mágicas diante do pergaminho, pois a força de ambos retornaria, e ele perderia completamente o controle sobre o Katastasinka, porque este se integraria ao outro.

Ele não sabe que esse seu aparente poder não vem do pergaminho, mas da energia acumulada no metal de cobre, que começou a se desprender, porque o lacre foi parcialmente rompido.

Os capangas saem rapidamente, bem armados e seguem novamente direto ao laboratório de Cláudio, sem qualquer possibilidade de voltarem com as mãos vazias. Ali é o local onde provavelmente eles estarão trabalhando.

No laboratório, em meio à energia dourada, e às folhas esbranquiçadas, o pergaminho Sophirenka capta um ligeiro sinal do outro pergaminho, e passa a projetar imagens dele sobre uma mesa. Eles veem uma fumaça avermelhada saindo de um dos metais, mostrando apenas os acontecimentos dentro da mansão de Carlos, sem conseguir saber onde ele está, pois não o conhecem.

Sentindo que estão em perigo, Cláudio e Ana Júlia resolvem deixar o local e fugir para algum lugar mais seguro, até conseguirem resolver o problema do momento.

Sem perder mais tempo, saem rapidamente do laboratório, levando o pergaminho consigo, e se refugiam na casa de um amigo. Na trajetória, Cláudio liga para Laura, e lhe pede para não voltar para casa em hipótese alguma, pois os capangas de Carlos poderiam estar atrás deles, para pegá-los.

Laura fica apavorada com a situação. Não pode deixar a empresa nesse momento, fica com medo de sair e ser pega como refém, para forçar o marido a ir buscá-la ou alguma coisa desse tipo. Mil ideias surgem na sua cabeça sobre possibilidades, e ela sofre muito por esse motivo.

Cláudio e Ana Júlia se refugiam na casa de um amigo, sabem que não podem permanecer ali por muito tempo, para não comprometê-lo. Então perguntam se ele tem algum lugar onde possam se esconder até poderem controlar as coisas. O amigo Júnior liga para várias pessoas e acaba conseguindo uma casa, um sítio, em uma região florestal.

Fornece o endereço para Cláudio, ele agradece, e sai rapidamente dali levando Ana Júlia ao seu lado. Durante todo o percurso eles olham no retrovisor do carro, ou ela olha pela janela de trás do veículo para ver se não tem ninguém seguindo os dois.

Após uma jornada de 40 minutos eles chegam a uma casa isolada, com muita vegetação ao redor e um lago na parte de trás. Descem do carro, pegam todas as coisas que trouxeram, escondem o carro na garagem para ninguém ver e entram rapidamente, sem perder tempo.

Nem mesmo os pássaros fazem qualquer barulho nesse momento, fazendo os dois se lembrarem desse tipo de acontecimento durante a jornada quando estavam em perigo, tudo parece contribuir para a dupla se esconder.

Eles se acomodam um em cada quarto, colocam as poucas peças de roupas que trouxeram e voltam para a sala com o livro Sophirenka. Estão assustados com a situação, contudo sabem dos acontecimentos por meio das imagens projetadas pelo pergaminho.

Fazem o coro das duas palavras para saber das novidades, no entanto não tem muita coisa nova além da expectativa de ficarem bem escondidos até as coisas melhorarem. Ana Júlia ainda parece não acreditar muito no poder do pergaminho.

– Se esse pergaminho tem poder, poderia nos mostrar como conseguir o outro de volta e acabar com o domínio daquele homem.

– Acredito nisso. Entretanto, não tivemos tempo de assimilar completamente os ensinamentos dele. Estamos engatinhando sobre a maneira como ele funciona.

– É verdade! Sabemos pouca coisa, apenas como destravar a tranca, só isso.

– Ele age por si mesmo em certos momentos.

Param essa sequência da conversa e voltam a entoar o cântico. Quando estão fazendo isso, a energia dourada começa a sair do pergaminho. Ele está fechado, e eles veem se projetar da capa, a partir dessa força energética, algo se materializando passo a passo, até formar a figura de um Condor. Em movimentos ondulatórios e brilhantes, a energia vai dando forma a essa imagem, fazendo surgir a ave dourada, cuja cor vai se modificando até chegar ao tom original do Condor andino.

Ele tem aproximadamente três metros de altura, quase não cabe no local. Ele grunhe, tem garras afiadas, e a abertura das asas preenche todo o espaço além da possibilidade das paredes do local resistir, se ele insistir em abrir totalmente.

Os dois se retraem com medo da ave, da sua imensidão, pois as suas proporções são maiores que as tradicionais, ela pia fortemente. Abre as imensas asas de novo, solta um forte grunhido e reaparece do lado de fora da casa. Ali ela aumenta mais um metro de altura, com uma envergadura das asas abertas, tem cerca de oito metros. Logo em seguida ela sai voando por cima das árvores, desaparecendo completamente da vista dos dois que saíram para ver o que ela ia fazer. Eles ficaram esperando a ave fazer algo para ajudá-los.

– O que será que ela vai fazer, Cláudio? E aonde foi?

– Assustei-me quando ela fez menção de abrir aquelas imensas asas, ela ia derrubar tudo aqui dentro.

– Com certeza ela vai procurar o outro pergaminho...

– Pensei que ela ia ajudar a gente. Agora foi embora...

– Acredito que não foi embora, mas deve ter ido fazer alguma coisa a pedido do pergaminho.

– Pode ter saído para descobrir onde está escondido o outro. Temos a imagem dele e daquela energia saindo, mas não temos o endereço nem sabemos o nome daquele cara.

Ana Júlia relembra sobre as suas leituras e diz:

– O Condor representa o mundo Divino Espiritual para os andinos, portanto deve haver algo mais.

Eles não sabem que Carlos está com a Serpente e o Puma, os outros dois animais sagrados dos andinos, representando os apegos humanos, da negatividade.

Entram novamente na casa, folheiam o pergaminho e, como das outras vezes, não encontram nada diferente escrito nas suas páginas. Há uma ligeira frustração, ainda não conseguem ver os escritos, ou então nada existe escrito nas folhas.

Essa situação não demora muito tempo, logo em seguida a esse pensamento de frustração, eles começam a perceber um artefato extra em seus corpos, e dessa maneira a visão de ambos se modifica dos olhos carnais para os olhos astrais, o terceiro olho. Eles parecem ter recebido algum tipo de dom conseguindo ver além dos olhos carnais.

Olhando para as coisas ao redor veem algo maravilhoso e espantoso ao mesmo tempo, observam a energia das coisas materiais. Ao redor de cada objeto material há um colorido exuberante, como se fosse uma auréola, envolvendo-os.

– Acho que o pergaminho continua treinando a gente, mesmo nesta situação adversa.

– Estou vendo além do alcance dos meus olhos.

Eles veem a energia que envolve as árvores, as flores, a água, tudo ao redor. A força energética das coisas vivas cerca cada ser, formando uma verdadeira aura em volta delas. Ela vibra intensamente, fornecendo vida, energia, e isso acontece com muita sabedoria.

Pela primeira vez, ao olhar para o pergaminho, eles veem algo diferente, que os olhos carnais não podem ver. Em cada página aberta conseguem ver o Condor voando como se eles estivessem diante de uma tela de cinema em terceira dimensão.

Aquela visão é apenas a projeção da energia envolvendo a ave, não a ave material. Apesar do perigo do momento, conseguem apreciar aquela visão maravilhosa, na qual toda a energia se movimenta, preenchendo o corpo da ave e estimulando a continuidade do seu voo.

A imagem é gratificante, permanecem acompanhando aquela visão, ansiosos para saber aonde ele está indo. O enorme Condor desloca-se, buscando com a sua visão de longo alcance, telescópica, vasculhar toda a área por onde sobrevoa. Ele solta grunhidos de tempos em tempos, podendo ser ouvido pelas pessoas, no entanto ninguém o consegue ver pela altura do seu voo.

Enquanto isso, os capangas de Carlos chegam e invadem a casa de Cláudio, vasculham tudo ali dentro sem encontrar nada nem ninguém, depois seguem para o laboratório, destroem o que podem, e nada, nenhum sinal do pergaminho, nem dos três.

Um deles faz uma ligação ao chefe falando sobre os acontecimentos. Carlos não fica feliz com esses detalhes, grita com os capangas que eles são incompetentes, vira-se para a Serpente e dá ordem para encontrá-los.

O réptil diminui o seu tamanho e sai rastejando pela mansão até chegar à saída, continuando a sua caminhada, escondendo-se por entre as sombras das árvores, muros, casas, etc. Ela tem a sensação de sentir a materialização do Condor, e se isso ocorreu de verdade, a coisa vai ficar séria quando se encontrarem.

Ela precisa tomar muito cuidado para não ser localizada. Por meio da sua sensibilidade na língua, rastreia a região buscando encontrar algum caminho da energia do pergaminho Sophirenka. O Condor em seu voo alvissareiro faz o mesmo buscando o Katastasinka.

Os animais se cruzam num mesmo ponto de coordenadas, porém, em virtude da distância entre ambos, um no voo, e o outro rastejando camuflado por sombras, ambos ficam impedidos de se avistarem.

A Serpente continua rastejando, movendo seu corpo em ondulações rápidas, arrastando-se pelo solo, partindo rumo a uma determinada direção onde a sua sensibilidade notou uma sensação suspeita, podendo ser a presença dos procurados.

Pelo caminho, várias pessoas atingidas pelo filete vermelho-escuro do cobre a protegem, impedindo-a de ser vista pelas pessoas. Em pouco tempo, a Serpente confirma sua suspeita, sentindo a presença do outro pergaminho, e se dirige para a local com a finalidade de conseguir obter êxito, ou tirar as dúvidas se eles estão realmente nesse ponto.

Embrenha-se por entre as árvores e, ao chegar à floresta, já sabe do Condor sobrevoando a região, no entanto acredita que ele está longe dali e continua a se esgueirar, protegida pela escuridão da noite, e da ave, cuja visão telescópica é precisa com campo livre.

A caminhada agora não é tão fácil, porque o Condor está observando do alto, apesar de seguir a pista do pergaminho Katastasinka, sua visão abrange uma região imensa, então a Serpente procura esconder-se em determinados momentos, pretendendo sair do seu esconderijo somente quando estiver mais escuro e houver a possibilidade de não ser avistada pela ave.

Ela, apesar de não ver o Condor, sente a sua presença em virtude de sempre terem estado juntas. Conhece a profecia dos pergaminhos, pois se pegar o Sophirenka, o Condor nada poderá fazer. Fica aguardando o momento certo para sair novamente partindo na direção indicada, e o faz por entre as sombras da escuridão. O luar ilumina todo o lugar, mas entre as árvores há o bloqueio da claridade, formando o contraste entre luz e sombra, impedindo uma visão perfeita, mesmo do Condor.

A Serpente representa o apego do ser humano às coisas materiais, e o Puma, os desejos materiais ilusórios.

O Condor não é tão preciso para superar obstáculos, por não ter visão de raios X, principalmente quando a sua caça fica escondida entre as árvores do local. A Serpente continua sua análise pela língua e chega bem perto da casa onde a dupla se encontra. Ela movimenta a língua colocando-a para fora da boca, buscando sentir qualquer presença além de Cláudio e Ana Júlia.

Confirma a presença dos dois e do pergaminho, então emite um silvo inaudível para o ser humano, mas o Puma e o pergaminho o sentem, reconhecendo que ela encontrou os procurados.

Entretanto, o Condor também ouve o som e faz meia-volta para o voo de retorno à casa da floresta. Não sabe se conseguirá chegar a tempo.

O Puma avisa Carlos ao receber os silvos da Serpente e retransmite a mensagem, pois ela encontrou os procurados, e o faz com alguns rosnados, os quais ele sem saber por que compreende perfeitamente. Os capangas ainda estavam vasculhando a casa de Cláudio quando receberam o telefonema de Carlos para aguardarem no local e seguir o Puma que já estava indo na direção deles.

Os capangas pegam o carro, logo em seguida chega o Puma, e eles conseguem segui-lo com muita dificuldade, por não ter a mesma facilidade de se locomover num automóvel como o animal solto pelas ruas.

A Serpente continua procurando uma entrada e, após minuciosa procura, encontra um sótão atrás da casa, próximo ao lago, onde tem uma abertura pequena com uma portinhola, o suficiente para ela poder passar. Entra se movimentando por entre os objetos largados ali dentro sem tocá-los.

Cláudio e Ana Júlia estão com o pergaminho Sophirenka fechado, aguardando alguma novidade, no entanto ninguém além deles sabe onde se encontram nesse momento. Estão concentrados na última visão criada pelo pergaminho com a energia avermelhada, e a energia do Condor sobrevoando a região. Quando a Serpente saiu da casa, a ave ainda não havia encontrado esse local, portanto não tem qualquer informação sobre ela; não percebem o perigo que estão correndo continuando ali dentro.

O filete escuro projetado pelo Katastasinka continua seguindo sua rotina de conseguir seguidores, envolvendo todos que encontra pelo caminho. Eles precisam proteger o Puma e a Serpente na volta, junto com os capangas orientados por Carlos, além dos objetos da sua busca.

Após algum tempo correndo pelas estradas, todos eles chegam perto da casa, o Puma acomoda-se num espaço distante desta para não ser visto. Os capangas fazem o mesmo e param o carro nesse lugar para continuarem disfarçados, saem do veículo e caminham armados para realizar o evento a eles determinado.

Ficam aguardando do lado de fora, escondidos por entre objetos e coisas onde possam ficar camuflados aguardando o momento certo para entrar. A Serpente sentindo o Puma próximo de si começa a se arrastar novamente, até chegar à sala onde Cláudio e Ana estão.

O Sophirenka está fechado nesse momento, ficando impedido de sentir a presença da Serpente, cujo objetivo vai ser o de aplicar uma dose de sonífero em ambos, não mortal, mas o suficiente para ficarem inativos até chegarem à mansão do Carlos. Assim, estando desacordados eles não podem reagir, facilitando o transporte.

O Condor faz uma vistoria completa na região, quer encontrar o esconderijo do Katastasinka, antes de voar rapidamente tentando conseguir chegar a tempo de salvar todos eles, no entanto, ainda está muito distante. Na sala, Cláudio e Ana Júlia olham para todos os lados, sentem algo obscuro no ar, a noite fria os faz se agasalhar, todavia, sem noção do que está por acontecer, ficam aguardando alguma coisa do pergaminho.

A Serpente diminui de tamanho, passa por baixo do sofá da sala, em seus movimentos silenciosos, e sai no local exato onde os dois acabaram de se sentar. Ela vê o calcanhar da perna de Cláudio, vai até ele e pica o lugar, ele dá um gemido de dor, sem saber o que houve, leva a mão no tornozelo e desmaia. Quando Ana Júlia, assustada, procura saber o que aconteceu, a Serpente faz o mesmo com a sua perna, e em poucos segundos os dois estão completamente desacordados.

A Serpente solta um grunhido, o Puma se agita e leva os capangas para a porta de entrada seguindo o movimento do animal, chutam a porta abrindo-a, entram, pegam os dois, amarram e os levam até a porta, enquanto um deles traz o veículo para facilitar o carregamento da dupla.

Um dos capangas sai em busca do pergaminho e o encontra escondido em uma das gavetas. Ele pega, esconde em uma sacola que encontra e corre para o automóvel, esperando receber elogio do chefe por ter conseguido realizar o objetivo.

Na empresa, Laura continua trabalhando, atarefada com os seus afazeres profissionais, quando em determinado momento tem uma sensação desagradável de as coisas não estarem indo bem com o marido e a amiga, assim resolve ligar. O telefone do laboratório toca diversas vezes sem ninguém atender. Então ela tenta o celular dele, e nada. Ouve o toque por diversas vezes até surgir uma mensagem para deixar recado. Ela fica mais apavorada sem saber ao certo o que está acontecendo. Faz uma ligação para a polícia, no entanto, como não há provas, pouco podem fazer.

Como último recurso faz uma ligação para William, por estar interessado nessa causa, com certeza vai ajudar em alguma coisa. Ao atender, ela conta chorando sobre os acontecimentos, está desesperada, dizendo que ninguém atende ao telefone, nem celular, nada de informação dos dois. Ele faz o possível para consolar Laura:

– Calma, Laura, quem sabe estão concentrados no pergaminho. Quando estão concentrados não prestam atenção em mais nada.

– Tenho certeza de que eles não estão em casa.

– Vou sair agora e no caminho eu pego você, vamos juntos ver o que está acontecendo.

William sai da sua casa levando dois automóveis para carregar consigo os seguranças. Dirigem em alta velocidade até chegar à empresa de Laura para pegá-la. Ela sai apressadamente quando o vê, em seguida entre seus comentários de desespero, eles continuam em direção à casa dela. Chegam depois de algum tempo dirigindo rapidamente pelas ruas da cidade, descem do carro, os seguranças saem primeiro certificando-se de não ter ninguém esperando por eles. Verificam rapidamente a região do jardim em busca de alguém escondido, como nada é encontrado, William e Laura saem do carro.

Ao entrar na mansão veem tudo revirado, a casa completamente bagunçada, os móveis jogados no chão, assim como papéis, peças, todas foram espalhadas e quebradas. Correm até o laboratório imaginando o pior, não encontram nenhum dos dois ali dentro, além da bagunça e das coisas quebradas como no restante da casa.

William diz para Laura:

– Só nos resta tentar ligar para os amigos de Cláudio, vamos ligar para todos, quem sabe eles estão na casa de alguém?

– Se ele fez isso, por que não me avisou?

– Ele deveria estar com medo de alguém ter colocado escuta e pegar você no caminho.

Laura começa a ligar para os amigos, tentando encontrar alguém com qualquer informação sobre os dois. Após várias tentativas, encontra um deles, o Júnior, que diz ter emprestado a casa da floresta para Cláudio, ela anota o endereço e todos seguem rumo ao local.

– Eles fizeram muito bem. Se tivessem ficado por aqui já estariam presos, ou mortos por quem fez isso – diz William.

Laura sai com ele e os seus funcionários rumo ao endereço que está em suas mãos. Levaram cerca de meia hora para chegar ao lugar indicado. Quando estão mais ou menos perto, conseguindo ver apenas o telhado da casa, eles desligam os faróis, estacionam o carro e saem dividindo-se em grupos de dois, para conseguir cercar a casa toda, impedindo qualquer fuga.

Todos se colocam nos seus postos, prontos a invadir o lugar, no entanto, ali dentro parece haver um silêncio absoluto, mesmo assim, William, cauteloso, vai com calma, e quando está bem próximo da casa dá um sinal e todos a invadem ao mesmo tempo, ele e um dos seguranças pela porta da frente, outros dois pelas janelas e o quarto pela porta dos fundos.

Entram com a arma em punho olhando em todas as direções, descobrem que ali dentro não tem ninguém. Mesmo assim continuam agindo de maneira precavida evitando surpresas desagradáveis.

Após vistoriar todas as dependências da casa, verificam que ela está completamente vazia, sem nenhum sinal de alguém ter ficado ali na última hora; William vai até o veículo e fala para Laura que não há ninguém lá dentro. Ela fica completamente desesperada rezando para encontrar o marido e a amiga com vida.

Eles encontraram apenas as duas mochilas jogadas no chão. Laura se desespera ainda mais.

– Será que eles mataram os dois?

– Calma, não há qualquer vestígio de luta por aqui, nem sangue, é sinal de que levaram os dois com vida.

– Ele pediu para eu ficar na empresa aguardando alguém vir me buscar, fiquei esperando por muito tempo, como não apareceu ninguém, liguei para você.

Um dos capangas de William, que está do lado de fora procurando alguma coisa com uma lanterna, grita chamando-o. Ele corre até lá e vê uma trilha, ficam sem saber se é de alguém sendo arrastado, ou se é de algum animal bem grande que se arrastou pelo chão, em volta da casa.

Eles fazem a mesma trajetória daquela trilha indo diretamente até a entrada do sótão. William manda um dos seguranças ir por dentro até o porão verificar se existe mais alguma coisa.

Eles descem por aquela pequena portinhola, outros vão por dentro, vasculham tudo e não encontram vivalma além deles.

Laura continua chorando desesperada, William a ampara nos braços procurando confortá-la, e todos ficam desanimados, ainda dentro da casa.

– E agora?

– Quero todos procurando alguma coisa, alguma pista que nos leve até eles. Devem ter deixado algo caído em algum lugar.

O Condor finalmente começa o voo da volta para o sítio, infelizmente, agora já era tarde demais para impedir o sequestro de Cláudio e Ana Júlia.

A ave, ao chegar, sente a presença de Laura, se aproxima da casa batendo fortemente as asas, fazendo enorme barulho, solta grunhidos fazendo-os sair para ver o que estaria acontecendo. Ao ver aquele enorme animal, eles ficam amedrontados, os seguranças apontam suas armas para a ave, permanecendo no aguardo de algum sinal de William para abatê-la.

Entretanto, as tentativas de seguir o Condor não são tão fáceis. Eles nem mesmo sabem quem é essa ave, ou qual o objetivo de ela estar ali fazendo todo aquele barulho infernal. Ficam com medo do tamanho dela, sem compreender, e os seguranças miram suas armas para matá-la.

Laura, ao lado de William, começa a sentir uma sensação diferente ao ver o Condor olhando fixamente em seus olhos. Ela sente muita vibração positiva, e mesmo sem saber o motivo da sua sensibilidade, resolve pedir para eles baixarem as armas.

– Como assim? – pergunta William. – Ela parece estar querendo atacar a gente. Precisamos nos defender...

– Não acredito nisso. Ela está tentando dizer alguma coisa, não quer nos atacar. Se quisesse isso, já teria feito.

– Nesse ponto você tem razão, entretanto, como vamos saber se você está certa?

Laura sem perder tempo se desvencilha das mãos de William, que procurava protegê-la, e vai em direção do Condor. Ele tenta segurá-la, sem conseguir, e recua com medo do que possa acontecer.

Laura continua se aproximando com a mão direita estendida para frente em direção ao Condor, e quando a ave percebe que está conseguindo algo, ela fecha as asas, abaixa a cabeça e fica quieta, sem mover nenhum dos seus músculos. Apenas seus olhos continuam observando Laura e o seu entorno.

Ao chegar bem perto, o Condor abre as asas, Laura recua, mas não se afasta muito, e volta novamente a caminhar na direção da ave.

Laura, enquanto se aproxima, fala com a ave:

– Venha, querida, estamos com você, não sabemos a sua intenção, mas sei que não é agressiva.

Ela olha para cima para conseguir ver a cabeça do Condor, e este curva seu corpo, permitindo que Laura acaricie as suas penas. Nesse momento, todos têm a certeza de ela estar ao lado deles, por algum motivo, o detalhe agora é tentar saber o que ela quer...

Mansamente o Condor se recupera, voltando à sua pose inicial, cabeça levantada, os grunhidos fortes, ela abre as asas e fecha lentamente, direcionando para Laura.

– Parece estar querendo dizer alguma coisa, não é agressiva, apesar de aparentar – diz William.

– Você, avezinha, sabe dizer onde está o Cláudio e a Ana Júlia?

Nesse momento o Condor fica agitado, bate as asas fortemente quase jogando Laura para longe dali. Ela volta ao normal logo em seguida e todos compreendem que o Condor quer ser seguido por eles, pois deve saber onde os demais estão. Ele alça voo e volta, grunhindo sempre.

– Vamos segui-lo, só pode ser isso. Ele deve saber onde eles estão.

A ave grunhe como se aprovasse as palavras de Laura, abre as imensas asas, fecha novamente, e fica sobrevoando o local aguardando-os. Eles finalmente compreendem o recado, correm para os carros e um deles fica olhando para cima com a cabeça para fora da janela para saber a direção exata do Condor.

No comando de William todos estão prontos para seguir a ave, nesse momento ela deixa de voar em círculos e segue a direção exata, para mostrar o lugar onde eles estão presos.

Voltando à casa de Carlos, ele está aguardando a chegada dos prisioneiros, para o início e o fim do sacrifício, seu grande sonho de obter sucesso na operação.

O veículo onde estão os seus capangas em alta velocidade chegou há algum tempo na mansão, frearam estacionando de qualquer jeito, desceram, abriram o porta-malas e tiraram os dois ainda desacordados, carregando-os e colocando-os em uma salinha, nos fundos da casa. Deixaram-nos deitados no chão, amarrados. Saíram desse local e correram até o chefe para informar o sucesso da operação. Carlos ficou completamente feliz com a notícia:

– Finalmente consegui.

No entanto, para ter certeza, ele quer ver Cláudio e Ana, e saber se é verdade que conseguiram pegar as pessoas certas. Vai até a salinha onde estão amarrados, abre a porta e os vê ainda desmaiados. Fica imensamente feliz.

– Agora, ninguém me segura.

Ele pergunta aos capangas onde está o pergaminho, e um deles o retira da bolsa onde escondera, entregando-o em suas mãos. Carlos não pretende colocar os dois pergaminhos lado a lado.

Preciso apenas esconder este desses dois idiotas, num lugar onde ninguém vai conseguir encontrar.

Ele volta ao salão onde acontecerá a sua transformação, começa a comandar os capangas no intuito de preparar a mesa e os demais utensílios para fazer o ritual desse crepúsculo, o sucesso total tão cobiçado. Tudo transcorre como o esperado, já viu os dois, agora falta apenas esconder o outro pergaminho. Por esse motivo, repleto de ansiedade, alegria e esperança, ele não vê a hora de a profecia se realizar.

Nesse ínterim, Cláudio e Ana Júlia começam a acordar, com dores de cabeça, não sabem o que aconteceu com eles, muito menos onde se encontram. Eles continuam amarrados.

Cláudio, atordoado, pergunta:

– Nossa! O que aconteceu?

Ana Júlia ainda meio desacordada, diz:

– Não sei. Senti uma picada na perna quando fui acudi-lo, pois vi você desmaiar, e só acordei agora.

– Eu também senti uma picada na perna. O que pode ter acontecido, e onde estamos?

– Aqui na minha perna há dois furos, parecem ter sido feitos por alguma cobra ou coisa parecida.

Eles não conseguem muita coisa por estarem amarrados, como ela está de vestido consegue ver a marca na sua perna.

Voltando ao Carlos. O Katastasinka está com o anel de cobre rompido, e o Sophirenka permanece fechado e travado, porque os prometidos não se encontram presentes na sala.

– Finalmente! Agora, o sucesso vai ser total.

Carlos levanta o pergaminho com as duas mãos, e seu semblante é de total felicidade.

Cláudio e Ana Júlia têm apenas as pernas livres, levantam e começam a procurar alguma saída ou algo para cortar aquelas cordas. Eles examinam toda a pequena sala onde se encontram em busca de uma saída, a porta está trancada por fora. Não há uma janela por onde poderiam fugir. Cláudio vê a câmera, se aproxima, fica olhando sem qualquer tipo de resposta, após perguntar por diversas vezes o que eles querem.

Do outro lado, em um monitor, um dos capangas vê os dois, como não tem som, não sabe o que ele está falando e fica dando risada da situação.

O tempo vai passando e nenhum movimento diferente acontece naquela salinha. Cláudio e Ana sentam em uma cama colocada ali dentro, e ficam tentando se desamarrar, mas é tudo em vão. Pensam em se comunicar com o livro ou com o Condor. No entanto, nenhum sinal do pergaminho, nem da ave.

Com os dois pergaminhos nas mãos, Carlos foi avisado de que o efeito do sonífero passou e os presos acordaram. Apressadamente, ele deixa o que está fazendo e se dirige ao local para vê-los acordados, levando o Sophirenka consigo.

Nem sabe como eles agirão ao vê-lo. Ele manda um dos capangas colocar uma mordaça na boca de ambos, para não falarem nada, com medo de eles ativarem o Sophirenka. Em seguida, entra na sala onde estão os monitores e observa pela câmera colocada na salinha onde os dois se encontram. Fica rindo da situação e aguardando novas ordens do pergaminho.

– Então são eles! Maravilha! Vamos até lá. Quero vê-los novamente, agora que estão acordados.

Sai com dois capangas, deixa o pergaminho sobre a mesa onde estão os monitores, ao chegar à sala, abre a porta, Carlos entra e fica olhando e rindo dos dois.

Cláudio tenta falar alguma coisa, sem conseguir em virtude da mordaça.

– Quer falar? Não interessa! Quem manda aqui sou eu.

Novamente os grunhidos de Cláudio não assustam Carlos, que fica rindo.

— Pena! Ela até que é bonitinha... É uma pena ter de acabar com vocês.

Cláudio faz menção de partir para cima de Carlos, mas as cordas amarrando suas mãos o impedem de fazer isso.

— Foi difícil descobrir onde você morava, mas como o seu amigo começou a falar do tal sonho, eu fiquei ligado para saber mais detalhes dos pergaminhos. Assim, acabei descobrindo que o William havia contratado vocês para encontrarem os livros. Fizeram um bom trabalho. Agora, sem vocês e o outro pergaminho, não vão poder fazer nada... Não queria os dois, só o Katastasinka. No entanto, preciso do outro pergaminho para eliminá-lo, caso contrário, ele vai atrapalhar os meus planos.

Carlos manda um capanga tirar a mordaça de Cláudio, quer ouvir as suas últimas palavras:

— É perigoso demais mexer com o pergaminho sem saber como fazer...

— Ele já está sob o meu poder.

— É você quem está sob o poder daquela energia avermelhada...

— Como sabem da energia?

— Vimos por meio do Sophirenka, ele disse que é perigoso mexer com ela.

— Tolice. Agora só preciso da sua esposa, ela vai ser a Rainha das Trevas.

— Não faça isso! Você está caindo num precipício e não vai saber como subir de volta.

— Bom, chega de conversa mole. Um ótimo fim de semana para vocês dois. E até qualquer dia em outra encarnação. Se ela existir!

A mordaça é colocada novamente em Cláudio, que tenta inutilmente reagir. Carlos volta ao local onde deixou o Sophirenka para escondê-lo definitivamente.

— Agora o poder é meu. Sem aqueles pentelhos ninguém vai conseguir abrir o pergaminho, e nós dominaremos tudo com o Katastasinka.

Vou colocar esse aqui num lugar onde ninguém vai encontrar.

Esconde o pergaminho Sophirenka no porão da sua casa, colocando-o em um baú com dois cadeados e, depois, dentro de um armário, com outro cadeado, e volta ao salão para fazer o ritual.

O Puma, até então deitado aos pés do Katastasinka, levanta, sai caminhando suavemente, dirigindo-se ao quarto onde Cláudio e Ana Júlia estão. Senta diante da porta e fica de sentinela, com a finalidade de impedir a entrada de alguém ou a saída dos prisioneiros.

Cláudio e Ana Júlia sentados na cama estão sem se alimentar desde a hora do almoço, com sede e fome, no entanto ainda estão meio atordoados, e como o sono prevalece, acabam adormecendo, ainda sob o efeito da picada da Serpente.

Durante o sono ele sai de seu corpo, como nos sonhos, conseguindo se comunicar com o Condor, informando sobre o lugar onde eles estão.

O Puma do lado de fora do quarto rosna e fica agitado, sentindo a energia dessa comunicação. Ele corre até a Serpente e juntos se dirigem ao Katastasinka, cuja sensibilidade já captou a comunicação.

Prevendo esse acontecimento, a Serpente emite seu silvo sonoro atingindo todas as pessoas envolvidas pela energia escura, fazendo-as se dirigir à casa de Carlos. Elas vão cercando o local, não deixando nem um vão vazio sequer, impedindo assim qualquer entrada não desejada.

A situação vai ficando cada vez pior. Cláudio desperta e cutuca Ana Júlia. Ela acorda assustada. Ele, sem poder falar, fica pensando nesse sonho:

"É isso mesmo! Creio que temos proteção dos Incas por meio do pergaminho Sophirenka. Entretanto não compreendo. Por que ele não age se tem tanto poder, e vive dando algumas dicas para sairmos das enrascadas por nós mesmos?"

"Por que nos aprisionaram? Não temos nada de tanto valor, a não ser o dinheiro que recebemos, por sinal, a essa altura nem sei onde ele está!"

Finalmente ele consegue tirar a mordaça da sua boca, e faz o mesmo com a do Ana Júlia, mordendo o tecido e puxando para baixo. A seguir, diz a ela:

– Nem sabemos por que fizeram isso...

Eles tentam gritar para ver se há alguém por perto, entretanto ouvem apenas o rufar do Puma que voltou, sem saber ao certo o que é aquilo – Ana pergunta.

– Nossa, que coisa horrível. O que será isso? Ana pergunta.

– Não sei dizer, é algo forte, atemorizante. Parece que está do lado de fora dessa porta.

– Também acho.

O Condor finalmente chega perto da mansão, olha em todos os cantos, busca alguma brecha por entre as pessoas cercando a propriedade e tenta qualquer detalhe sobre os pergaminhos. Ele vê aquela energia vermelho-escura e sabe de onde vem. Alguém rompeu o anel de cobre, liberando-a.

O automóvel segue em alta velocidade com um dos seguranças de William olhando com um binóculo para o céu, seguindo a ave, ele a vê parada no ar, está próxima de uma imensa nuvem escura. Ele mantém a cabeça fora do carro, para não perdê-la de vista.

Laura também está no carro tentando observar o trajeto da ave pelo vidro traseiro, para não se perderem, e a cada momento acredita estar sendo levada até o marido e os pergaminhos.

O cerco está se fechando, todos estão se encaminhando diretamente para o mesmo lugar; somente ao passar em frente da mansão, eles percebem uma verdadeira multidão cercando-a. Desconhecem o motivo, mas quase têm a certeza de esse ser o local onde estão todos eles.

Mesmo assim, eles continuam observando o Condor, agora com uma visão melhor daquela casa, a intensa energia vermelha direcionou o voo da ave corretamente para onde se encontram os pergaminhos e os escolhidos. Ele segue procurando a fonte daquela e energia, pois toda a cidade está sendo escondida por ela.

Carlos, envolvido completamente pela energia do Katastasinka desde o rompimento do anel de cobre, torna-se mais egoísta a cada momento. Assim como todos os demais que, sob o seu poder, apenas desejam conseguir todas as coisas para si, se apossando dos pertences dos seus seguidores. Alguns trazem os seus pertences mais valiosos e saem em grupos para buscarem muito mais. Enquanto a maioria fica rodeando a casa, vigiando-a para impedir os intrusos de entrarem.

Como ele escondeu o Sophirenka num baú trancando com dois cadeados dentro do armário, permanece tranquilo, porque espera que não o encontrem antes de ele terminar o ritual macabro. Acredita estar seguro ali dentro, principalmente pela presença dos animais.

Carlos pensa, refletindo sobre o pergaminho Sophirenka:
"Ele nunca vai escapar daqui, só o Katastasinka importa, o outro perderá toda a sua força. Agora tudo vai ser meu, esse pergaminho sem a dupla de idiotas não vai conseguir me impedir de dominar todas as coisas ao meu redor, ainda mais com estes dois guardiões, o Puma e a Serpente".

Carlos desconhece completamente a força dos pergaminhos, acredita apenas nas suas concepções sobre ele.

O bairro está completamente dominado pela energia vermelho-escura. Nenhum ser humano consegue eliminar essa energia de seu corpo, nem mesmo pensa nisso, pois desconhece o que o está dominando.

Finalmente o Condor vê o local onde há muitas pessoas paradas em volta da casa, sem fazer praticamente nada, aquilo chama a sua atenção, a energia rodeando essas pessoas, tem a certeza de ela ser expelida por Katastasinka e do *modos operandi* do metal de cobre do mal. Ele fica por instantes batendo as asas sem sair do lugar com o objetivo de fazer Laura compreender que encontrou Cláudio e Ana Júlia e, ao mesmo tempo, espalha a fumaça da energia.

Laura sorri, com o caminho livre da fumaça espalhada pelo Condor, ela fala para William que a ave os encontrou. O motorista estaciona o carro um pouco distante para não serem reconhecidos. Eles saem sorrateiramente, aproveitando a escuridão da noite sem luar. Ninguém os vê.

A ave os protege do filete vermelho, para não serem contaminados por ele. William fala sobre a situação, sem saber da proteção da ave, impedindo-os de serem contaminados pela energia vermelha do pergaminho.

Conseguir chegar ao local é uma coisa, mas entrar vai ser bem difícil, eles veem todo aquele número imenso de pessoas cercando a mansão, paradas e atentas a qualquer movimento diferente.

O Condor, vendo a dificuldade para chegar até a casa, precisa agir urgentemente e liberar a passagem, então bate as asas e mergulha em direção ao jardim pousando no centro, fica grunhindo fortemente chamando a atenção sobre si.

William, vendo aquele voo direto no jardim, compreende a finalidade da ave:

– Está chamando a atenção de todos sobre ela, procurando liberar o caminho para a gente passar. Muito inteligente.

Eles ficam atentos, aguardando a oportunidade e a brecha para entrar na mansão.

O Puma e a Serpente, ouvindo o grito do Condor, levantam-se, enrijecem a musculatura do rosto, armando-se para uma horrenda batalha, pois estão sentindo a presença da gigantesca ave. Preparam-se e saem rapidamente daquele local, correndo na direção do jardim.

A cena é dantesca, três monstros enormes soltando seus cânticos de guerra, estudando-se para atacar. Qualquer descuido de um deles é a morte. Em virtude do tamanho, eles se movimentam de um lado para o outro, grunhindo, gritando, mostram as garras, os dentes, o

Condor seu possante bico. Os animais se movimentam compassadamente, dando passos laterais, nenhum deles ainda se arriscou a atacar.

Após um estudo minucioso, a Serpente volta ao seu tamanho normal, depois de regressar para a mansão, sai por um lado arrastando-se em movimentos ondulatórios, e o Puma pelo outro caminhando suavemente, mas de modo firme para encurralar a ave e atacá-la pelos dois lados.

Mas o Condor abre toda a extensão possível das suas asas, num gesto para amedrontar os inimigos, tornando-se aparentemente maior o tamanho dessa abertura. No entanto, os outros animais não vão desistir por estarem dominados pela energia.

Dessa maneira, a Serpente procura atacar o Condor pela frente. Após alguns segundos de estudo, ela finalmente sai a toda velocidade para atingir seu objetivo, e mergulha procurando atingir a ave. Mas o Condor desvia rapidamente saindo do ataque da Serpente, e com uma das asas consegue arremessá-la para longe.

Ela se projeta para além da sua força de ataque e cai, quase se arrebentando por causa da energia daquelas asas, rodopia algumas vezes rolando pelo chão, até terminar a força do baque sobre si, mas logo se recompõe, preparando-se para novo ataque mostrando as suas presas venenosas.

O Puma, procurando aproveitar a distração da ave, sai em velocidade, gritando ferozmente, e mergulha sobre o Condor, enquanto ele continua o bater das asas, acertando fortemente o animal. Ela se mantém batendo as asas numa tentativa de afastar os agressores. O Puma também é arremessado, gira algumas vezes, se recupera, prepara-se novamente para o ataque juntamente com a Serpente.

Os dois se movimentam para um lado e para o outro, procurando distrair o Condor e atacá-la os dois juntos.

Realizando um novo ataque em conjunto, o Puma quase consegue abocanhar uma das pernas da ave, mas o Condor levanta voo, enquanto a Serpente tenta voltar ao ataque. Os dois animais no solo acabam se chocando, por atacarem ao mesmo tempo.

Como não têm o poder de voar, eles apenas observam a ave em seu voo, aguardando qualquer oportunidade de pegá-la ao pousar novamente.

Todos ficam vendo os movimentos dos animais, enquanto isso William, vendo que a hora de entrar é essa, sai rapidamente com seu grupo, aproveitando aquela distração de todos, e encontra um local sem ninguém tomando conta, oportunidade ideal para entrar na mansão. As pessoas que ali estavam devem ter ido ver o duelo entre os animais, sem perceber que deixaram a porta aberta nos fundos da mansão.

Entram silenciosa mas rapidamente, com as armas em punho, Laura fica ao lado do William entre os seguranças que fazem duas filas, deixando-os no centro. Ele pede para todos caminharem silenciosamente pelo corredor, e quando chegam a um determinado ponto, em virtude de o corredor ter vários aposentos, eles se dividem para encontrar Cláudio e Ana Júlia. A luminosidade escassa atrapalha um pouco, conseguem ver apenas quando estão perto de algo ou se aproxima alguém.

Passam por algumas salas, quartos, vistoriam cada um deles, não encontrando ninguém. Continuam a caminhada e acabam chegando ao saguão onde Carlos está parado, em pé, tendo nas mãos o pergaminho Katastasinka.

William faz um gesto para se abaixarem, combina um sinal com os seguranças para todos atacarem ao mesmo tempo. No momento certo, ele levanta o antebraço direito fecha a mão mantendo o dedo indicador para cima e o aponta na direção de Carlos, assim todos atacam de uma só vez.

Entram e apontam as armas para Carlos, que está calmo, tranquilo. William manda o anfitrião se entregar, contudo, para sua surpresa, ele começa a rir da situação e diz:

– Muito bem senhores e senhora – faz uma reverência para Laura –, eu os aguardava ansiosamente. Espero que tenham uma ótima estadia em minha humilde casa.

Solta uma intensa gargalhada.

O grupo de William, sem entender a ironia, se entreolha, não veem ninguém além de Carlos, ele está sozinho e os animais lutando lá fora; por que estaria tão confiante?

Isso logo é compreendido, pois começam a surgir de vários lugares da casa, por detrás deles, os capangas, apontando as armas para todos.

Eles são pegos de surpresa, ficando sem reação alguma, pois estão completamente cercados pelos capangas fortemente armados. Pensam em reagir, mas permanecem aguardando as ordens de William. Se tentarem alguma coisa, eles serão facilmente alvejados.

Após alguns minutos de hesitação, William e sua turma levantam os braços segurando as armas no alto da cabeça, depois vão abaixando os braços para colocar as armas no chão, rendendo-se, eles levantam as mãos novamente e ficam aguardando o próximo passo.

Os capangas de Carlos pegam as armas de todos, chutando-as para longe, tirando do alcance do grupo.

A Serpente inesperadamente entra no ambiente, observa-os, arrastando-se pelo chão. Seu corpo começa a aumentar de comprimento até ser suficiente para envolvê-los, imobilizando-os, segurando-os fortemente. Com esse aprisionamento, aos poucos eles começam a sentir a força do réptil sufocando-os, deixando-os sem qualquer espaço para reagir. Ela os envolve e aperta até conseguir fazê-los ficar imóveis.

A única exceção é Laura, que não é envolvida pelo réptil. Ninguém consegue se movimentar ou se desvencilhar daquele enlaçamento. Eles passam a se preocupar com a situação adversa. Não vão ter como sair daquele abraço.

Laura, ao ver a Serpente, comenta:

– Eu pensei que a Serpente e o Puma estivessem brigando com o Condor lá fora, mas ela está aqui?

– Ilusão, minha cara. Assim como seu marido e aquela matraca, agora, finalmente, todos vocês vão pagar o preço da minha vitória. Você será minha, e eles... – ele faz um gesto com as mãos como se os jogasse fora – desaparecerão.

– Cadê o Condor?

– Voando, minha cara, ele é grande demais para entrar aqui.

Novamente suas gargalhadas irritam a todos.

Laura, ainda emocionalmente perturbada, lembra-se do enunciado descrito pelo marido e o liga com a situação: "O relacionamento entre eles adquire um sentido completamente diferente, porque, nesse espaço que não é criado pelo pensamento, mas pelo amor, o outro não existe, porque nós três não existimos".

Sua mente trabalha diversas ideias, no entanto, todas são infrutíferas e sem sentido. Fica pensando nas palavras de Carlos com a finalidade de possuí-la e matar o marido e a amiga.

Cláudio e Ana Júlia procuram um modo de escapar daquele lugar, como nas outras vezes nada é encontrado, nem uma brecha sequer. Eles têm a mesma sensação de Laura e começam a trabalhar aquelas palavras.

Nesse momento, um dos seguranças de William, que continuava fazendo buscas na mansão, chega à sala onde Cláudio e Ana ainda estão presos. Sem saber que os demais foram rendidos no salão, ele caminha em direção à porta, acreditando que devem estar lá dentro, pois foi o único local onde ninguém viu.

Ele abre a porta, entra e encontra os dois sentados e amarrados, olha todo o local para ver se não tem mais ninguém, depois disso corta a corda de ambos.

Cláudio pergunta:

– Obrigado. Cadê os outros?

– Foram prender o Carlos e seus capangas, a essa altura já devem ter terminado a operação.

Assim, eles se levantam e saem rapidamente em direção ao local onde todos os demais se encontram, no entanto, ao chegar ao salão, terão uma surpresa desagradável.

– Vamos tomar cuidado, porque há duas feras com ele, espero que o Condor tenha matado as duas – diz o segurança.

– Feras? Que feras? – pergunta Ana Júlia.

Enquanto caminham continuam conversando, o segurança com a arma em punho segue na frente e diz:

– Há um Puma e uma Serpente enorme com eles, e um Condor com a gente.

Cláudio tenta compreender a situação:

– Esses são animais da tríade inca.

– Acho que alguma coisa liberou os três dos pergaminhos. O Condor nós vimos ser materializada, provavelmente para fazer os outros dois voltarem ao pergaminho...

– Vocês nem vão conseguir imaginar o tamanho deles, estavam travando uma terrível batalha no jardim da mansão quando entramos. O Condor fez isso para distrair as pessoas e ninguém prestar atenção na gente.

Ao chegarem perto do salão, ouvem a voz de Carlos ditando normas para todos. Diminuem os passos, caminhando lentamente, sem fazer barulho. Abaixam-se e espiam para ver o que está acontecendo. Os três observam todos os seguranças de William amarrados, inclusive ele.

– E, agora, o que vamos fazer? Há muitos capangas nesse lugar, não vamos conseguir nada se entrarmos em atrito com eles.

Cláudio e Ana se olham, não têm a mínima ideia do que possam fazer. Ficam aguardando alguns minutos na esperança de surgir algo para ajudar.

– Estou vendo apenas um dos pergaminhos naquela mesa perto de Carlos, o outro não deve estar ali com ele, precisamos encontrá-lo antes de fazer qualquer coisa.

Os três viram e voltam abaixados, sem fazer barulho, para tentar encontrar o pergaminho Sophirenka. Começam a revirar todas as salas. O pergaminho sente a presença dos escolhidos e emite um pequeno filete de luz, pois com certeza eles vão saber que vem direto dele.

Assim, a sutil luz sai em busca dos dois e os encontra num dos corredores. Ana Júlia vê o filete de luz, chama a atenção de Cláudio. Os três começam a segui-la até chegar ao porão onde ela se encontra.

Cláudio vai até o armário, local onde a luz começa, entretanto, tem um cadeado travando a portinhola. Ele procura algo para abrir, mas não pode bater porque todos vão ouvir.

Num dos cantos, o segurança encontra um pé de cabra, ele encaixa no cadeado e puxa de uma vez, conseguindo abrir o armário sem fazer muito alarde. Cláudio e Ana ficam olhando ansiosos para verem novamente o pergaminho em suas mãos. Dentro encontram um baú, também com cadeados, e da mesma forma eles o abrem facilmente.

Cláudio pega o pergaminho e voltam para o salão, na esperança de alguma coisa acontecer de bom para todos eles. Os três ficam escondidos ouvindo Carlos falar, o segurança mantém em suas mãos a arma, mas ela tem pouca utilidade naquele momento.

Com uma voz forte e meio rouca, Carlos começa a falar:

– Vamos começar a cerimônia final: guardas, tragam a rainha aqui e a amarrem na mesa, parece que ela está resistindo um pouquinho, então vamos dar uma forcinha.

Dois deles agarram Laura e a arrastam até a mesa diante de Carlos.

– O que vai fazer? – ela pergunta.

– Você é o contraste entre o casal escolhido e o sucesso.

– Contraste! Que contraste?

– A Ana Júlia e seu marido não valem nada para o meu plano, eles estão apegados ao outro pergaminho, então precisei escolher alguém que mexe com os dois e os derruba. E a única pessoa é você. Assim que eu terminar esse ritual, você será a nossa rainha, e eu seu rei. Os dois desaparecerão e o pergaminho Sophirenka se desintegrará para nunca mais voltar.

– Você está ficando louco com essa neura. Não vai conseguir nenhum poder. É tudo fruto da sua imaginação...

Cláudio está vendo claramente William, esperando que ele olhe em sua direção, no entanto, ele está sendo sufocado, junto com os outros, pela Serpente e quase não tem mais forças para nada.

– Guardas, coloquem-na na mesa do sacrifício.

– Sacrifício? O que você vai fazer?

– Simples, você será minha após o sacrifício, o Katastasinka vai fazê-la renascer como a Bruxa das Trevas e se tornará nossa anfitriã, assim ficaremos invencíveis. Seu maridinho e aquela sirigaita vão desaparecer para sempre.

– Onde eles estão?

– Muito bem guardados.

– Você está ficando louco. Jamais serei sua.

– Não é você quem escolhe.

Os capangas terminam de amarrar Laura deitada na mesa, ela tenta escapar, se debate, chuta, faz tudo isso para dificultar o objetivo de Carlos. Ao ser amarrada na mesa de sacrifício, pergunta novamente, insistindo:

– Onde estão Cláudio e Ana Júlia?

Sem dar mais nenhum detalhe a esse respeito, Carlos continua seu ritual.

Enquanto isso, o Condor está do lado de fora da casa, e em virtude do seu acentuado tamanho não consegue entrar. Cláudio e Ana Júlia dizem ao segurança que eles vão entrar em contato com o pergaminho Sophirenka em um daqueles quartos, um pouco mais afastados do salão. O segurança faz sinal com a cabeça concordando e fica de prontidão ali mesmo.

Cláudio e Ana saem sorrateiramente e procuram um quarto mais afastado, ao encontrar, entram e colocam o pergaminho sobre uma cama, não tem mais a figura do Condor, pois está materializada do lado de fora da casa.

Eles começam a entoar as palavras com toda a energia possível, Carlos não consegue ouvir, pois está concentrado no barulho feito no salão pela Laura e seus gritos. Como o pergaminho já foi aberto por eles algumas vezes, Cláudio começa a trabalhar com a luz dourada.

O Sophirenka começa a agir, mesmo limitado pelo momento tenso dos humanos. Essa energia sai desse local e segue na direção do salão, atingindo diretamente o corpo da Serpente. Esta, ao ver o filete, solta todos os seus prisioneiros, Carlos, sem entender nada, pergunta o que está acontecendo.

Como o animal não fala, ele a vê se encolhendo depois de ser penetrada pelo filete dourado e desaparecer no ar, voltando ao Katastasinka.

Carlos se assusta ao vê-la em alto-relevo no pergaminho, contudo não vai desistir tão facilmente do seu objetivo. Ele continua os preparativos para o final do ritual, que se aproxima a cada instante.

Laura está desesperada. William e os seus seguranças são libertados depois de a cobra desaparecer, sentem alívio e respiram com mais facilidade, precisando de alguns minutos para se recuperar.

Um dos seguranças, sem querer, acaba olhando na direção daquele que veio com Cláudio e o vê escondido, está na sua direção, mas não pode ser visto pelos capangas, nem por Carlos.

Como está livre, dá sinal para eles ficarem quietos, e pede para avisar William para que ele se prepare. Eles trocam gestos até conseguir compreender o que o segurança quer dizer. William recebe a mensagem, olha disfarçadamente para o segurança e balança a cabeça concordando em aguardar, mesmo sem saber o que vai acontecer.

No quartinho onde está o pergaminho Sophirenka, surge uma mensagem para Cláudio e Ana Júlia dizendo:

"Voltem para o lugar onde estavam amarrados, deixem os capangas levarem vocês, que tudo vai se resolver. Deixem-me aqui neste local e aguardem a oportunidade que vai surgir. Vão".

Carlos ironicamente continua seus deboches:

– Vamos ver agora se conseguem fazer o Puma desaparecer. Não sei como fizeram com a Serpente, mas este aqui é mais forte.

O animal se aproxima, rodeia todos eles com passos firmes e lentos, mostrando as suas garras bem afiadas, os dentes prontos para rasgar qualquer coisa ao seu alcance. Eles dão alguns passos para trás, ficando juntos. O Puma em posição de ataque fica aguardando Carlos dar qualquer sinal.

Por sua vez, Carlos chama dois dos seus capangas, mandando-os buscar Cláudio e Ana Júlia para matá-los.

Eles saem rapidamente com suas armas e seguem para pegar a dupla como o chefe mandou.

Os dois seguem em direção à salinha onde Cláudio e Ana Júlia foram deixados amarrados, estes ouvem os passos do lado de fora da sala, sem saber quem está se aproximando. Os capangas abrem a porta, pegam os dois pelos braços e os levam até o chefe Carlos.

Chegando ao salão, eles são jogados no chão, e estes, ao verem Laura amarrada na mesa de sacrifício, correm diretamente na sua direção para abraçá-la.

Entretanto, eles são impedidos pelos capangas de chegar perto, e pelo próprio Puma, que rosna fortemente para eles pararem.

– Estão vivos? – diz Laura.

– Por pouco tempo – complementa Carlos.

Ela conta ao marido da pretensão de Carlos com o Katastasinka, Cláudio, ao tentar partir para cima do anfitrião, é contido por um dos capangas, que lhe desfere alguns socos fazendo-o cair novamente.

A energia vermelho-escura continua saindo do anel de cobre, um desses filetes está rodeando Laura, pesquisando-a, e a projeção principal é toda direcionada para Carlos. Ao preencher o seu corpo, ele fica imóvel e em silêncio para receber a energia em toda a sua intensidade.

Laura observa a mudança em Carlos e fica horrorizada:

– Caramba! Ele está ficando completamente deformado, o corpo todo está adquirindo uma pele parecendo de serpente!

William e os seguranças olham em todas as direções tentando encontrar algum detalhe que os ajude a se libertar das garras de Carlos, no entanto, não conseguem nada para realizar esse objetivo. O segurança ainda pede para esperarem, mas a coisa está ficando feia demais para isso. O Puma continua vigiando todos eles.

– O Condor vai pegar você, Carlos.

– Brrrrr! Que medo... Tá bom... O passarinho lá fora não vai conseguir entrar aqui, não tem espaço suficiente para ele passar. Há! Há! Há! E o Puma o está esperando.

– Então ele ainda está vivo? Mas onde ele está?

A gargalhada ecoa por todos os cantos da casa, estremecendo os presentes, e as pessoas do lado de fora continuam em seus postos com a função de impedir a entrada de estranhos. Todos os vizinhos continuam vigiando a casa.

Cláudio volta a falar com Carlos:

– Onde está o outro pergaminho? O que espera conseguir com esse em seu poder?

– Segundo a lenda, quem o dominar conseguirá transformar todas as coisas. Pedras em diamantes. Metais em ouro.

– Bobagem, isso é a história do Rei Midas. É lenda. Diga, o que você quer?

– Não lhe interessa... Aliás, você nunca vai conseguir encontrar o outro pergaminho. Mortos não encontram nada vivo. E a sua bonequinha vai ser minha.

Ele pede para seus capangas levarem Cláudio e Ana Júlia para junto dos outros e os manda ficar quietos. Para conseguir esse objetivo, um dos capangas coloca uma mordaça na boca de Cláudio e outra na de Ana, impedindo-os de recitar aquelas palavras que ativam o pergaminho.

Fazem os dois ficar ajoelhados no chão, com os braços colocados para trás. A seguir são amarrados.

De nada adianta o esforço deles para se livrar daquelas cordas e da mordaça. Não podem entoar o cântico para ativar os dois pergaminhos. Agora, eles estão bem próximos, Cláudio sabe que ele não está escondido, no entanto, nem desconfia do que vai acontecer.

As horas vão passando, Carlos e seus ajudantes continuam preparando o lugar para o ritual, e já está quase terminada essa tarefa. Parece não haver mais nenhum jeito de acabar com aquilo.

Apenas um dos seguranças de William está armado, Cláudio olha para ele e faz sinal com a cabeça para ficar quieto e esperar, aguardando os acontecimentos.

Perto da meia-noite eles se preparam para começar o ritual. Os envolvidos pela energia escura têm uma vela acesa nas mãos. Estão vestidos com uma longa manta escura, chapéu na cabeça, e começam a entoar o cântico da aniquilação, com sons longos que se elevam e diminuem à medida que a intensidade se faz necessária. Sempre ao comando do maestro Carlos.

Aquilo vai se tornando sinal de fanatismo, histeria, violência, envolvendo os seus comparsas. E o pergaminho Katastasinka, à medida que o tempo passa, vai se tornando mais forte e iluminado.

William e seus seguranças, amarrados, permanecem em pé atrás de Cláudio e de Ana Júlia. Laura continua amarrada em uma enorme mesa no centro da sala se debatendo sem sucesso, pede para soltá-la, mas tudo isso é em vão. Pernanece sendo vigiada, e em seguida fazem-na beber um líquido, jogando-o em sua boca, ela resiste, cospe fora, no entanto um dos capangas segura seu rosto e aperta seu nariz fazendo-a abrir a boca.

Nesse momento outro capanga joga o líquido na sua garganta, ,fazendo-a ficar em transe em poucos segundos.

Ela perde completamente a noção das coisas. Está entregue, sem qualquer desejo pessoal de se libertar.

Enquanto isso está acontecendo dentro da casa, do lado de fora o Condor no jardim sente o perigo vindo da mansão, sabe que todos estão presos por Carlos. Procura algum lugar onde possa entrar para salvá-los, inclusive o pergaminho Sophirenka, no entanto, em virtude do seu avantajado tamanho, nada encontra para realizar esse objetivo, fica então sobrevoando toda a mansão e grunhindo.

O pergaminho Sophirenka já sentiu o chamado da ave, se agita para realizar a sua libertação e solta o filete dourado, projetando-o em direção do Condor. Ao atingi-lo, ele começa a encolher.

Do lado de dentro, os seguidores estão preparados para iniciar o sacrifício de Laura. Cláudio tenta de todas as maneiras soltar as cordas, entretanto não consegue se desvencilhar, esforça-se em vão. Está com a mordaça, impedindo-o de falar qualquer coisa, então ele apenas geme. Os olhos estão arregalados ao ver a esposa naquela situação, narcotizada sem noção de nada.

Ana Júlia procura por meio da telepatia, a todo custo, transmitir algo para a mente de Cláudio, fazendo-o se concentrar. Ela começa a transmitir novamente as duas palavras para a mente dele chamando-o insistentemente.

"Cláudio. Cláudio!"

Repete diversas vezes até ele se acalmar, fazendo-o prestar atenção. Sentindo essa força querendo penetrar na sua mente, ele se acalma.

Sinetas começam a soar badaladas, agitadas pelos comparsas de Carlos. Todas as velas foram acesas, Laura amarrada na mesa de sacrifício, move a cabeça para os lados sem noção dos acontecimentos. Os presentes apenas aguardam o cântico de Carlos e o desfecho fatal que levará a vida de Cláudio e de Ana Júlia.

O anfitrião inicia o cântico entoando-o com uma voz horripilante, forte, penetrante, a escuridão fora do alcance da luz das velas limita e preenche o lugar. O clima tenso dos prisioneiros faz o grupo sucumbir ao ouvir a evocação das forças vindas diretamente do anel de cobre rompido no pergaminho Katastasinka. A corrente entre todos os seguidores projetando energia escura sobre Laura é intensa, desagradável, fria.

O segurança que está escondido tem uma ideia, guarda a sua arma ao ver todas as outras jogadas em um canto. Ele percebe a concentração dos comparsas de Carlos nas suas atitudes, estuda bem sua localização, tentando chegar até eles sem ser visto.

Tem esse trunfo a seu favor, todos estão concentrados no ritual de Carlos, e como não sabem que ele está escondido ali, ninguém vai olhar na sua direção.

Ele deita de bruços no chão e começa a se arrastar lentamente em direção às armas. Em certos momentos, ao sentir algum perigo, fica quieto, está escondido na parte escura, onde as velas não conseguem iluminar. Perto das armas há um pilar grosso, de sustentação da casa, ele fica atrás dele, e pronto para pegá-las, só está aguardando o momento certo, nem imagina como vai ser.

Na mesa de sacrifício, Laura geme, sorri sarcasticamente, se contorce, sem qualquer controle pessoal. Carlos empolgado com a situação não parece ter qualquer espécie de sentimento. Ele continua a pronunciar muitas palavras em idioma desconhecido, por estar envolvido pelo avermelhado-escuro da nuvem, dando indício de que o fim do ritual está bem próximo.

A energia dourada que sai do pergaminho atinge o Condor, nesse momento ele encolhe, atingindo o tamanho certo para entrar na mansão, assim voa rapidamente; chegando ao salão do ritual, volta a ter seu tamanho de sempre.

Carlos se assusta, mas como ainda tem o Puma, ele continua o ritual com mais fé, acreditando que vai terminar antes de o Condor atacar, ele será bem-sucedido e a ave desaparecerá para sempre.

A ave abre as suas enormes asas, preenchendo um espaço bem grande ali dentro. Todos se afastam, sentindo a força da envergadura ao abrir e fechar. Carlos nem se abala com isso e continua o cântico, nem mesmo sabe de onde vêm essas palavras que está falando.

O ritual está chegando ao fim e não pode ser interrompido. Amparado pelo pergaminho Katastasinka não teme nada, acreditando que o Sophirenka está trancado no baú.

Cláudio e Ana Júlia, concentrados, continuam a chamada mental para entrar em contato com o Sophirenka. Eles se anularam mental e fisicamente por instantes para realizar esse canto.

Carlos manda o Puma se aprontar para defendê-lo e atacar o Condor. O animal mostra sua arcada dentária e suas garras afiadas nas patas. A ave grunhe e bate as asas, fazendo todas as chamas quererem sair das velas, elas resistem e voltam ao seu local de antes, pois a força das asas quase apaga todas elas.

É tanta força que quase derruba os que estavam em pé. O ambiente iluminado pelas chamas deixava o fundo do salão praticamente escuro. Somente o cheiro da fumaça das velas pode ser sentido. Nesse momento Carlos se preocupa, pois precisa da luz para atingir o coração de Laura.

Seu objetivo está quase no fim, faltam alguns sons e o domínio será completo para atingir o coração dela e ter a força total do pergaminho.

O Condor aproxima-se dos prisioneiros protegendo-os, o segurança escondido sai de onde estava e começa a cortar as cordas de Cláudio, desamarrando-o. Ele aproveita para soltar Ana também. Não podem ser vistos em virtude de o Condor os estar protegendo, e o salão está iluminado pelos olhos avermelhados do Puma.

Os capangas de Carlos ficam agitados sem ver nada, alguns correm para buscar alguma lanterna. Outros ficam tentando enxergar os oponentes.

O segurança que estava escondido aproveita a escuridão e entrega uma arma para cada um dos prisioneiros. William começa a comandar a operação de resgate. Mesmo armados, eles ainda não conseguem ver os capangas, e a sorte é que estes também não conseguem vê-los.

Cláudio levanta, e guiado pelo som da voz de Carlos, segue na sua direção para libertar a esposa aprisionada na mesa de sacrifício. Os seguranças de William caminham abaixados com as suas armas com a finalidade de partir para cima dos capangas de Carlos.

Ana Júlia fica escondida em um dos cantos da sala.

Após soltar todos os prisioneiros, o Condor se lança sobre o Puma começando uma terrível batalha. Ali não tem como voar, facilitando, em termos, a vida do Puma. Ouvem-se os grunhidos dos animais e os sons do canto de Carlos quase no fim.

Ele não se abala com nada, mesmo com o forte vento feito pelas asas do pássaro, continua firme, cada vez mais concentrado e fanático no seu objetivo. Está completamente cego para qualquer outra realidade. Quer ser imortal, ter poderes, e isso transtorna a sua cabeça.

O Puma aproveita o movimento e pega o Condor por uma das patas, com as suas potentes presas dentárias. No entanto, a ave banhada agora pelo filete dourado do Sophirenka desfere uma forte bicada no pescoço do animal, perfurando-o profundamente e jogando-o contra os capangas, derrubando quase todos eles. O Puma sente o poder da bicada e cambaleia. Utilizando suas últimas energias, se atira em direção ao Condor com tudo, ele sente o movimento no vento feito pelo Puma e o segura com as patas, bicando-o novamente, matando-o.

Ao morrer, como aconteceu com a Serpente, ele se desintegra e volta a ser apenas a capa do Katastasinka. Para o Condor não foi difícil localizar o Puma, em virtude dos olhos brilhantes e avermelhados.

Carlos termina seu cântico, o anel de cobre do pergaminho Katastasinka agita-se, solta muita energia vermelho-escura na direção dele. Nesse momento, ele pega a adaga do sacrifício, segura entre as mãos, levanta o mais alto que pode, preparando-se para desfechar o golpe fatal. Ao atingir o coração de Laura, ela se tornará imortal com a força dos deuses e se tornará a Rainha das Trevas.

Ninguém consegue vê-lo, em virtude dessa fumaça avermelhada. Cláudio, ainda sem enxergá-lo, tenta seguir na direção da voz de Carlos, quando ainda estava em atividade terminando o cântico.

O Puma, ao desaparecer com a sua desintegração, fez Katastasinka libertar todas as pessoas atingidas pelo filete de luz escura. Elas começam a recobrar os sentidos sem saber exatamente o que aconteceu, parecem atordoadas, assustam-se com aquele lugar escuro, e se retiram dali rapidamente voltando para as suas casas.

Cláudio se atira na escuridão sobre o local onde memorizou a voz de Carlos, no momento exato em que a adaga ia perfurar Laura, conseguindo anular o objetivo dele por milésimos de segundos, mesmo assim a adaga fez um pequeno orifício na pele dela, sem profundidade. Cláudio, ao se atirar sobre Carlos, sente a arma, segura as mãos dele com toda a sua força e luta ferrenhamente contra o inimigo.

Os dois numa batalha mortal não medem esforços para acabar um com o outro. Alguém ali dentro consegue acender as luzes. Tentativas de socos, defesas, desvios, constroem o quadro dessa luta mortal. Alguns golpes são desfechados no ar sem atingir o objetivo, os dois continuam se projetando um sobre o outro com ódio, se arrastam agarrados por entre móveis e pessoas correndo para fora.

Com a volta da claridade, os seguranças atacam os capangas, mas tentam, evitar a todo o custo qualquer tiroteio ali dentro. Conseguem entre golpes com as mãos e estocadas com as armas render todos os capangas. Ana Júlia, como estava escondida e não tem como participar da luta, foi quem conseguiu acender a luz da sala. Os seguranças amarram os capangas, mas os dois continuam se digladiando numa luta terrível.

Ambos estão bem machucados, feridos com os golpes recebidos, pois a adaga continua nas mãos de Carlos. Este procura atacar o adversário ferindo-o sem muita gravidade, no entanto, nas suas defesas, Cláudio também consegue fazer a própria adaga ferir seu possuidor. O Condor nada pode fazer para ajudá-lo, então, terminando a sua missão, retrai-se e volta ao pergaminho Sophirenka ficando do mesmo jeito que estava antes. Agora Cláudio depende das próprias forças para salvar a esposa das mãos daquele homem.

Ana Júlia, apavorada com a situação, consegue chegar até a mesa onde Laura está amarrada e chama William para ajudá-la a resgatar a amiga.

William vem correndo, pega Laura nos braços e a leva para um local seguro onde todos aguardam o fim da briga entre Cláudio e Carlos.

Ana Júlia consegue ver a luz dourada saindo por baixo de uma das portas, corre nessa direção, chama William novamente e juntos adentram o corredor com cuidado para evitar surpresas, pois ainda poderia ter algum capanga escondido.

Sem encontrar ninguém no caminho, eles seguem o rastro da luz dourada, ela guia os dois, levando-os ao quarto onde Ana deixou o pergaminho. Ana Júlia pega o pergaminho e a sua luz dourada ilumina todo o ambiente onde ela vai passando, permitindo que eles acendam todas as demais luzes novamente.

Ao entrar na sala iluminada, o Sophirenka projeta a sua luz dourada fazendo o outro pergaminho retrair a energia do anel de cobre, recuperando a sua forma anterior como se fosse algum tipo de mágica, e o Katastasinka se fecha, absorvendo a energia expelida de volta para dentro de si. Inclusive a energia envolvendo Carlos e todas as demais pessoas.

Nesse mesmo instante, Carlos fica fraco, e finalmente num movimento defensivo, desviando-se de um ataque, sem qualquer retaguarda do pergaminho, Cláudio acaba fazendo Carlos cair sobre a própria adaga, atingindo-o no coração, matando-o.

Com o fim daquela luta, ele permanece caído no solo, sem vida, com o sangue escorrido coagulando, enquanto Cláudio, ferido, é amparado pela esposa e por Ana Júlia que está com os pergaminhos nas mãos; todos estão livres daqueles entraves desagradáveis.

Os dois pergaminhos são recuperados, William e seus seguranças começam a sair em retirada, assim como o fazem Cláudio, Laura e Ana Júlia. A polícia deve chegar a qualquer momento, todos vão saindo rapidamente, voltando para suas casas, deixando o corpo de Carlos sem vida e os capangas amarrados naquele salão enorme.

A bagunça é total ali dentro, não resta mais nada para fazer a não ser voltar para casa. William está feliz porque os pergaminhos foram recuperados, e agora, como Cláudio e Ana Júlia conhecem melhor o seu funcionamento, com certeza sabem como trabalhar com eles.

O casal e Ana Júlia voltam para o laboratório, nesse fim de noite, todos dormem na casa de Cláudio, é muito tarde e não deixam a jovem ir embora. Eles acordam bem cedo, e após realizar as suas necessidades de banho e alimentação, Cláudio e Ana seguem para o laboratório para terminar a pesquisa dos dois livros. Compreenderam finalmente o sentido das palavras anteriores.

O enigma do pergaminho ainda não foi completado corretamente, mesmo com o roubo terminando, a pista fornecida foi bem-sucedida. Agora, nada poderá impedir os pergaminhos de permanecerem juntos.

Se eles forem separados, uma força negativa sai do anel rompido do Katastasinka provocando incidentes como o que eles viram e vivenciaram. Enquanto os dois estiverem juntos, o Sophirenka anula essa força e eles se mantêm em equilíbrio.

Cláudio e Ana Júlia ainda têm muitas dúvidas sobre os pergaminhos. Não conseguem compreender o objetivo de terem sido criados. Depois de tantos dias caminhando pela caverna, enfrentando índios, bandidos, etc., parece que não falta vivenciar mais nada.

Cláudio continua com as suas dúvidas:

– O que fez aquele povo criar esses pergaminhos?

– Parecem ter tido a ideia de separar o bem do mal.

– Não creio ter sido esse o objetivo. Pois no dourado entrou apenas a energia restante dos corpos masculinos, e no prateado a feminina.

– E aquela energia vermelho-escura não saía do pergaminho, mas de um dos anéis, que foi rompido pela pancada de Carlos.

– Deve ser algo mais profundo. Eles mantêm os corpos espirituais de todos ao se desintegrarem, talvez considerados deuses, coisas do tipo.

Ana Júlia, virando as páginas do pergaminho Sophirenka, consegue ler algo e transmite:

– A tradução deste livro é Sabedoria. Do outro: Condições.

– Sabedoria e condicionamento. O que vimos pode até coincidir com o Sophirenka, mas o Katastasinka era pura maldade.

A página começa a formar algumas letras, criando uma frase.

– Cláudio, ele está escrevendo: "O que foi criado pelo pensamento não existe, porque nós não existimos".

– Então não foi o Katastasinka quem agiu daquela maneira. Foi a ganância do Carlos?

– Deve ser isso mesmo! O Sophirenka e o Katastasinka são equilíbrio, os dois juntos não agem satisfazendo os pensamentos humanos.

– Ele adquire um sentido completamente diferente. Perfeito.

– A percepção espiritual contida nos pergaminhos não é a perseguição de uma visão, mesmo sendo santificada pela tradição. Ao contrário, o Mundo Espiritual é um espaço infinito em que o pensamento não pode penetrar.

O ambiente luminoso dourado no laboratório permanece ativo, em virtude de eles continuarem querendo ver o conteúdo escrito no pergaminho.

Cláudio, como se estivesse lendo algo no espaço, diz:

– As energias negativas foram colocadas como um fecho nos dois pergaminhos, se elas forem rompidas à força, a energia do anel rompido se espalha, envolvendo todas as pessoas mais próximas.

Ana Júlia rebate:

– E como não fomos atingidos, nem William e seus seguranças?

– Estávamos protegidos pelo Sophirenka, mesmo faltando o Katastasinka para fortalecer ainda mais essa energia.

– Dentro dos pergaminhos restou a espiritualidade daquelas pessoas e seus espíritos. Eles devem estar aguardando alguma coisa, precisamos descobrir o que é...

Compreendendo a finalidade dos pergaminhos, buscam agora abrir o Katastasinka, sem medo algum.

Ele se abre e uma energia prateada se projeta para fora, misturando-se à luz dourada do Sophirenka. O espetáculo é fascinante, maravilhoso, envolvente.

Cláudio e Ana Júlia ficam encantados, em poucos segundos a luz prateada preenche Ana Júlia, e a dourada, Cláudio.

– E agora, Cláudio, o que vamos fazer?

– Sobre os pergaminhos?

– Não. Sobre nós dois.

Cláudio sente a mesma coisa, é um sentimento impossível de segurar, no entanto precisa pensar na sua responsabilidade assumida com a esposa Laura. Ela permanece quieta, fica apenas observando os dois da porta do laboratório, prevendo algo por acontecer.

Os pergaminhos Sophirenka e Katastasinka começam a emitir nova mensagem, dessa vez juntos em uma só tela diante dos dois.

O Katastasinka escreve: "O amor interesse é limitado".

O Sophirenka: "O amor universal é ilimitado".

Uma imagem sai de ambos e juntando-se diante dos dois, escrevem: "Sentir e ser são diferentes escolhas: escolham".

Eles se olham sem saber ao certo como reagir ao momento. Nesse instante Laura entra no laboratório, ela foi atraída pela beleza daquelas luzes prateada e dourada.

Laura vê Ana Júlia envolvida e iluminada pela luz prateada e Cláudio pela luz dourada. As duas energias se fundem realizando movimentos circulares, misturando-se e fazendo os dois serem completamente impregnados por elas. Laura com lágrimas nos olhos ao ver tal cena, quase prevendo o passo seguinte, fica paralisada, assustada, seu coração bate fortemente, sente a perda se aproximando.

Cláudio e Ana Júlia sem perceber a sua presença, estão virados de frente para os dois pergaminhos, segurando a mão um do outro. Olham-se nos olhos, nesse instante surgem de todos os lados dezenas de corpos espirituais saindo dos dois pergaminhos. Entre eles, o do Mago e da Salamandra da Luz, do Bruxo e da Bruxa das Trevas.

Um espetáculo magnífico encanta os olhos de Laura. Os espíritos rodeiam o casal, e estes começam a sofrer uma mudança física em seus corpos.

Cláudio e Ana Júlia finalmente compreendem o enigma:
– Nós não existimos, quem existe são Manco e Mama.

Eles nesse instante vão se modificando fisicamente, não sendo mais os personagens do momento. A energia presente em seus corpos materiais, como vida, energia e sabedoria, flui como se fosse uma cascata iluminada por luzes multicoloridas saindo do corpo de ambos e sendo reestruturada de maneira diferente, transformando-os em Manco e Mama.

O Mago, o Bruxo, a Salamandra e a Bruxa colocados estrategicamente próximos dos dois emitem aquela energia, envolvendo-os e preenchendo-os, fazendo a transposição dos átomos, dando-lhes a mesma composição do período andino.

Depois de prontos, estão exatamente iguais à época em que viveram na cidade andina. Vestidos como os moradores de Machu Picchu quando desapareceram.

Laura fica olhando assustada e encantada ao mesmo tempo, pressente algo no ar nada agradável para ela. Cláudio e Ana Júlia não são mais os mesmos que ela conheceu até segundos atrás. Eles têm a fisionomia modificada, provavelmente são aqueles habitantes de Machu Picchu que Cláudio viu no sonho, Manco e Mama.

O casal espiritual sente a presença de Laura neste momento. Viram-se ficando de frente para ela, parada próximo à porta da entrada, algumas lágrimas rolam de seus olhos, mas com um olhar terno. Manco e Mama acenam e sorriem, Laura faz o mesmo, e os vê começar a se desintegrar pouco a pouco, desaparecendo gradativamente, fazendo a energia que sai de seus corpos físicos ser absorvida pelo Universo.

Manco é projetado pelo Sophirenka e Mama pelo Katastasinka. Ela começa a chorar com a situação, no entanto compreende aquele amor até o presente dia como algo maravilhoso e fantástico. Chegou o momento impossível de prosseguir entre ela e Cláudio, agora vai ser apenas lembrança. O casal acabou vindo de outras eras para terminar o compromisso com os demais habitantes de Machu Picchu, ela timidamente acena com as mãos dando adeus aos dois.

Laura movimenta os lábios transmitindo apenas:

– Eu amo vocês, sejam felizes.

Eles fazem o mesmo, acenando as mãos ainda se desintegrando e repetindo a frase de um grande amor.

Seus corpos se desintegram totalmente como os Mestres disseram quando os habitantes da cidade Inca desapareceram. Em poucos segundos Sophirenka projeta no Universo toda a energia dourada e o Katastasinka toda a energia prateada, deixando o ambiente somente com a sua luz natural.

Todos os espíritos se unem aos espíritos do novo casal e desaparecem para nunca mais voltar. A Iluminação espiritual tem a faculdade de fazer o indivíduo não necessitar voltar a nenhum corpo novamente.

A energia dos corpos espirituais de todos, inclusive de Manco e de Mama, se mistura ao Universo, devolvendo-lhes o empréstimo por tantos anos de vida material e espiritual.

Os últimos casais vistos por ela são o Mago ao lado da Salamandra, e o Bruxo ao lado da Bruxa. Os quatro se aproximam de Laura, mandando-lhe aquelas energias e o Mago lhe diz:

– Você fez a sua parte, mesmo sem saber, amou os dois com amor verdadeiro, do coração. A sua felicidade começa agora, o passado fica no passado. Você é o hoje, a semente do amanhã, e encontrará alguém com qualidades suficientes para lhe dar o que merece e você fazer o mesmo por ele.

Laura ainda pode ver algo se aproximando dela, não sabe o que poderia ser aquilo até chegarem bem perto, percebe que é o espírito dos dois se aproximando. Os quatro espíritos abrem caminho para Manco e Mama passarem. Eles estão de mãos dadas, se aproximam dela flutuando no ar e desferem um beijo em seu rosto, desaparecendo em seguida.

Pode-se ver a troca de energia dos lábios deles com a energia de seus corpos se integrando perfeitamente.

William chega neste momento e pega o final da cena:

– O que houve, Laura? Eles morreram?

Com a surpresa do momento, ele fica quieto aguardando e assistindo ao fim. Os quatro espíritos de Luz desaparecem, ficando apenas ele e Laura.

Ao vê-lo, ela o abraça e começa a chorar.

– Eles foram embora, se desintegraram como Cláudio viu acontecer com os moradores de Machu Picchu no seu sonho.

– Eles voltaram para terminar a purificação da mente e recuperar os pergaminhos?

– Não sei dizer, mas a cena foi chocante e maravilhosa ao mesmo tempo, senti muita energia do amor que eles me passaram.

– E você, o que vai fazer?

– Eu vou continuar a minha vida. Eles ficaram longe por muito tempo, como se estivessem me preparando para este momento, agora se reencontraram e cumpriram a promessa de recuperar os pergaminhos para libertar e se unir ao seu povo. Nunca mais eles irão voltar.

– Será que os pergaminhos perderam seu poder?

– Com certeza, agora são apenas livros antigos para coleção, não têm mais poderes espirituais.

– Se soubéssemos diria que era quase previsível vocês dois continuarem lado a lado.

– Já estava prevendo desde o momento em que Ana Júlia começou a trabalhar, eles vibravam intensamente um com a presença do outro. No entanto, não esperava que fosse dessa maneira.

– Você achou que ele ia pedir o divórcio?

– Sim. Pelo menos não foi dessa forma.

— É bem triste, no entanto necessário. Eles libertaram toda a energia do povo guardada nos pergaminhos.

— Então cada casal se reencontrou energeticamente?

— Pelo que compreendi, nos pergaminhos ficaram as energias dos componentes do corpo espiritual de cada um deles, o positivo e o negativo nos metais. Cada metal tinha uma linha de energia e agora são apenas metais normais. Com isso, os espíritos de todos não têm mais qualquer ligação com a parte terrena e voltaram ao seu mundo original.

— Fantástico!

— O bom nisso tudo é saber que ninguém nunca mais vai abrir os pergaminhos para tentar adquirir poder, e eles vão guardar os segredos.

— Segredos que jamais serão descobertos por qualquer mortal.

— Restaram apenas a memória, a história e o fato de presenciar esse momento crucial na espiritualidade de todos eles, condensada anteriormente em energia nos pergaminhos, agora sem finalidade alguma.

Eles ficam olhando na direção dos pergaminhos, William se aproxima e com a ajuda dela pega os dois. E, assim, Laura e William se abraçam e saem do laboratório, caminhando até a sala.

Os pergaminhos finalmente são levados até a mansão de William e colocados nas cúpulas de vidro, trancados a sete chaves. O Sophirenka e o Katastasinka ficarão expostos como mero artigo de colecionador, sem qualquer função, como vimos antes.

Laura tem uma sensação diferente e diz a William, ao ver mentalmente o Mago e o Bruxo:

— Agora o enigma pode ser compreendido: o relacionamento adquiriu um sentido completamente diferente, porque nesse espaço, que não é criado pelo pensamento, o outro não existe, porque nós não existimos.

— Quem não existe?

— Cláudio e Ana Júlia.

— Que espaço?

— O espaço material.

— Manco e Mama eram reais, de carne e osso...

— A percepção espiritual não é a perseguição de uma visão, conquanto possa ter sido abençoada pela tradição. Ao contrário, é um espaço infinito onde o pensamento não pode penetrar.